Meu policial

BETHAN ROBERTS

Meu policial

Tradução de Sofia Soter

☰ Editora **Melhoramentos**

Dados Internacionais de Catalogação na Publicação (CIP)
(Câmara Brasileira do Livro, SP, Brasil)

Roberts, Bethan
  Meu policial / Bethan Roberts; tradução de Sofia Soter. – São Paulo: Editora Melhoramentos, 2022.

  Título original: My policeman
  ISBN 978-65-5539-369-9

  1. Ficção inglesa I. Título.

21-94495   CDD-823

Índices para catálogo sistemático:
  1. Ficção: Literatura inglesa   823
Cibele Maria Dias – Bibliotecária – CRB-8/9427

Título original: *My Policeman*

Copyright © Bethan Roberts, 2012
Publicado originalmente como My Policeman em 2012 por Chatto & Windus, um selo da Vintage. Vintage é uma empresa do grupo Penguin Random House.

Tradução de © Sofia Soter
Preparação: Elisabete Franczak Branco
Revisão: Mellory Ferraz e Sérgio Nascimento
Diagramação: Estúdio dS
Ícone do miolo: freepik
Projeto gráfico e adaptação de capa: Carla Almeida Freire
Imagem de capa: © Topfoto

Direitos de publicação:
© 2022 Editora Melhoramentos Ltda.
Todos os direitos reservados.

1ª edição, 3ª impressão, agosto de 2022
ISBN: 978-65-5539-369-9

Atendimento ao consumidor:
Caixa Postal 169 – CEP 01031-970
São Paulo – SP – Brasil
Tel.: (11) 3874-0880
sac@melhoramentos.com.br
www.editoramelhoramentos.com.br

Impresso no Brasil

*A todos os meus amigos
de Brighton, e especialmente a Stuart.*

I

PEACEHAVEN, OUTUBRO DE 1999

Considerei começar com as seguintes palavras: *não quero mais te matar –* porque não quero mesmo –, mas decidi que você as acharia melodramáticas demais. Você sempre odiou melodrama, e não quero incomodá-lo agora, não no estado em que se encontra, não neste momento, que pode ser o fim de sua vida.

O que quero fazer é o seguinte: escrever tudo, para acertar. Esta é uma espécie de confissão, e vale a pena a precisão dos detalhes. Quando acabar, planejo ler este relato para você, Patrick, porque você não poderá mais retrucar. E recebi instruções de continuar falando contigo. Falar, pelo que dizem os médicos, é vital para uma possível recuperação.

Sua fala está quase destruída e, mesmo que você esteja aqui, na minha casa, nos comunicamos por papel. Quando digo "papel", me refiro a apontar para cartões. Você não é capaz de articular palavras, mas pode, por gestos, indicar seus desejos: *bebida, banheiro, sanduíche*. Sei quais dessas coisas você quer antes que seu dedo chegue à imagem, mas deixo que você aponte mesmo assim, porque é bom que você se mantenha independente.

É estranho, não é, que seja eu agora, com papel e caneta, escrevendo este... do que devemos chamar? Não chega a ser um diário, do tipo que você escrevia. O que quer que seja, sou eu quem escrevo, enquanto você, deitado na cama, observa meus gestos.

Você nunca gostou deste trecho da orla, que chamava de subúrbio à beira-mar, um lugar aonde os velhos vão para admirar o pôr do sol e esperar a morte. Não chamavam esta área – exposta, isolada, com suas lufadas de vento, como todas as melhores cidades britânicas na costa – de Sibéria, naquele inverno horrível de 1963? Agora não chega a tanto, apesar de continuar sendo uma área igualmente uniforme; encontro até certo conforto em tal previsibilidade. Aqui em Peacehaven, as ruas são iguais, uma após a outra: bangalô modesto, jardim funcional, vista indireta para o mar.

Eu resisti muito aos planos de Tom de nos mudar para cá. Por que eu, residente de Brighton de longa data, escolheria morar em uma casa de pavimento apenas térreo, mesmo que nosso bangalô fosse chamado de chalé suíço pelo corretor? Por que me contentaria com os corredores estreitos do mercadinho local, o fedor de gordura rançosa da Joe's Pizza e da Kebab House, as quatro funerárias, um pet shop chamado Animal Magic e uma lavanderia cuja equipe é, aparentemente, "treinada em Londres"? Por que me contentaria com isso tudo depois de Brighton, onde os cafés estão sempre lotados, os mercados vendem mais do que podemos imaginar, quem dirá precisar, e o píer é sempre iluminado, sempre aberto e em geral um pouco ameaçador?

Não. Achei uma ideia horrível, assim como você acharia. Mas Tom estava determinado a se aposentar em um lugar mais tranquilo, menor, supostamente mais seguro. Acho que, em parte, ele já não aguentava mais ficar se lembrando de seus trabalhos anteriores, suas ocupações anteriores. Se há uma coisa que um bangalô em Peacehaven não faz é lembrar as ocupações do mundo. Então aqui estamos, onde ninguém sai à rua antes das nove e meia da manhã ou depois das nove e meia da noite, exceto um ou outro adolescente fumando na frente da pizzaria. Aqui estamos, em um bangalô de dois quartos (não é um chalé suíço, não é *mesmo*), perto da rodoviária e do mercadinho, com um extenso gramado para admirar, um varal rotativo e três construções externas (barracão, garagem, estufa). O que salva é a vista para o mar, que é mesmo indireta: visível da janela lateral do quarto. Foi o quarto que dei para você, e posicionei sua cama para que você veja o mar sempre que quiser. Eu dei isso tudo para você, Patrick, apesar de Tom e eu nunca antes termos morado em uma casa com vista. Do seu apartamento em Chichester Terrace, que tinha até decoração da era da Regência, você via o mar todo dia. Eu me lembro bem da vista do seu apartamento, mesmo que raramente o visitasse: a ferrovia Volk's, os jardins de Duke's Mound, o quebra-mar e suas ondas brancas nos dias de vento, e, claro, o mar, sempre diferente, sempre igual. Em nosso sobrado da rua Islingword, só o que Tom e eu víamos era o nosso reflexo na janela do vizinho. Ainda assim, eu não queria ir embora de lá.

Então suspeito que, quando você chegou do hospital na semana passada, quando Tom o tirou do carro e o pôs na cadeira, você tenha visto exatamente o que eu vi: a regularidade marrom do chapisco, o plástico impossivelmente liso da porta de vidro duplo, a sebe aparada de coníferas ao redor da casa, e tudo o aterrorizou, como ocorreu comigo. E o nome do lugar: *The Pines*. Que inapropriado, que sem graça. Suor frio provavelmente escorrera pelo seu pescoço, e de repente sua camisa causou desconforto. Tom o empurrou na cadeira de rodas para entrar. Você deve ter notado que os ladrilhos do caminho eram de concreto cinza-rosado, todos de igual tamanho. Quando girei a chave na fechadura e falei "bem-vindo", você retorceu as mãos emaciadas e forçou uma espécie de sorriso.

Ao entrar no hall, decorado com papel de parede bege, você deve ter sentido o cheiro de desinfetante que usei para preparar a casa para a sua chegada, e notado, no fundo, o odor de Walter, nosso cachorro collie. Você fez um gesto breve de cabeça para indicar a fotografia emoldurada do nosso casamento, Tom naquele lindo terno da Cobley's – pago por você – e eu naquele véu rígido. Nós três nos sentamos na sala, Tom e eu no novo sofá de veludo marrom, comprado com o dinheiro da aposentadoria dele, e ouvimos o ruído ritmado do aquecedor. Walter ofegava aos pés de Tom. Finalmente, Tom falou:

– Marion vai ajudar você a se instalar.

Eu notei a sua leve careta em resposta à determinação de Tom em ir embora, notei que você continuou a encarar as cortinas de renda quando ele se encaminhou até a porta e disse:

– Tenho umas coisas para fazer.

O cachorro o seguiu. Você e eu continuamos sentados, ouvindo os passos de Tom no hall, o farfalhar do casaco que ele tirou do cabideiro, o tilintar das chaves que ele conferiu se estavam no bolso; ouvimos ele gentilmente mandar Walter esperar, e depois veio o som de sucção do ar, quando ele abriu a porta de vidro duplo e saiu do bangalô. Quando finalmente olhei para você, suas mãos, relaxadas sobre os joelhos ossudos, tremiam. Você pensou, naquele momento, que enfim estar na casa de Tom não seria exatamente o que você esperara?

※

Quarenta e oito anos. Tenho que voltar isso tudo, até quando conheci Tom. E mesmo assim talvez não seja tempo suficiente.

Ele era tão contido, na época. *Tom*. Até o nome é sólido, modesto, mas ainda tem certo potencial sensível. Ele não era um Bill, um Reg, um Les, nem um Tony. Você já chegou a chamá-lo de Thomas? Eu quis, garanto. Às vezes, eu queria mudar o apelido dele. *Tommy*. Talvez você o chamasse assim, o belo jovem de braços fortes e cachos louro-escuros.

Eu conhecia a irmã dele da escola. No nosso segundo ano do ensino médio, ela me abordou no corredor:

– Estava pensando... você parece legal... quer ser minha amiga?

Até ali, nós duas vivíamos sozinhas, confusas com os rituais estranhos da escola, o eco nas salas de aula grandes e as vozes rápidas das outras meninas. Eu deixava Sylvie copiar meu dever de casa, e ela me deixava ouvir seus discos: Nat King Cole, Patti Page, Perry Como. Juntas, cantarolávamos baixinho "Some enchanted evening, you may see a stranger" no fim da fila para o cavalo de ginástica, deixando todas as outras meninas passarem na nossa frente. Nenhuma de nós gostava de brincar. Eu gostava de ir à casa de Sylvie porque ela tinha *coisas*, e a mãe de Sylvie deixava que ela usasse um penteado muito adulto no cabelo louro e fino; acho que ela até ajudava a filha a arrumar o cachinho da franja. Na época, meu cabelo, ruivo como sempre, ainda vivia em uma trança grossa que descia pelas minhas costas.

– É o fogo dela – dizia meu pai para minha mãe quando eu me enfurecia em casa (um dia, empurrei a cabeça do meu irmão Fred contra a porta com certa força), porque eu puxara o ruivo do lado dela.

Acho que você chegou a me chamar de "Ameaça Vermelha", não foi, Patrick? Naquele momento, eu já tinha aprendido a gostar da cor, mas sempre senti que ser ruiva era uma espécie de profecia autorrealizável: esperavam que eu fosse esquentada; então, quando eu sentia a raiva me tomar, a soltava. Não com tanta frequência, claro. Mas às vezes eu batia portas, jogava pratos. Um dia, bati o aspirador com tanta força no rodapé que quebrou.

Na primeira vez que fui convidada à casa de Sylvie em Patcham, ela usava um lenço de seda de cor pêssego no pescoço e, assim que o vi, quis um igual. Os pais de Sylvie tinham um armário alto na sala, as portas de vidro decoradas com estrelas pretas pintadas, para guardar as bebidas.

– É tudo comprado a prestação – disse Sylvie, empurrando a língua por dentro da bochecha e me levando para o andar de cima.

Ela me deixou colocar o lenço no pescoço e me mostrou os vidros de esmalte. Quando ela abriu um dos esmaltes, senti cheiro de jujuba. Sentada na cama arrumada, escolhi pintar as unhas largas e roídas de Sylvie de roxo-escuro e, quando acabei, aproximei a mão dela do meu rosto e soprei de leve. Finalmente, levei o dedo dela à minha boca e encostei a unha no meu lábio, para conferir se estava seco.

– O que você está fazendo? – perguntou ela, com uma gargalhada.

Soltei a mão dela, deixando-a cair de volta ao colo. A gata de estimação de Sylvie, Midnight, entrou e se esfregou na minha perna.

– Desculpe – falei.

Midnight se espreguiçou e se esfregou mais intensamente no meu tornozelo. Eu me estiquei para coçar a orelhinha dela e, enquanto estava abaixada fazendo carinho na gata, ouvi a porta do quarto sendo aberta.

– Vá embora – disse Sylvie, entediada.

Eu me levantei abruptamente, temendo que fosse comigo, mas ela estava olhando para a porta, atrás de mim. Eu me virei e o vi ali, e levei a mão ao lenço de seda ao redor do pescoço.

– Vá embora, Tom – repetiu Sylvie, com a voz de quem se resignara aos papéis que cada um interpretava naquele draminha.

Ele estava encostado no batente da porta, as mangas da camisa arregaçadas, e notei as linhas de músculo em seus braços. Ele não devia ter mais de quinze anos, mal chegava a ser um ano mais velho do que eu, mas já tinha ombros largos e a sombra do gogó na base do pescoço. Vi uma cicatriz no canto do queixo – parecia só um pouco amassado, como a marca deixada pelo dedo ao apertar massinha de modelar –, e sua expressão era de escárnio, o que na mesma hora entendi que era proposital, uma afetação que ele acreditava ser necessária, porque dava a ele uma cara de *Ted*; mas o efeito daquele garoto encostado no batente e me encarando com seus olhos azuis – pequenos, profundos – me fez corar tanto que precisei me abaixar de novo, enfiar os dedos nos pelos clarinhos das orelhas de Midnight e fixar o olhar no chão.

– Tom! Vá embora! – insistiu Sylvie, mais alto, e ele bateu a porta.

Você pode imaginar, Patrick, que levei alguns minutos para ter coragem de afastar a mão das orelhas da gata e olhar de novo para Sylvie.

Depois disso, fiz meu melhor para manter minha amizade firme com Sylvie. Às vezes, eu ia de ônibus até Patcham e passava na frente do sobrado, de olho nas janelas iluminadas, dizendo a mim mesma que eu esperava que ela fosse aparecer, sendo que, na verdade, meu corpo inteiro tremia na expectativa de que Tom surgisse. Um dia, fiquei sentada no muro, na esquina de frente à casa, até escurecer e meus dedos estarem dormentes. Ouvi os melros cantarem com o peito cheio, senti o cheiro úmido das sebes ao meu redor, e finalmente peguei o ônibus de volta para casa.

Minha mãe olhava muito pela janela. Sempre que cozinhava, se encostava no fogão para olhar pela frestinha de vidro da porta dos fundos. Ela estava sempre, ao que me parecia, preparando molho e olhando pela janela. Ela mexia o molho sem parar, raspando os restos de carne e gordura do fundo da panela. Tinha gosto de ferro e textura empelotada, mas meu pai e meus irmãos enchiam o prato. Era tanto molho que sujavam os dedos e as unhas, os quais lambiam enquanto minha mãe fumava, esperando a hora de lavar a louça.

Minha mãe e meu pai viviam se beijando. Na copa, ele segurando a nuca dela com força, ela abraçada à cintura dele, puxando-o para perto. Era difícil, naqueles momentos, entender como eles se encaixavam, de tão apertados. Eu achava comum vê-los daquele jeito, então só me sentava à mesa da cozinha, abria minha revista *Picturegoer* na toalha de mesa áspera, apoiava o queixo na mão e esperava que eles parassem. O mais estranho é que, apesar de tanto beijo, eles quase nunca conversavam. Falavam por meio da gente: "Você precisa pedir para o seu pai". Ou: "O que sua mãe achou?". À mesa, éramos Fred, Harry e eu, meu pai lendo o jornal, minha mãe de pé, fumando perto da janela. Acho que ela nunca se sentava à mesa para comer com a gente, exceto aos domingos, quando o pai do meu pai, vovô Taylor, nos visitava. Ele chamava meu pai de "garoto" e dava quase todo o jantar para o cachorrinho terrier de pelo amarelado, que ficava esperando debaixo da cadeira dele. Então não demorava para minha mãe se levantar e ir fumar, tirar a mesa e largar os pratos na cozinha. Ela me instalava na frente do escorredor para secar a louça e prendia um avental na minha cintura – um avental dela, que era comprido para mim e a gente precisava enrolar para caber –, e eu tentava me encostar na pia que nem ela. Às vezes, quando ela não estava, eu olhava pela janela e tentava imaginar o que minha mãe pensava enquanto observava nosso barracão de telhado inclinado, a hortinha de couves-de-bruxelas desordenadas do meu pai e o quadradinho de céu acima das casas vizinhas.

Nas férias, Sylvie e eu íamos à piscina de Black Rock. Eu sempre queria economizar dinheiro e ir à praia, mas Sylvie insistia que a gente deveria ir à piscina. Era em parte porque, na piscina, Sylvie podia paquerar uns garotos. Em toda a nossa época de escola, ela vivia cercada de admiradores, enquanto eu não atraía o interesse de ninguém. Eu nunca me animava com a ideia de mais uma tarde vendo minha amiga ser admirada; mas, com as janelas brilhantes, o concreto branco limpo e as espreguiçadeiras listradas, a beleza da piscina era irresistível. Então, acabávamos pagando os nove centavos para passar a catraca.

    Eu me lembro de uma tarde com especial nitidez. Tínhamos uns dezessete anos. Sylvie usava um biquíni verde-limão, e eu, um maiô vermelho que estava pequeno, e eu não parava de puxar as alças e a beirada para ajeitar. Naquela idade, Sylvie já tinha peitos bem impressionantes e a cintura fina; eu ainda era um retângulo comprido com um pouco de enchimento sobrando nas laterais. Eu tinha cortado o cabelo na altura do queixo, e gostava do penteado, mas era muito alta. Meu pai me mandava não me curvar, mas também insistia em me lembrar de sempre calçar sapatos sem salto.

    – Homem nenhum quer ver as narinas de uma mulher – dizia. – Não é, Phyllis?

    Minha mãe sorria, mas não dizia nada. Na escola, viviam dizendo que, por ser tão alta, eu devia ser boa jogadora de basquete, mas eu era horrível. Ficava sempre no canto da quadra, fingindo esperar um passe. O passe nunca vinha, e eu assistia aos garotos que jogavam rúgbi do outro lado da cerca. As vozes deles eram tão diferentes das nossas: graves e amadeiradas, com a confiança dos garotos que sabem o próximo passo da vida. Oxford. Cambridge. Advocacia. A escola vizinha era particular, sabe, que nem a sua era, e os garotos de lá me pareciam tão mais bonitos do que os que eu conhecia. Eles usavam blazers elegantes, andavam com as mãos nos bolsos e as franjas caindo no rosto, enquanto os garotos que eu conhecia (e eram poucos) avançavam como se estivessem atacando, sempre olhando bem para a frente. Não havia mistério neles. Estava tudo exposto. Não que eu conversasse com os meninos de franja. Você estudou em uma escola daquelas, mas nunca foi assim, foi, Patrick? Como eu, você nunca se encaixou. Eu entendi isso logo de cara.

Não estava quente o suficiente para tomar banho de piscina – um vento refrescante soprava do mar –, mas o sol estava forte. Sylvie e eu nos deitamos nas toalhas. Fiquei de maiô e saia, e Sylvie arrumou as coisas dela em uma fileira ao meu lado: pente, espelho, casaquinho. Ela se sentou e apertou os olhos, observando a multidão no pátio ensolarado. Sua boca estava sempre desenhada em um sorriso invertido, e os dentes da frente seguiam a linha curvada do lábio, como se especialmente entalhados. Fechei os olhos. Formas rosadas se moviam por trás das minhas pálpebras, e Sylvie suspirou e pigarreou. Eu sabia que ela queria conversar, apontar quem mais estava na piscina, quem fazia o quê com quem, e que garotos ela conhecia, mas eu só queria sentir o calor no rosto e aquela impressão distante que se tem deitada sob o sol da tarde.

Finalmente, estava quase lá. O sangue atrás dos meus olhos parecia se espessar, e meu corpo virara borracha. Os passos e as pancadas de garotos pulando na água do trampolim não tinham efeito para me acordar e, mesmo sentindo os ombros queimarem, continuei esticada no concreto, inspirando o cheiro calcário do chão molhado e do cloro frio que às vezes emanava dos passantes.

De repente, algo frio e molhado atingiu meu rosto e eu abri os olhos. A princípio, só consegui enxergar o brilho ofuscante do céu. Pisquei, e uma forma se revelou, destacada em rosa vivo. Pisquei de novo e ouvi a voz de Sylvie, petulante, mas feliz:

– O que *você* veio fazer aqui?

Assim, soube quem era.

Eu me sentei e tentei me arrumar, protegendo os olhos da luz e secando o suor do buço.

Ali estava ele, na contraluz, sorrindo para Sylvie.

– Você está nos molhando! – reclamou ela, secando gotas imaginárias dos ombros.

É claro que eu já tinha visto e admirado Tom muitas vezes na casa de Sylvie, mas aquela era a primeira vez que eu via tanto do corpo dele. Tentei me afastar, Patrick. Tentei não acompanhar a gota d'água que se arrastava do pescoço ao umbigo, não olhar para os fios molhados de cabelo na nuca. Mas você sabe como é difícil desviar o olhar daquilo que desejamos. Por isso, me concentrei nas canelas dele: nos pelos loiros e brilhantes que cobriam a pele. Ajeitei as alças do maiô e Sylvie insistiu, com um suspiro exagerado:

– O que você quer, Tom?

Ele olhou para nós duas, secas e queimadas de sol.

– Vocês não entraram na água?

– A Marion não nada – anunciou Sylvie.

– Por que não? – perguntou ele, olhando para mim.

Eu podia mentir, provavelmente. Mas, já naquela época, eu morria de medo de ser descoberta. No fim, sempre descobriam tudo. E ser descoberta era muito pior do que falar a verdade logo de uma vez.

Minha boca estava seca, mas consegui responder:

– Não sei nadar.

– Tom está no time de natação – disse Sylvie, com um tom que quase soava orgulhoso.

Eu nunca gostei de me molhar. O mar estava sempre ali, barulho e movimento constantes na beira da cidade. Mas isso não era motivo para eu me envolver, era? Até aquele momento, saber nadar nunca me parecera importante. De repente, contudo, eu sabia que seria necessário.

– Eu adoraria aprender – falei, tentando sorrir.

– O Tom te ensina; não é, Tom? – disse Sylvie, olhando para ele nos olhos, como se o desafiasse a recusar.

Tom teve um calafrio. Então pegou a toalha de Sylvie e a amarrou ao redor da cintura.

– Pode ser – disse, e se virou para Sylvie, esfregando o cabelo para tentar secá-lo. – Me empresta dez centavos.

– Cadê o Roy? – perguntou Sylvie.

Eu nunca tinha ouvido falar de Roy, mas Sylvie obviamente estava interessada, porque largou o assunto da natação e esticou o pescoço para enxergar atrás do irmão.

– Foi mergulhar – disse Tom. – Me empresta dez centavos.

– O que vocês vão fazer depois?

– Não é da sua conta.

Sylvie abriu o espelhinho e examinou o reflexo antes de falar, baixinho:

– Aposto que vocês vão ao Spotted Dog.

Ao ouvir isso, Tom avançou e deu um tapa de brincadeira na irmã, mas ela se esquivou. Ele deixou a toalha cair e eu desviei o olhar de novo.

Eu me perguntei qual era o problema de ir ao Spotted Dog, mas, sem querer me revelar ignorante, não disse nada.

Sylvie fez uma breve pausa antes de murmurar:

– Vocês vão, sim. Eu sei.

Ela puxou a ponta da toalha, se levantou de um pulo e a enrolou como uma corda. Tom avançou, mas Sylvie foi mais rápida. A ponta da toalha acertou o peito dele com um estalo, deixando uma marca vermelha. No momento, achei ter visto a marca pulsar, mas agora não tenho tanta certeza. Ainda assim, dá para imaginar: nosso menino lindo açoitado pela irmãzinha, marcado pela toalha macia de algodão.

Um lampejo de raiva cruzou o rosto dele, e eu estremeci; estava começando a esfriar; a sombra se espalhava sobre os banhistas. Tom olhou para o chão e engoliu em seco. Sylvie hesitou, sem saber qual seria o próximo passo do irmão. Com um gesto repentino, ele puxou a toalha de volta; ela riu, se esquivando, enquanto ele estalava a toalha sem parar, às vezes acertando a irmã com a ponta – ao que ela reagia com gritinhos agudos –, mas em geral errando a mira. Ele era delicado, sabe, eu soube mesmo na hora; estava brincando com uma falta de jeito proposital, provocando a irmã com a ideia de sua força e precisão maiores, com a ideia de que ele *podia* atingi-la.

– Eu tenho dez centavos – falei, procurando a moeda no bolso do casaco.

Era todo o dinheiro que eu tinha, mas ofereci para eles.

Tom parou de estalar a toalha. Ele estava ofegante. Sylvie esfregou o pescoço, onde tinha sido atingida pela toalha.

– Valentão – resmungou.

Ele esticou a mão e eu deixei a moeda na palma estendida, encostando com os dedos na pele quente.

– Obrigado – falou, com um sorriso, antes de se virar para Sylvie. – Tudo bem aí?

Sylvie deu de ombros.

Quando ele nos deu as costas, ela mostrou a língua.

Na volta para casa, cheirei minha mão, inspirando o perfume metálico. O cheiro do meu dinheiro estaria nos dedos de Tom também.

Logo antes de Tom entrar no serviço militar obrigatório, ele me deu uma pontada de esperança à qual me agarrei até ele voltar e, para ser sincera, por mais tempo depois disso.

Era dezembro e eu tinha ido lanchar na casa da Sylvie. Você pode entender que Sylvie raramente ia à minha casa, porque ela tinha um quarto próprio, um toca-discos portátil e refrigerante Vimto, enquanto eu dividia meu quarto com Harry e só tinha chá para beber. Na casa de Sylvie, nós comíamos presunto fatiado, pão branco macio, tomate e maionese, acompanhados por tangerinas em calda com leite condensado. O pai de Sylvie era dono de uma loja na orla, que vendia cartões-postais de sacanagem, balas, jujubas vencidas e bonequinhas feitas de conchas com algas secas. O nome da loja era Boas Notícias, porque também vendia jornais, revistas e algumas publicações mais picantes embrulhadas em papel-celofane. Sylvie me contou que o pai vendia cinco exemplares do *Kama Sutra* por semana, e três vezes isso durante o verão. Na época, eu só tinha uma vaga ideia de que o *Kama Sutra* era, por motivos que eu desconhecia, um livro proibido; mas fingi estar em choque, arregalando os olhos e perguntando "Jura?", ao que Sylvie assentiu, triunfante.

A gente comeu na sala, e o periquito da mãe de Sylvie piava constantemente ao fundo. As cadeiras eram de plástico, com pés de metal, e a mesa era impermeável, sem toalha. A mãe de Sylvie usava um batom alaranjado e, do meu lugar, dava para sentir o cheiro de lavanda do produto de limpeza que ela usara. Ela era muito gorda, o que me parecia estranho, porque só a via comer salada verde e pepino, e beber café puro. Apesar da aparente abnegação, seus traços pareciam perdidos na carne inchada do rosto, e seus seios enormes estavam sempre em destaque, como um suspiro gigante e bem aerado na vitrine da padaria. Quando eu sabia que não podia continuar olhando para Tom, sentado ao lado da mãe, eu desviava o olhar para o decote almofadado da sra. Burgess. Eu sabia que também não devia estar olhando para lá, mas era melhor do que ser pega percorrendo o filho dela com o olhar. Eu estava convencida de conseguir sentir o calor que emanava dele; o antebraço exposto, encostado na mesa, parecia aquecer a sala inteira. E eu sentia o cheiro dele (não era só imaginação, Patrick). Ele cheirava – você lembra? – a brilhantina – Vitalis, na época – e a talco com perfume de pinho, que depois soube que ele espalhava em grande quantidade debaixo do braço antes de se vestir de manhã. Naquela época, como você deve lembrar, homens como o pai de Tom eram contra talco. Hoje é diferente, claro. Quando vou ao mercadinho em Peacehaven e passo pelos garotos, cujos cabelos lembram tão exatamente o de Tom na juventude – penteados em topetes impossíveis com a ajuda da brilhantina –, fico até tonta com o cheiro forte do perfume. Esses meninos cheiram a móvel novo. Mas não era esse o cheiro de Tom. Ele tinha um cheiro excitante, porque, na época, homens que cobriam o suor com talco eram suspeitos, o que me interessava muito. E era o melhor dos dois mundos, sabe: o perfume fresco do talco, e, se estivesse perto o bastante, o odor quente e turvo da pele por baixo.

Quando terminamos de comer os sanduíches, a sra. Burgess trouxe pêssegos em calda em pratos cor-de-rosa. Comemos em silêncio. Finalmente, Tom limpou da boca o resíduo da calda e anunciou:

– Eu fui à junta militar hoje. Para me oferecer como voluntário. Assim, escolho o que fazer. – Ele afastou o prato e olhou de frente para o pai. – Começo semana que vem.

Depois de um rápido aceno, o sr. Burgess se levantou e estendeu a mão. Tom também se levantou, e apertou os dedos do pai. Eu me perguntei se eles já tinham se cumprimentado com um aperto de mãos outras vezes. Não parecia um gesto frequente. Sacudiram as mãos com firmeza e, depois, olharam ao redor da sala, como se não soubessem o que fazer.

– Ele sempre tem que me superar – sussurrou Sylvie no meu ouvido.

– O que você vai fazer? – perguntou o sr. Burgess, ainda de pé, olhando para o filho.

Tom pigarreou.

– Vou trabalhar na cozinha.

Os homens se encararam e Sylvie deixou escapar uma risadinha.

O sr. Burgess se sentou abruptamente.

– Que novidade, não é? Vamos beber alguma coisa, Jack? – perguntou a sra. Burgess, com a voz esganiçada, e achei ter ouvido hesitação quando ela afastou a cadeira. – A gente precisa de uma bebida, não acha? Para uma notícia dessas.

Quando se levantou, ela derramou o resto do café na mesa. O líquido se esparramou pelo plástico branco e pingou no tapete.

– Vaca desajeitada – resmungou o sr. Burgess.

Sylvie soltou outra risadinha.

Tom, que parecia estar em transe, ainda de pé e com o braço levemente esticado para o aperto de mão, se aproximou da mãe.

– Vou pegar um pano – falou, e tocou o ombro dela de leve.

Depois que Tom saiu da sala, a sra. Burgess olhou ao redor da mesa, de rosto em rosto.

– E agora? – perguntou.

A voz dela saiu tão fraca que me perguntei se mais alguém a ouvira falar. Ninguém respondeu em um primeiro momento. Finalmente, o sr. Burgess suspirou e disse:

– A cozinha não chega a ser exatamente a batalha do Somme, Beryl.

A sra. Burgess soluçou e saiu da sala atrás do filho.

O pai de Tom não disse mais nada. O periquito piou e piou, na espera por Tom. Eu o ouvi falar aos cochichos na cozinha, e imaginei que a mãe chorava em seus braços, devastada, como eu, por ele estar indo embora.

Sylvie chutou minha cadeira, mas, em vez de olhar para ela, encarei o sr. Burgess e falei:

– Até soldados comem, não é?

Mantive a voz firme e neutra. Mais tarde, era assim que eu falava quando um aluno me respondia na escola, ou quando Tom me dizia que era sua vez, Patrick, no fim de semana.

– Tenho certeza que Tom será um ótimo cozinheiro – falei.

O sr. Burgess soltou uma gargalhada tensa antes de empurrar a cadeira e gritar para a porta da cozinha:

– Pelo amor de Deus, cadê aquela bebida?

Tom voltou, trazendo duas garrafas de cerveja. O pai pegou uma delas, apontando-a para o rosto de Tom.

– Parabéns por magoar sua mãe.

Ele saiu da sala, mas, em vez de ir à cozinha consolar a sra. Burgess, como eu imaginara, ouvi a porta da casa bater.

– Você ouviu o que a Marion disse? – riu Sylvie, pegando a outra garrafa de Tom e esfregando as mãos nela.

– Isso é meu – reclamou Tom, pegando a garrafa de volta.

– Marion disse que você vai ser um ótimo cozinheiro.

Com um gesto ágil de punho, Tom abriu a garrafa e jogou a tampinha e o abridor na mesa. Ele pegou um copo de cima do aparador e se serviu, com cuidado, da cerveja escura e encorpada.

– Bem – falou ele, aproximando a bebida do rosto para inspecioná-la antes de tomar dois goles –, ela está certa – e limpou a boca com as costas da mão. Então me olhou de frente e disse, abrindo um largo sorriso: – Que bom que alguém nesta casa tem bom senso. Eu não fiquei de ensinar você a nadar?

Naquela noite, escrevi em meu caderno de capa dura preta: "O sorriso dele é como uma lua cheia de setembro. Misterioso. Cheio de promessas". Fiquei muito satisfeita com aquelas palavras, lembro bem. Toda noite, a partir daquela, eu enchia meu caderno com meu desejo por Tom. "Caro Tom", eu escrevia. Ou às vezes "Querido Tom", ou até "Meu querido Tom", mas não era uma indulgência que me permitia com frequência. Em geral, o prazer de ver o nome dele em letras desenhadas por meu próprio punho já bastava. Na época, eu ficava feliz com pouco. Porque, quando nos apaixonamos pela primeira vez, o nome basta. Apenas ver minha mão traçar o nome de Tom bastava. Quase.

Eu descrevia o desenrolar do dia em detalhes ridículos, olhos azuis e céus vermelhos. Acho que nunca escrevi sobre o corpo dele, apesar de obviamente ser isso o que mais me impressionava; provavelmente escrevi sobre seu nariz nobre (que, na verdade, é bastante achatado, parece até amassado) e sua voz grave e profunda. Veja, Patrick, como eu era comum. Tão comum.

Por quase três anos, descrevi todo o meu desejo por Tom, e aguardei o dia em que ele voltaria e me ensinaria a nadar.

Será que essa paixão parece um pouco boba para você, Patrick? Talvez não. Suspeito que você entenda de desejo, de como ele cresce quando é negado, mais do que qualquer outra pessoa. Sempre que Tom voltava à cidade de licença eu acabava me desencontrando dele, e agora me pergunto se era de propósito. Será que esperar pela volta dele, evitando encontrar o Tom de verdade e preferindo escrever sobre ele no caderno, era uma forma de amá-lo mais?

Durante a ausência de Tom, cheguei a pensar em arranjar uma carreira. Lembro que tive uma reunião com a srta. Monkton, a vice-diretora, perto do fim do meu último ano letivo, quando estava prestes a fazer as provas finais, e ela me perguntou quais eram meus planos para o futuro. As professoras insistiam muito para as garotas terem planos para o futuro, mesmo que eu soubesse, já na época, que era tudo um sonho distante, que só se sustentava entre as paredes da escola. Lá fora, os planos desmoronavam, especialmente para garotas. A srta. Monkton tinha um cabelo bem ousado para a época: cachos cheios, salpicados de grisalho. Eu tinha certeza de que ela fumava, porque tinha a pele da cor de chá forte e seus lábios, frequentemente retorcidos em um sorriso irônico, eram secos daquele jeito característico. Na sala da srta. Monkton, anunciei que gostaria de ser professora. Foi a única coisa que me ocorrera na época; soava melhor do que dizer que eu queria ser secretária, mas não absurdo como se eu dissesse que gostaria de ser uma romancista ou uma atriz, o que já imaginara, em particular.

Acho que nunca confessei isso para ninguém.

Enfim, a srta. Monkton girou a caneta até fazer um clique e falou:

– E como você chegou a essa conclusão?

Pensei. Não podia dizer: "Não sei o que mais poderia fazer". Nem: "Não parece que vou me casar tão cedo, né?".

– Eu gosto da escola, senhorita.

Quando falei, soube que era verdade. Eu gostava do sinal regular, dos quadros limpos, das carteiras empoeiradas e cheias de segredos, dos corredores compridos lotados de meninas, do fedor de aguarrás da aula de artes, do barulho do catálogo da biblioteca girando entre meus dedos. De repente, me imaginei na frente de uma sala de aula, usando uma saia elegante de tweed e um coque arrumado, ganhando o respeito e o afeto dos meus pupilos com métodos firmes, mas justos. Eu não tinha noção, então, de como me tornaria mandona, ou de como dar aulas mudaria minha vida. Você sempre me chamava de mandona, e estava certo; ser professora me ensinou a ser assim. Somos nós ou eles, entende? É preciso se posicionar. Aprendi logo cedo.

A srta. Monkton abriu um de seus sorrisos tortos.

– É bem diferente do outro lado da mesa – disse ela, e fez uma pausa, abaixando a caneta e virando o rosto para a janela. – Não quero desanimar suas ambições, Taylor. Mas o ensino exige enorme dedicação e firmeza considerável. Não que você não seja uma aluna competente. Mas eu imaginaria que um trabalho em escritório seria mais adequado. Uma função mais tranquila, talvez.

Olhei para o rastro de leite na superfície do chá dela, que esfriava. Fora a xícara, a mesa estava vazia.

– O que, por exemplo – continuou ela, voltando-se para mim depois de olhar de relance para o relógio acima da porta –, seus pais acham dessa ideia? Eles estão dispostos a apoiá-la?

Eu não tinha mencionado nada daquilo à minha mãe ou ao meu pai. Eles mal acreditavam que eu tinha entrado no ensino médio, para começo de conversa; ao saber que eu passara, meu pai tinha reclamado do preço do uniforme, e minha mãe, sentada no sofá, cobrira o rosto com as mãos e chorara. A princípio, eu fiquei satisfeita, acreditando que ela estava emocionada pelo meu feito, mas, como ela não parou, perguntei o que a angustiava.

– Vai ser tudo diferente, agora. Isso vai tirar você da gente – respondera ela.

Quase toda noite, eles reclamavam que eu passava tempo demais no quarto, estudando, em vez de conversar com eles.

Olhei para a srta. Monkton.

– Eles me deram apoio total – anunciei.

෴

Quando olho para o mar do outro lado do campo, nesses dias de outono em que a grama balança ao vento e o som das ondas lembra ofegos excitados, recordo que um dia senti coisas intensas e secretas, como você, Patrick. Espero que você entenda e que me perdoe.

Primavera de 1957. Depois do serviço militar, Tom não voltou, pois foi treinar para ser policial. Eu pensava animada em quando ele se juntaria ao batalhão. Parecia uma coisa tão corajosa, tão *adulta*. Eu não conhecia mais ninguém que faria uma coisa daquelas. Lá em casa, a polícia era suspeita – não exatamente inimiga, mas não inspirava confiança. Eu sabia que, como policial, Tom teria uma vida diferente da dos nossos pais, uma vida mais ousada, mais poderosa.

Eu fazia licenciatura em Chichester, mas ainda via Sylvie com frequência, apesar de ela estar cada vez mais envolvida com Roy. Um dia, ela me convidou para ir ao rinque de patinação. Quando cheguei, vi que tinha convidado Roy e outro garoto, Tony, que trabalhava na oficina com Roy. Tony não falava muito. Pelo menos, não comigo. De vez em quando, ele gritava alguma coisa para Roy enquanto patinávamos, mas Roy nem sempre dava atenção, porque seu olhar estava fixo no de Sylvie. Era como se eles não conseguissem olhar para mais nada, nem para aonde iam. Tony não segurou meus braços, então consegui passar na frente dele várias vezes quando estávamos patinando. Enquanto patinava, pensei no sorriso que Tom abrira para mim no dia em que anunciara que se alistara para a cozinha, no lábio fino que sumira acima dos dentes e nos olhos apertados. Quando paramos para tomar um refrigerante, Tony não sorriu para mim. Ele me perguntou quando eu deixaria a escola.

– Nunca. Vou ser professora – respondi, e ele olhou para a porta, como se quisesse sair patinando dali.

Em uma tarde ensolarada, pouco tempo depois, Sylvie e eu fomos ao parque Preston e nos sentamos no banco sob os olmos verdejantes que farfalhavam, quando ela anunciou o noivado com Roy.

– Estamos muito felizes – declarou, com um sorrisinho furtivo.

Perguntei se Roy tinha se aproveitado dela, mas ela sacudiu a cabeça, com o mesmo sorriso.

Por um bom tempo, ficamos apenas observando as pessoas que passavam por ali com os cachorros e os filhos, sob o sol. Algumas tomavam casquinhas do Rotunda. Nem eu nem Sylvie tínhamos dinheiro para sorvete, e Sylvie não dizia mais nada, então perguntei:

– Vocês chegaram até onde, então?

Sylvie olhou para o parque, balançando a perna direita, impaciente.

– Eu já te disse – respondeu.

– Não disse, não.

– Eu estou apaixonada por ele – declarou, espreguiçando os braços e fechando os olhos. – Muito apaixonada.

Era difícil de acreditar. Não que Roy fosse feio, mas ele falava sem parar, sobre assunto nenhum. Além disso, ele era magrelo. Aqueles ombros pareciam incapazes de aguentar qualquer peso.

– Você não sabe como é – disse Sylvie, virando-se para mim. – Eu amo Roy e nós vamos nos casar.

Olhei para a grama sob meus pés. É claro que eu não podia dizer: "Sei exatamente como é. Estou apaixonada pelo seu irmão". Eu teria rido de qualquer uma que se apaixonasse pelos *meus* irmãos, e Sylvie não tinha motivo para agir diferente.

– Quer dizer – continuou ela, me olhando fixamente –, sei que você é a fim do Tom. Mas não é a mesma coisa.

Senti o sangue subindo ao pescoço, às orelhas.

– O Tom não é desses, Marion – disse Sylvie.

Por um momento, pensei em me levantar e ir embora, mas minhas pernas tremiam e meu rosto estava paralisado em um sorriso.

Sylvie apontou com a cabeça para um garoto que passava por nós, com uma casquinha de sorvete na mão.

– Queria uma dessas – falou ela, alto.

O garoto virou o rosto e a olhou de relance, mas ela se voltou para mim e me deu um beliscão de leve no braço.

– Você não se incomoda por eu ter dito isso, não é? – perguntou.

Não consegui responder. Acho que consegui assentir. Humilhada e confusa, eu só queria voltar para casa e pensar melhor no que Sylvie dissera. Contudo, minhas emoções devem ter transparecido, porque, depois de um instante, Sylvie cochichou no meu ouvido:

– Vou te contar do Roy.

Continuei incapaz de responder, e ela prosseguiu:

– Eu deixei ele me tocar.

Olhei para ela, que lambeu os lábios e olhou para o céu.

– Foi esquisito – prosseguiu. – Não senti muita coisa, só medo.

Eu a encarei.

– Onde? – perguntei.

– Ali atrás do Regent...

– Não. Em que parte ele tocou você?

Ela estudou meu rosto por um momento e, vendo que não era brincadeira, respondeu:

– Sabe. Ele passou a mão lá.

Ela olhou de relance para o meu colo.

– Mas falei para ele que o resto, só depois de casar – continuou, e se espreguiçou no banco. – Eu nem ligaria de ir além, mas aí ele não casaria comigo, não é?

Naquela noite, antes de dormir, pensei muito no que Sylvie dissera. Imaginei de novo e de novo a cena, nós duas sentadas naquele banco, Sylvie balançando as pernas magras e suspirando ao dizer "Eu deixei ele me tocar". Tentei ouvir as palavras de novo. Ouvi-las claramente, de modo distinto. Tentei encontrar o sentido certo no que ela dissera sobre Tom, mas nenhuma ordem das palavras fazia sentido para mim. Deitada na minha cama, no escuro, ouvindo a tosse da minha mãe e o silêncio do meu pai, inspirei o lençol que trouxera até o rosto e pensei: "Ela não conhece ele tão bem quanto eu. Eu *sei* quem ele é".

Minha vida de professora na St. Luke's começou. Eu fizera o melhor para afastar o comentário de Sylvie da memória e aguentara até o fim do liceu imaginando o orgulho que Tom sentiria ao saber que eu me tornara professora. Eu não tinha base para supor que ele sentiria orgulho de mim, mas isso não me impediu de imaginá-lo de volta da academia de polícia, na entrada da casa da família Burgess, assobiando com a jaqueta jogada no ombro. Ele pegaria Sylvie no colo e giraria com ela (na minha fantasia, irmão e irmã eram melhores amigos) e então entraria em casa para dar um beijo na bochecha da sra. Burgess e entregar a ela o presente que escolhera com tanto cuidado (o perfume Attar of Roses de Coty, talvez, ou, uma opção mais ousada, Shalimar). O sr. Burgess entraria na sala e apertaria a mão do filho, fazendo Tom corar de satisfação. Só então ele se sentaria à mesa, posta com um bule de chá e um bolo madeira, e perguntaria se eles tinham notícia de mim.

– Ela agora é professora. Sério, Tom, você mal a reconheceria – diria Sylvie.

Tom abriria um sorrisinho secreto, assentiria, tomaria um chá e, sacudindo a cabeça de leve, diria:

– Eu sempre soube que ela faria algo de bom.

Era essa a fantasia que me ocupava quando subi a rua Queen's Park no primeiro dia de emprego. Apesar de sentir os braços dormentes, as pernas prestes a ceder, caminhei devagar, me esforçando para suar o mínimo possível. Eu me convencera de que, assim que as aulas começassem, o tempo ficaria frio e talvez úmido, então vestira um colete de lã e carregava um casaquinho de tricô estampado grosso. Na verdade, a manhã estava tão ensolarada que me incomodava. O sol batia no campanário da escola e iluminava os tijolos avermelhados com um brilho forte, e o reflexo nas janelas era ofuscante quando cruzei o portão.

Cheguei muito cedo, então não tinha criança alguma no pátio. A escola passara várias semanas fechada, durante as férias, mas, ainda assim, quando entrei no corredor comprido e vazio, fui imediatamente tomada pelo odor de leite condensado e pó de giz, misturados a suor infantil, cujo aroma acre era específico e especial. Todo dia, dali em diante, eu voltaria para casa com aquele cheiro no cabelo e nas roupas. Quando ajeitava a cabeça no travesseiro à noite, o fedor da escola subia ao meu redor. Nunca aceitei aquele cheiro plenamente. Aprendi a aguentá-lo, mas nunca deixei de notá-lo. Era semelhante ao cheiro da delegacia em Tom. Assim que chegava em casa, ele tirava a camisa e tomava um bom banho. Eu sempre gostei que ele fizesse isso. Agora me ocorre, contudo, que talvez ele ficasse de camisa com você, Patrick. Que talvez você gostasse do cheiro de sangue e alvejante da delegacia.

Naquela manhã, tremendo no corredor, olhei para a enorme tapeçaria de São Lucas na parede; ele se erguia na frente de um boi e atrás de um asno. Aquele rosto ameno, de barba curta, não me dizia nada. Pensei em Tom, claro, em como ele posaria determinado, com o queixo erguido e as mangas arregaçadas para exibir os antebraços musculosos, e também pensei em voltar correndo para casa. Avançando pelo corredor, apertando o passo aos poucos, vi que cada sala estava indicada com o nome de um professor, e que nenhum deles me era conhecido, nem me soava como um nome que me caberia. Sr. R. A. Coppard MA (Oxford) em uma porta. Sra. T. R. Peacocke em outra.

Então: passos atrás de mim, e uma voz.

– Oi, posso ajudar? Marinheira de primeira viagem?

Não me virei. Ainda estava encarando R. A. Coppard e me perguntando quanto tempo levaria para voltar o corredor todo até a saída, até a rua.

A voz insistiu:

– Perdão... Srta. Taylor?

Uma mulher que eu supus ter vinte e muitos anos se postara à minha frente, sorrindo. Ela era alta, como eu, e tinha cabelo distintamente preto e inteiramente liso. Parecia ter sido cortado com ajuda de uma tigela virada na cabeça, como meu pai fazia com meus irmãos. Ela usava batom muito vermelho. Com a mão no meu ombro, anunciou:

– Sou Julia Harcourt. Quarto ano.

Não respondi, então ela sorriu e acrescentou:

– A senhorita é a srta. Taylor, não é?

Assenti. Ela sorriu de novo, franzindo o narizinho. Ela tinha a pele bronzeada e, apesar de usar um vestido verde fora de moda, sem cintura marcada, e sapatos de couro marrons com cadarço, havia algo de alegre nela. Talvez fosse o rosto colorido, e a boca mais ainda; diferentemente da maioria dos professores da St. Luke's, Julia nunca usava óculos. Às vezes, eu me perguntava se aqueles que usavam o faziam pelo efeito estético, para olharem por cima do aro com desdém, por exemplo, ou tirá-los para apontar para um aluno mal-comportado. Admito agora, Patrick, que, no meu primeiro ano na escola, considerei comprar óculos também.

– As turmas de educação infantil ficam em outra parte do prédio – disse ela. – Por isso não encontrou seu nome nessas portas. O primeiro dia é sempre horrível – acrescentou, ainda segurando meu ombro. – No começo, eu era um desastre. Mas você vai sobreviver.

Como ainda assim não respondi, ela soltou meu ombro e falou:

– É por aqui. Eu te mostro.

Depois de um momento hesitante, vendo Julia se afastar e balançar os braços como se estivesse em uma trilha em South Downs, eu a segui.

Patrick, você se sentiu assim no primeiro dia no museu? Como se quisessem contratar outra pessoa e, por algum erro burocrático, a carta de aceite fora parar na sua casa? Duvido muito. Mas foi como me senti. Eu tinha certeza de que ia vomitar. Queria saber como a srta. Julia Harcourt lidaria com a situação se uma mulher adulta, pálida e suada vomitasse o café da manhã nos ladrilhos polidos do corredor, respingando em seus sapatos limpos.

Entretanto, não vomitei. Segui a srta. Harcourt, indo do primário à pré-escola, que tinha a própria entrada nos fundos do prédio.

A sala à qual ela me levou era iluminada e, ainda no primeiro dia, vi que aquela qualidade era mal aproveitada. As janelas altas eram meio obstruídas por cortinas floridas. Eu não enxergava a poeira nas cortinas, mas senti o cheiro imediatamente. O chão era de madeira, menos limpo do que o dos corredores. No fundo da sala ficava o quadro-negro, onde ainda se viam os rastros da letra de outro professor – dava para ler "julho de 1957" no canto superior esquerdo, em letra cursiva. Na frente do quadro, ficavam uma mesa grande e uma cadeira, ao lado de um aquecedor, protegido por uma grade de ferro. As fileiras de mesinhas baixas de criança eram completadas por cadeiras de madeira lascada. Em outras palavras, era deprimente de tão comum, exceto pela luz que tentava atravessar as cortinas.

Só quando entrei, encorajada pela srta. Harcourt, vi a área especial da minha nova sala. No canto, atrás da porta, entre o armário de papelaria e a janela, estavam um tapete e algumas almofadas. Nenhuma das salas de aula em que eu entrara no estágio tinha aquele elemento, e admito ter dado um passo para trás ao ver móveis macios em contexto escolar.

– Ah, sim – murmurou a srta. Harcourt. – Acho que a mulher que trabalhou aqui ano passado, a srta. Lynch, usava esta área para a contação de histórias.

Olhei para o tapete vermelho e amarelo e as almofadas combinando, fofas e decoradas com borlas, e imaginei a srta. Lynch cercada por seu bando, recitando *Alice no país das maravilhas* de cor.

– A srta. Lynch era pouco ortodoxa. Uma maravilha, na minha opinião, embora nem todos concordem. Talvez você prefira remover este canto? – perguntou ela, com um sorriso. – Podemos pedir ao zelador que tire. Há várias vantagens de usar carteiras, afinal.

Engoli em seco e finalmente consegui ar o bastante para falar.

– Prefiro deixar.

Minha voz soou pequena na sala vazia. De repente, reparei que teria de encher aquele espaço todo com minhas palavras, minha voz; uma voz sobre a qual – aquele momento me convencera – eu tinha pouquíssimo controle.

– Você é quem sabe! – exclamou Julia, dando meia-volta. – Boa sorte. Até o intervalo!

Ela se despediu com um aceno ao fechar a porta, batendo os dedos na ponta reta da franjinha.

Vozes infantis começavam a soar ao longe. Considerei fechar as janelas para me proteger do barulho, mas o suor já escorrendo do meu buço me impediu de fechá-las em um dia tão quente. Larguei a bolsa em cima da mesa. Em seguida, mudei de ideia, e a deixei no chão. Estalei os dedos, olhei para o relógio. Quinze para as nove. Andei de um lado para o outro da sala, olhando para os tijolos caiados, tentando me concentrar em algum conselho que aprendera na faculdade. "Aprenda os nomes dos alunos logo e os use com frequência", foi tudo o que me ocorreu. Parei em frente à porta e observei a reprodução emoldurada de *A anunciação*, de Leonardo da Vinci, pendurada acima do batente. O que, me perguntei, crianças de seis anos achariam daquilo? Provavelmente admirariam as asas musculosas do anjo Gabriel e questionariam a fragilidade do lírio, como eu fazia. E, como eu, provavelmente tinham pouquíssima noção do que estava prestes a acontecer com a Virgem Maria.

Abaixo da Virgem, a porta se abriu e um menininho de franja preta, que lembrava uma pegada de bota grudada na testa, apareceu.

– Posso entrar? – perguntou.

Meu primeiro instinto foi conquistá-lo e dizer "Claro, sim, claro, por favor", mas me contive. Será que a srta. Harcourt deixaria o menino entrar antes do sinal? Não era insolente da parte dele se dirigir a mim de tal forma? Olhei para ele de cima a baixo, tentando discernir suas intenções. O cabelo de pegada de bota não era bom indício, mas seu olhar era leve e ele se mantinha de pé ainda do outro lado da porta.

– Você precisa esperar – respondi – o sinal tocar.

Ele olhou para o chão e, por um momento horrível, achei que estava prestes a chorar, mas ele apenas bateu a porta, e fiquei ouvindo o barulho de suas botas enquanto corria para longe. Eu sabia que devia chamá-lo de volta, gritar para que ele parasse de correr imediatamente e voltasse para ser castigado. Em vez disso, fui até a mesa e tentei me acalmar. Eu precisava estar pronta. Peguei o apagador do quadro e limpei os resquícios de "julho de 1957" do canto. Abri a gaveta da mesa e tirei papel dali. Talvez fosse precisar daquilo. Então, decidi verificar minha caneta tinteiro, que sacudi sobre o papel, respingando gotas de tinta preta pela mesa. Quando as esfreguei, meus dedos ficaram pretos. E, quando tentei limpar a tinta dos dedos, acabei com as palmas pretas também. Andei até a janela, na esperança de secar a tinta à luz do sol.

Enquanto eu arrumava e decorava a mesa, o barulho das crianças brincando no pátio crescia gradualmente. Já estava alto o suficiente, ao que me parecia, para ameaçar inundar a escola toda. Uma garota sozinha no canto do pátio, com uma trança mais baixa do que a outra, encontrou meu olhar, e eu imediatamente me afastei da janela. Eu me repreendi por minha timidez. Era eu, a professora. Era ela quem deveria se afastar do meu olhar.

Finalmente, um homem de sobretudo cinza e óculos de armação de tartaruga entrou no pátio e causou um milagre. O barulho parou inteiramente, mesmo antes de o homem soprar o apito. Depois disso, as crianças, que antes estavam gritando de empolgação em alguma brincadeira, ou resmungando debaixo da árvore perto do portão, correram e se organizaram em filas alinhadas. Em um momento de pausa, ouvi os passos dos outros professores no corredor, os estalos confiantes das portas de salas sendo abertas e fechadas, e até uma mulher que, antes de bater a porta, riu e disse:

– Só uma hora e meia até o café!

Eu me voltei para a porta da minha sala. Parecia distante de mim e, conforme as crianças se aproximavam em marcha, observei o cenário com cuidado, esperando manter aquela sensação distante em mente nos minutos seguintes. A onda de vozes começou a crescer gradualmente de novo, mas foi logo interrompida pelo berro de um homem:

– Silêncio!

Seguiu-se o som de portas sendo abertas e o farfalhar e o arrastar de botas contra a madeira, as crianças liberadas para entrar nas salas.

Não seria adequado, acredito, chamar o que senti de *pânico*. Eu não estava mais suando, nem enjoada, como no corredor com Julia. Em vez disso, uma total apatia me acometeu. Eu não conseguia me impulsionar a fim de abrir a porta para as crianças, nem voltar para trás da mesa. Mais uma vez, pensei em minha voz e me perguntei onde exatamente no meu corpo ela se situava, onde eu a encontraria se procurasse. Podia ser até um sonho, e acho que cheguei a fechar os olhos por um minuto, na esperança de que, ao abri-los, tudo se tornasse nítido; minha voz voltasse, meu corpo fosse capaz de avançar na direção correta.

A primeira coisa que vi quando abri os olhos foi o rosto de um menino pressionado contra o painel de vidro da porta. Ainda assim, meu corpo se recusou a se mover, então senti alívio quando o menino da franja de pegada abriu a porta e repetiu o pedido, com um leve sorriso:

– Podemos entrar agora?

– Podem – falei, e me virei para o quadro para não ter que vê-los se aproximar.

Tantos corpinhos procurando em mim sensatez, justiça e instrução! Imagina, Patrick? No museu, você nunca enfrenta o público, enfrenta? Na sala de aula, o enfrentamos todo dia.

Enquanto eles entraram, cochichando, rindo, arrastando cadeiras, peguei o giz e escrevi, como aprendera no curso, a data no canto superior esquerdo. Então, por algum motivo estranho, me ocorreu que eu podia escrever o sobrenome de Tom, em vez do meu. Eu estava tão acostumada a escrever o nome dele no meu diário, toda noite – às vezes uma coluna de Toms se formaria, se tornaria uma parede de Toms, uma torre de Toms – que fazer o mesmo tão abertamente, naquele lugar público, me pareceu de repente perfeitamente possível, talvez até razoável. Chocaria os pestinhas. Hesitei, com a mão próxima ao quadro, e – não resisti, Patrick – uma gargalhada me escapou. O silêncio caiu sobre a sala quando engoli a gargalhada.

Passou-se um momento enquanto eu me continha, até encostar o giz no quadro e começar a formar letras; o som ecoante e agradável, delicado e firme, de escrever, em maiúsculas:

SRTA. TAYLOR

Eu me afastei e olhei para o que minha mão escrevera. As letras subiam na direção do canto direito, como se também quisessem fugir da sala.

SRTA. TAYLOR

Meu nome dali em diante, então.

Eu não planejava olhar diretamente para as fileiras de rostos, a intenção era concentrar o olhar na Virgem acima da porta. Mas ali estavam eles, impossíveis de evitar, vinte e seis pares de olhos voltados para mim, todos diferentes, mas igualmente intensos. Três chamavam minha atenção: o menino do cabelo de pegada, sentado na ponta da segunda fileira, sorrindo; no meio da primeira fileira, uma menina com cachos pretos cheios e um rosto tão pálido e magro que levei um instante para desviar o olhar; e, na última fileira, uma menina com um lacinho sujo na lateral da cabeça, de braços cruzados, a boca delineada por sulcos firmes. Quando encontrei o olhar dela, diferentemente dos outros, ela não desviou os olhos. Considerei mandá-la descruzar os braços, mas desisti. Haveria muito tempo para lidar com aquelas meninas, pensei. Que erro. Até hoje desejo não ter deixado Alice Rumbold agir daquele jeito no primeiro dia.

Algo estranho acontece conforme eu escrevo. Fico me dizendo que o que estou escrevendo é um relato explicativo do meu relacionamento com Tom, e tudo o mais decorrente disso. Claro, o *tudo* – que é justamente o motivo para escrever – vai se tornar mais difícil de escrever em breve. Mas descubro, de modo inesperado, que estou me divertindo muito. Meus dias têm o tipo de propósito que não tinham desde que me aposentei. Incluo todo tipo de coisa, inclusive aquelas que podem não ser do seu interesse, Patrick. Mas não me importo. Quero me lembrar de tudo, por mim e por você também.

Conforme escrevo, me pergunto se terei coragem de ler isso tudo para você. Sempre foi meu plano, mas, quanto mais me aproximo daquele *tudo*, menos me parece provável.

Esta manhã, você deu especial trabalho recusando-se a ver televisão, mesmo quando mudei de *This Morning,* que nós dois odiamos, para uma reprise de *As Time Goes By*, na BBC2. Você não gosta da dama Judi Dench? Achei que todos gostassem dela. Achei que a combinação de atuação clássica e familiaridade acessível (o "i" na grafia do nome dela tem tanto impacto, não é?) a tornasse irresistível. E ainda teve aquela cena com os sucrilhos batidos, o pote derramado, que fez Tom suspirar um *tut* robusto. Eu sabia que você não estava exatamente disposto a se sentar à mesa do café, mesmo com os talheres especiais e as almofadas que eu arrumara para acomodá-lo, como sugerido pela enfermeira, Pamela. Devo confessar que acho difícil me concentrar no que Pamela diz, de tão intrigada que fico com as franjas compridas que se projetam das pálpebras dela. Sei que não é especialmente raro loiras roliças de vinte e muitos anos usarem cílios postiços, mas é uma combinação estranhíssima: o uniforme sóbrio branco de Pamela, o jeito direto que ela tem... e os olhos de quem frequenta festas. Ela sempre me diz que vem aqui em casa por uma hora na manhã e outra à noite, para que eu possa "descansar". Mas eu não descanso, Patrick: uso o tempo para escrever. Enfim, foi Pamela quem me disse para tirar você da cama sempre que possível, e sugeriu deixá-lo à "mesa da família" para comer. Contudo, eu vi sua mão descontrolada ao levantar a colher hoje, e quis impedir, segurar seu punho, mas você me olhou logo antes de a colher chegar aos seus lábios e seus olhos estavam tão vivos, com uma emoção ilegível – na hora, achei que fosse raiva, mas agora imagino que possa ter sido algum tipo de apelo –, que me distraí. E de repente: bum! A tigela foi ao chão, gosma leitosa escorrendo pelo seu colo e pingando nos sapatos de Tom.

Pamela diz que a audição é o último sentido que se perde no caso de um derrame. Mesmo que você não fale, você escuta perfeitamente bem, segundo ela. Deve ser como voltar à primeira infância, capaz de entender as palavras dos outros, mas incapaz de formar os sons necessários para articular uma comunicação clara. Eu me pergunto por quanto tempo você vai aguentar. Ninguém falou nada a respeito disso. As palavras "não dá para saber" se tornaram detestáveis. Quanto tempo até ele se recuperar, doutor? "Não dá para saber." Quanto tempo até ele voltar a falar? "Não dá para saber." Ele pode ter outro derrame? "Não dá para saber." Ele vai se recuperar plenamente? "Não dá para saber." Os médicos e enfermeiros falam dos passos seguintes – fisioterapia, fonoaudiologia, até mesmo psicoterapia por causa da depressão, que nos avisaram ser iminente –, mas ninguém está disposto a prever a probabilidade de que isso tudo vá funcionar.

Minha impressão é que sua maior esperança de recuperação se encontra aqui, sob este teto.

Fim de setembro de 1957. De manhã cedo, no portão da escola, e o céu ainda mais amarelo do que azul. Nuvens se abriam sobre o campanário, pombos-torcaz arrulhavam aquele canto triste e horrível. *Oh-oooh-ooh-oh-oh.* E lá estava Tom, encostado na porta, voltado para mim.

Eu já estava trabalhando havia algumas semanas e me acostumara a encarar o dia de aulas, então minhas pernas estavam mais firmes, minha respiração, mais controlada. Ver Tom, entretanto, me fez perder o fôlego.

– Marion?

Eu imaginara seu rosto firme, seu sorriso de meia-lua, a solidez de seu antebraço nu tantas vezes, e lá estava ele, em Queen's Park Terrace, na minha frente, menor do que eu me lembrava, mas também mais refinado; depois de quase três anos de ausência, seu rosto se afinara, e sua postura se tornara mais ereta.

– Eu estava torcendo para te ver. Sylvie contou que você agora dá aulas aqui.

– Bom dia, srta. Taylor – cantarolou Alice Rumbold ao passar por nós, e tentei me controlar.

– Não corra, Alice – falei, e continuei de olho nas costas dela ao me dirigir a Tom. – O que você veio fazer aqui?

Ele sorriu por um instante.

– Eu estava só… dando uma volta pela região, e pensei em vir dar uma olhada na escola.

Mesmo naquela hora, não acreditei de todo na declaração. Ele fora mesmo até lá só para me ver? Tinha ido me procurar? Pensar naquilo me fez ofegar. Por um momento, ficamos em silêncio, até eu conseguir falar:

– Você é policial agora, não é?

– Isso mesmo – respondeu. – Cabo Burgess, a seu dispor. – Ele riu, mas deu para ver que estava orgulhoso. – Mas ainda estou no período probatório – acrescentou.

Ele me olhou de cima a baixo, com bastante ousadia, demorando-se. Apertei as mãos na alça da cesta de livros que carregava, esperando ler o veredito em seu rosto. Quando seu olhar voltou ao meu, contudo, sua expressão continuava igual: firme, um pouco fechada.

– Faz tempo. Muita coisa mudou – falei, na tentativa de conquistar um elogio, por mais forçado que fosse.

– Mudou? – E, depois de uma pausa, acrescentou: – Você mudou, certamente. – Então, rápido, antes que eu corasse mais: – Bom. Melhor eu deixar você ir trabalhar.

Agora, me lembro de vê-lo olhar para o relógio, mas talvez isso não tenha acontecido.

Eu tive escolha, Patrick. Eu podia me despedir rápido e passar o restante do dia desejando ter ficado mais tempo com ele. Ou... Ou eu podia me arriscar. Eu podia falar alguma coisa interessante. Ele tinha voltado e estava na minha frente, em carne e osso, e eu podia aproveitar. Eu já era mais madura, pensei; tinha vinte anos feitos, era uma ruiva de cabelo penteado em cachos arrumados. Eu usava batom (rosa-claro, mas ainda era batom) e um vestido azul com saia trapézio. Era um dia quente de setembro, um dia milagroso de luz suave, o sol ainda brilhando como se fosse verão. *Ooh-oooh-ooh-oh-oh*, cantavam os pombos-torcaz. Valia o risco.

Por isso, falei:

– Quando você vai me ensinar a nadar?

Ele riu, uma gargalhada cheia que se sobrepôs a tudo ao nosso redor: os gritos das crianças no pátio, o arrulhar dos pombos. Ele me deu dois tapas nas costas. No primeiro, quase caí em cima dele – o ar ao meu redor ficou mais quente e senti o perfume de Vitalis –, mas no segundo me segurei e ri também.

– Eu tinha esquecido – disse ele. – Você ainda não sabe nadar?

– Estava esperando você me ensinar.

Ele riu uma última vez, mais incerto.

– Aposto que *você* é boa professora.

– Sou. E preciso saber nadar. Tenho que ficar de olho nas crianças na piscina.

Era uma mentira deslavada, e fiz questão de encarar Tom de frente ao falar.

Ele me deu mais um tapa nas costas, de leve. Era um gesto comum naqueles primeiros dias e, na época, o calor da palma dele entre minhas omoplatas me excitava, mas hoje me pergunto se era seu modo de me manter a uma distância segura.

– Você está falando sério.

– Estou.

Ele levou a mão ao cabelo – mais curto, menos cheio, mais controlado desde o exército, mas ainda com aquela onda que ameaçava se derramar a qualquer instante – e olhou para a rua, como se esperasse que a resposta viesse dali.

– Você se incomoda de começar no mar? Não é o mais recomendado para principiantes, mas tem feito tanto calor que seria uma pena desperdiçar... O sal ajuda na flutuação, e...

– Mar, então. Quando?

Ele me olhou de cima a baixo de novo e, daquela vez, não corei.

– Oito da manhã de sábado, pode ser? A gente se encontra entre os píeres. Na frente do café.

Assenti.

Ele riu de novo.

– Não esqueça o maiô – disse, seguindo pela rua.

Acordei cedo no sábado. Gostaria de dizer que passei a noite sonhando com Tom nas ondas, mas não seria verdade. Não me lembro do que sonhei, mas provavelmente tinha a ver com a escola, e envolvia eu esquecer o tema da aula, ou acabar presa no armário de papelaria, testemunha do caos das crianças. Todos os meus sonhos pareciam seguir essa linha na época, por mais que eu quisesse sonhar com Tom no mar comigo, nós dois entrando e saindo, subindo e descendo nas ondas.

Então: acordei cedo, depois de sonhar com carteiras, giz e garrafinhas de leite com canudos, e, ainda da janela, vi que não era um dia promissor. O clima de setembro andava ameno, mas o mês estava chegando ao fim e, no caminho por Victoria Gardens, a grama estava encharcada. Eu estava adiantadíssima, claro; provavelmente não tinha dado nem sete horas, o que intensificava a sensação deliciosa de fazer algo em segredo. Deixara meus pais dormindo e não contara a ninguém aonde ia. Eu estava longe de casa, da família e da escola, e tinha o dia todo pela frente.

Para matar o tempo (ainda precisava esperar pelo menos quarenta minutos até a chegada da hora mágica das oito), caminhei pela orla. Andei do píer Palace ao West e, naquela manhã, o Grand Hotel, branco como um bolo de casamento, o porteiro já a postos na entrada, de cartola, luva e tudo, me pareceu sem graça. Não senti a emoção que normalmente me bate ao passar pelo Grand – a ânsia por quartos silenciosos com vasos de palmeiras e carpetes felpudos, por sinos discretos tocados por senhoras usando pérolas (pois era assim que eu imaginava o lugar, provavelmente inspirada por filmes de Sylvia Syms); não, o Grand podia continuar ali, ardendo em dinheiro e prazer. Não me dizia nada. Eu estava feliz de ir ao café entre os píeres. Tom não tinha me olhado de cima a baixo, me visto por inteiro? Ele não estava prestes a surgir, milagrosamente alto, mais alto do que eu, lembrando um pouco Kirk Douglas? (Ou seria Burt Lancaster? O maxilar definido, o olhar de aço. Eu nunca concluí com qual dos dois ele mais se parecia.) Eu estava muito distante, naquele momento, do que Sylvie me falara sobre Tom naquele banco do parque Preston. Eu era uma jovem de sutiã pontudo e justo, carregando uma touca amarela florida na cesta, prestes a encontrar o amado, que recém-voltara do exército, para um secreto banho de mar matutino.

Sob a placa do café, que rangia, olhei para o mar e pensei. Criei um desafio para mim mesma: será que eu conseguiria evitar olhar para o Palace, de onde eu sabia que ele viria? Concentrando o olhar na água, eu o imaginei emergindo do mar como Netuno, envolvido em bodelha, o pescoço incrustado de cracas, um caranguejo pendurado no cabelo; ele puxaria a criatura e a jogaria para longe, se soltando das ondas. Ele avançaria, sem som, na minha direção pela praia, me pegaria no colo e me arrastaria para o lugar de onde viera. Comecei a rir sozinha, e só ver Tom – o Tom de verdade, vivo, em carne e osso, andando na terra – me conteve. Ele vestia uma camiseta preta e trazia uma toalha marrom desbotada pendurada no ombro. Ao me ver, acenou e apontou para o lugar de onde viera.

– Tem um vestiário no clube – falou. – Por aqui. Debaixo dos arcos.

Antes que eu respondesse, ele andou na direção para a qual apontara.

Continuei de pé em frente ao café, ainda imaginando Tom-Netuno saindo do mar, encharcado de sal e peixe, respingando pela orla a salmoura e as criaturas marinhas do mundo profundo e escuro do oceano.

– Não tenho o dia todo! – gritou ele, sem se virar, e eu o segui, correndo para alcançá-lo, em silêncio até chegarmos à porta de metal sob os arcos.

Ele se virou e me olhou.

– Você trouxe touca, não é?

– Claro.

Ele destrancou a porta e a empurrou.

– Pode descer quando estiver pronta, então. Vou indo na frente.

Entrei. O lugar era como uma caverna, úmido e com cheiro de calcário, a tinta descascando do teto, canos enferrujados percorrendo a parede. O chão ainda estava molhado, o ar, grudento, e senti um calafrio. Pendurei meu casaquinho em um cabide no fundo do cômodo e desabotoei o vestido. Eu tinha melhorado desde o maiô vermelho que usara naquele dia anos antes na piscina, e comprara um novo maiô, de tom verde vivo, estampado em espirais, na Peter Robinson. O efeito me agradara quando eu o provara na loja: o bojo do sutiã era de um material que me parecia borracha, e tinha uma sainha curta e plissada acoplada à cintura. Mas ali na caverna do vestiário não havia espelhos, só uma lista de competições de natação com nomes e datas (notei que Tom ganhara a mais recente), então, depois de enfiar a touca florida na cabeça e dobrar o vestido no banco, saí, enrolada na toalha.

O sol estava mais alto e o mar brilhava de leve. Apertando os olhos, vi a cabeça de Tom entre as ondas. Eu o observei sair do mar. De pé na parte rasa, ele jogou o cabelo para trás e esfregou as coxas com as mãos, como se tentasse esquentar a pele à força.

Cambaleante, e precisando me agarrar à toalha para que ela não caísse ao chão, consegui descer a praia de sandália. Os estalos das pedrinhas sob meus pés me convenceram de que a cena era verdadeira, que aquilo estava mesmo acontecendo comigo: eu me aproximava do mar, e me aproximava de Tom, que vestia uma sunga azul listrada.

Ele veio me cumprimentar, e segurou meu cotovelo para eu me estabilizar nas pedras.

– Bonita touca – disse ele, com um sorrisinho. – Essas você vai ter que tirar – acrescentou, olhando para as minhas sandálias.

– Eu sei.

Tentei manter a voz leve e divertida, como a dele. Naquela época era raro, não era, Patrick, a voz dele chegar a um tom que chamaríamos de sério; havia sempre muitas subidas e descidas nela, uma delicadeza quase musical (sem dúvida, era assim que você a ouvia), como se não desse para acreditar completamente no que ele dizia. Ao longo dos anos, a voz dele perdeu um pouco da musicalidade, em parte, acredito, em reação ao que aconteceu com você; mas mesmo hoje, vez ou outra, escuto uma gargalhada por trás das palavras dele, apenas esperando a hora de sair.

– Tá bom. Vamos entrar juntos. Não pense demais. Pode se segurar em mim. Primeiro você vai se acostumar com a água. Hoje o mar não está tão frio, está até bem quentinho, porque é sempre melhor nesta época do ano, e está calmo, então tudo certo. Não tem com o que se preocupar. Só que é bem raso aqui, então a gente vai precisar avançar um pouco. Pronta?

Eu nunca o ouvira falar tanto, e me choquei um pouco com o profissionalismo rígido em sua voz. Era o mesmo tom firme e suave de quando eu tentava convencer meus alunos a lerem a próxima frase de um livro sem hesitar. Notei, então, que Tom seria bom policial. Ele levava jeito para assumir um tom de quem estava no controle de tudo.

– Você já fez isso antes? – perguntei. – Já ensinou alguém a nadar?

– No exército, e em Sandgate. Alguns garotos nunca tinham entrado na água. Então os ajudei a molhar a cabeça.

Ele riu um pouco.

Apesar do que Tom dissera, a água estava gelada. Quando entrei, meu corpo todo se retesou e perdi o fôlego. Senti os pés pressionados nas pedras e o sangue gelar imediatamente, e fiquei com a pele arrepiada e batendo os dentes. Tentei concentrar minha energia no ponto de contato entre os dedos de Tom e meu cotovelo. Eu disse para mim mesma que aquele contato bastaria para que tudo valesse a pena.

Tom, é claro, não deu indicação de notar o gelo da água, nem a aspereza das pedras. Conforme ele avançava, o mar ondulando na altura das coxas, pensei em como seu corpo era flexível. Ele me guiava, então estava um pouco à frente; isso me permitia observá-lo bem e, ao fazê-lo, consegui controlar o maxilar trêmulo e respirar fundo, atravessando o frio que assomava meu corpo a cada passo. Tanto Tom nas ondas, cruzando a água. Tanta pele, Patrick; tudo brilhando naquela manhã ensolarada de setembro. Ele avançou até a água chegar à altura do peito, sem soltar meu cotovelo. Tudo se mexia, e Tom também: ele se mexia com o mar, ou contra ele, conforme quisesse, enquanto eu sentia os movimentos tarde demais, me equilibrando por pouco.

Ele olhou para trás.

– Tudo bem?

Porque ele sorriu, assenti.

– O que está sentindo? – perguntou.

Como, Patrick, eu podia começar a responder àquilo?

– Estou bem – respondi. – Está um pouco frio.

– Que bom. Você está indo bem. Agora a gente vai nadar um pouquinho. Só quero que você me siga e, quando estivermos mais fundo, deixe os pés saírem do chão, e eu vou te segurar, só para você sentir como é. Tudo bem?

Tudo bem? Ele me perguntou com uma expressão tão séria que foi difícil não rir. Como eu faria objeção à promessa de Tom de me segurar?

Avançamos mais, e a água cobriu minhas coxas e minha cintura, tocando meu corpo todo com sua língua congelante. Finalmente, quando o mar chegava às minhas axilas, começando a respingar na minha boca, deixando um rastro de sal em meus lábios, Tom encostou completamente a mão na minha barriga e fez pressão.

– Tire os pés do chão – ordenou.

Não preciso nem dizer, Patrick, que obedeci, inteiramente hipnotizada pela enorme força daquela mão em minha barriga, e pelos olhos de Tom, azuis e volúveis como o mar, nos meus. Levantei os pés e fui puxada para cima pelo sal e pelo movimento ondulante da água. A mão de Tom estava ali, ainda, uma plataforma segura. Tentei ficar com a cabeça acima das ondas e, por um segundo, tudo se equilibrou perfeitamente na mão espalmada de Tom.

– Ótimo. Você está quase nadando.

Eu me virei para assentir – queria ver seu rosto, sorrir e vê-lo sorrir de volta (professor orgulhoso!, melhor aluna!) –, mas o mar cobriu meu rosto e não consegui mais enxergar. Em pânico, me soltei da mão dele; a água entrou pelo meu nariz, e me debati desesperada com as pernas e os braços, procurando algo para segurar, algo sólido em que me ancorar. Então senti um volume macio ceder sob o pé – a virilha de Tom, soube na hora –, e o empurrei para conseguir subir e pegar ar. Ouvi Tom gritar e, quando afundei de novo, ele me pegou, abraçando-me pela cintura e me arrancando da água, meus seios quase na cara dele, mas não parei de me debater, ofegante.

– Está tudo bem, peguei você.

Somente quando o ouvi dizer aquilo, em um tom de leve irritação, parei de me debater e me agarrei aos ombros dele, sentindo a touca florida balançando, pendurada do lado da cabeça como um pedaço de pele solta.

Ele me carregou de volta à orla em silêncio e, quando me deixou na areia, eu não conseguia nem olhar para ele.

– Descanse um pouco – disse ele.

– Desculpe – ofeguei.

– Respire fundo, e a gente vai tentar de novo.

– De novo? – perguntei, erguendo o olhar para ele. – Está de brincadeira?

Ele passou o dedo na ponta do nariz.

– Não. Nada de brincadeira. Você precisa mergulhar de novo.

Olhei a praia; as nuvens iam se juntando e o dia não esquentara nada. Ele me ofereceu a mão.

– Venha. Só mais uma vez – disse, com um sorriso. – Até perdoo você pelo chute que me deu.

Como eu poderia recusar?

Todo sábado, passamos a nos encontrar no mesmo lugar, para Tom tentar me ensinar a nadar. Eu passava a semana na expectativa daquela hora com Tom no mar e, mesmo quando o clima esfriou, eu me sentia quente, com um fogo no peito que me mantinha em movimento na água, me fazia nadar naquelas braçadas breves até as mãos que me esperavam. Não o surpreenderá saber que eu aprendia devagar de propósito e, quando o clima piorou, fomos obrigados a continuar as aulas na piscina, apesar de Tom ainda nadar todos os dias no mar. Aos poucos, começamos a conversar. Ele me contou que entrara para a polícia porque não era o exército, e porque todo mundo dizia que era o que ele deveria fazer, considerando a altura e a força dele, e era melhor do que trabalhar na fábrica de Allan West. Eu sentia, também, que ele tinha orgulho do trabalho, que gostava da responsabilidade e até do perigo. Ele demonstrava interesse no meu trabalho, também; perguntava muito sobre como eu ensinava as crianças, e eu tentava responder de modo inteligente, mas encorajador. Conversamos sobre Laika, a cadela que os russos mandaram ao espaço, e sobre a pena que sentíamos dela. Tom disse que gostaria de ir ao espaço, disso me lembro, e me lembro de responder que talvez ele fosse, um dia, e de que ele riu histericamente do meu otimismo. Às vezes, conversávamos sobre livros, mas quanto a esse assunto o meu entusiasmo era sempre maior do que o de Tom, então eu tomava cuidado para não falar demais. Você não faz ideia, Patrick, de como era libertador – *ousado*, até – falar daquilo com Tom. Até então, eu sempre acreditara que devia ficar quieta quanto ao que hoje chamaria de *interesses culturais*. Falar demais desses assuntos era coisa de exibida, de quem se achava melhor do que era. Com Tom, era diferente. Ele queria ouvir aquelas coisas, porque também queria parte delas. Nós dois ansiávamos por esse outro mundo e, na época, parecia que Tom seria um possível parceiro para uma aventura nova, ainda indefinida.

Certa vez, caminhando de volta para o vestiário da piscina, os dois enrolados nas toalhas, Tom me perguntou de repente:

– E arte?

Sabia pouco de arte; tinha estudado na escola, e gostava dos impressionistas, claro, especialmente Degas e alguns pintores italianos. Logo, respondi:

– Eu gosto.

– Tenho ido à galeria. – Era a primeira vez que Tom me falava sobre o que ele fazia, além de nadar, no tempo livre. – Estou achando muito interessante. Nunca tinha olhado direito, sabe? Assim, por que teria?

Sorri.

– Mas agora tenho olhado, e acho que estou *enxergando* algo ali, algo especial.

Chegamos à porta dos vestiários. Água fria escorria pelas minhas costas, e comecei a tremer.

– Você acha bobo? – perguntou ele.

– Não. Acho ótimo.

Ele sorriu.

– Sabia que você ia achar. É um lugar incrível. Tem todo tipo de quadro. Acho que você gostaria.

Seria na galeria de arte o nosso primeiro encontro? Não era um lugar perfeito, mas era um bom começo, pensei. Então, com um sorriso brilhante, tirei a touca e sacudi o cabelo no que esperava ser um gesto sedutor.

– Eu adoraria ir.

– Semana passada eu vi uma pintura, enorme, só do mar. Dava para pensar em mergulhar. Só mergulhar na pintura, nadar nas ondas.

– Que maravilha.

– E tem esculturas, também, e aquarelas, das quais eu não gostei tanto, e desenhos que parecem inacabados, mas acho que é de propósito... tem de tudo.

Eu já estava batendo os dentes, mas continuei sorrindo, certa de que se seguiria um convite.

Tom gargalhou e me deu um tapinha no ombro.

– Desculpa, Marion. Você está com frio. Vou deixar você se vestir – disse ele, e passou a mão pelo cabelo molhado. – A gente se vê sábado?

Era assim toda semana, Patrick. A gente conversava – na época, conversávamos bem – e ele desapareceria pela cidade, me largando fria e encharcada, sozinha com a perspectiva de subir Albion Hill e do fim de semana com minha família. Em algumas noites de sábado ou tardes de domingo, eu ia ao cinema com Sylvie, mas ela andava ocupada com Roy, então eu passava a maior parte do fim de semana sentada na cama com as cobertas, lendo ou preparando as aulas da semana. Também passava muito tempo à janela, olhando para nosso quintalzinho, me lembrando da sensação de ser abraçada por Tom na água, vez ou outra espreitando o tremor nas cortinas de um dos vizinhos e me perguntando quando tudo começaria.

Uns dois meses depois, Sylvie e Roy anunciaram o casamento. Sylvie me convidou para ser uma das madrinhas e, apesar de Fred brincar dizendo que eu deveria ser a dama de honra, eu estava animada para o evento. Afinal, seria uma tarde toda com Tom.

Ninguém *falou* que o casamento era por causa de gravidez, e Sylvie não me contara nada, mas havia uma impressão geral de que a rapidez dos preparativos indicava que Sylvie estivesse grávida, e eu supunha que era aquele o motivo para Roy ter sido arrastado para o altar. O rosto do sr. Burgess, vermelho-ferrugem e com um sorriso forçado, sugeria que esse era o caso. Em vez da festança regada a champanhe, com bolo de três andares, que eu e Sylvie tanto imagináramos em nossas conversas, a comemoração foi na casa dos Burgess, com enroladinho de salsicha e cerveja para todos.

Você teria rido, Patrick, ao me ver de vestido de madrinha. Sylvie pegara a roupa emprestada de uma prima menor do que eu, e a saia mal chegava aos meus joelhos; era tão apertado na cintura que precisei enfiar uma cinta modeladora só para dar conta de fechar o zíper. O vestido era verde-claro, cor de docinho, e não sei de que material era feito, mas farfalhava suavemente quando eu segui Sylvie pela igreja. Sylvie tinha aparência frágil, de vestido bordado e véu curto; o cabelo estava loiro, quase branco, e, apesar da fofoca, não havia barriga aparente. Ela provavelmente estava congelando: o frio chegara com tudo no começo de novembro. Nós duas carregávamos buquezinhos de crisântemos amarronzados.

Avançando até o altar, vi Tom sentado na primeira fileira, a coluna ereta, de olho no teto. De terno cinza de flanela, em vez de sunga, ele me parecia desconhecido, e eu sorri, sabendo que já vira a pele toda por baixo da gola engomada e da gravata. Olhei para ele e pensei: "Vai ser a gente. Da próxima vez, vai ser a gente". De repente, vi tudo: Tom me esperando no altar, olhando por cima do ombro com um sorrisinho ao me ver entrar na igreja, meu cabelo ruivo ardente sob a luz da porta. "Por que demorou tanto?", perguntaria ele, de brincadeira. "Vale a pena esperar pelo que é bom", eu responderia.

Tom olhou para mim. Eu desviei e foquei a nuca suada do sr. Burgess.

Na festa do casamento, estavam todos bêbados, mas Roy estava mais bêbado que o restante. E ele não era um bêbado sutil. Apoiou-se no aparador da sala, comendo pedações de bolo, de olho no novo sogro.

– Larga do meu pé, seu velho! – gritara ele, dirigindo-se às costas imóveis do sr. Burgess, antes de ir encher a cara de doces perto do aparador.

Caiu um silêncio sobre a sala e ninguém se mexeu quando o sr. Burgess pegou o casaco e o chapéu, dirigiu-se à porta e declarou, com voz firme:

– Só vou voltar para esta casa quando você der no pé e levar minha filha vagabunda junto.

Sylvie subiu correndo para o quarto e todos os olhares se voltaram para Roy, que começara a esmagar o bolo entre as mãozinhas fechadas. Tom pôs um disco de Tommy Steele para tocar.

– Quem quer mais uma rodada? – gritou ele, enquanto eu subia atrás de Sylvie.

Os soluços de Sylvie eram altos e ofegantes, mas, quando abri a porta, me surpreendi. Ela não estava jogada na cama, socando o colchão, mas de pé em frente ao espelho, só de roupa de baixo, apertando a barriga com as duas mãos. A calcinha cor-de-rosa estava um pouco frouxa no traseiro, mas o sutiã estava empinado e impressionante. Sylvie herdara os seios fartos da mãe.

Ao encontrar meu olhar pelo espelho, ela fungou.

– Está tudo bem? – perguntei, colocando a mão no ombro dela.

Ela desviou o olhar, com o queixo trêmulo, num esforço para conter mais um soluço.

– Não ligue para o seu pai. Ele está sensível demais. Perdeu uma filha hoje.

Sylvie fungou de novo, curvou os ombros. Acariciei seu braço enquanto ela chorava.

– Deve ser bom pra você – disse ela, depois de um instante.

– O quê?

– Ser professora. Saber o que dizer.

Aquilo me surpreendeu. Sylvie e eu nunca conversávamos sobre meu trabalho; em geral, falávamos de Roy, de filmes que tínhamos visto, ou de discos que ela tinha comprado. A gente se via cada vez menos desde que eu entrara na escola, e talvez não fosse só porque eu tinha menos tempo agora e ela andava ocupada com Roy. Era como ocorria na minha casa; eu nunca me sentia confortável de falar sobre a escola, sobre minha *carreira*, como eu tinha medo de denominar, porque ninguém mais sabia nada sobre ensino. Para meus pais e irmãos, professores eram inimigos. Nenhum deles gostara de estudar e, apesar de terem sentido certa satisfação, embora um pouco confusa, com meu sucesso escolar, minha decisão de me tornar professora fora recebida com silêncio chocado. A última coisa que eu queria era ser o que meus pais desprezavam: uma exibida puxa-saco. Por isso, eu normalmente não falava nada sobre meus dias.

– Não é sempre que sei o que dizer, Sylvie.

Sylvie deu de ombros.

– Não vai demorar até você conseguir morar sozinha, não é? Você está ganhando dinheiro, agora.

Era verdade; eu tinha começado a economizar e me ocorrera que podia alugar um quarto em alguma casa, talvez em uma das ruas largas no norte de Brighton, mais perto das colinas, ou quem sabe até à beira-mar em Hove, mas eu não gostava de pensar em morar sozinha. Na época, mulher nenhuma morava sozinha, a não ser que não tivesse escolha.

– Você e Roy vão morar sozinhos também.

– Eu queria ficar sozinha *mesmo* – fungou Sylvie –, para fazer o que eu bem entendesse.

Eu duvidava.

– Mas agora você está com Roy – falei. – Vocês vão formar uma família. É muito melhor do que ficar sozinha.

Sylvie virou o rosto e se sentou na beirada da cama.

– Você tem um lenço? – perguntou, e entreguei o meu.

Ela assoou o nariz com força. Sentada ao lado dela, eu a vi tirar a aliança do dedo, e então colocar de volta. Era um anel grosso, de ouro dourado, e a de Roy combinava, o que me surpreendeu. Ele não me parecera o tipo de homem que usaria joias.

– Marion, preciso te contar uma coisa. – Ela se aproximou e sussurrou: – Eu menti.

– Mentiu?

– Não estou grávida. Menti para ele. Para todo mundo.

Eu a encarei, sem entender.

– A gente transou, claro, mas não estou grávida. – Ela cobriu a boca com a mão e soltou uma gargalhada aguda e repentina. – É engraçado, não é?

Pensei na boca aberta de Roy, cheia de bolo, na pressa para arrastá-la pela pista de patinação, em como ele não sabia diferenciar um assunto interessante de um desinteressante. Que homem completamente besta.

Olhei para a barriga de Sylvie.

– Quer dizer que... não tem nada?

– Nada aqui dentro. Quer dizer, só minhas tripas.

Eu comecei a rir também. Sylvie mordeu a mão para segurar a gargalhada, mas logo caímos as duas na cama, rolando e nos segurando, tremendo de tanto rir, descontroladas.

Sylvie secou o rosto com meu lenço e respirou fundo.

– Eu não planejava mentir, mas não consegui ter outra ideia – disse ela. – É horrível, não é?

– Não tanto assim.

Ela ajeitou o cabelo loiro atrás da orelha e riu de novo, com menos energia. Em seguida, me olhou de frente.

– Marion. Como vou explicar isso para ele?

A intensidade do olhar de Sylvie, a histeria da gargalhada de momentos antes e a cerveja que eu bebera devem ter me deixado imprudente, Patrick, pois eu respondi:

– É só dizer que você perdeu o bebê. Ele não vai saber, vai? Espera um pouco e diz que perdeu. Acontece sempre.

Sylvie assentiu.

– Talvez. Pode ser uma boa ideia.

– Ele nunca vai saber – falei, segurando as mãos dela. – Ninguém nunca vai saber.

– Só a gente.

Tom me ofereceu um cigarro.

– Está tudo bem com a Sylvie? – perguntou.

Era fim de tarde e começava a escurecer. Na sombra, nos fundos do quintal dos Burgess, sob a hera, me apoiei na caçamba de carvão e Tom se sentou em um balde virado.

– Tudo certo.

Traguei e esperei a tontura me desestabilizar um pouco. Eu só começara a fumar recentemente. Para entrar na sala de professores, precisava passar por uma muralha de fumaça de qualquer jeito, e eu sempre gostara do cheiro do cigarro do meu pai, que fumava Senior Service. A marca de preferência do Tom era Player's Weights, que era mais fraco, mas quando bateu a primeira tragada, fiquei mais alerta e me concentrei em seus olhos. Ele sorriu para mim.

– Você é uma boa amiga.

– A gente não tem se visto tanto. Desde o noivado, especialmente. – Corei ao falar aquilo, feliz pelo céu escuro, pela sombra da hera. Tom não respondeu, então continuei: – Não desde que você e eu começamos a sair juntos.

Sair juntos não era o que fazíamos. De jeito nenhum. No entanto, Tom não me contradisse. Ele só assentiu e expirou.

Da casa, veio um barulho de portas; e alguém olhou para fora e gritou:

– Os noivos estão indo embora!

– Melhor nos despedirmos – falei.

Quando me endireitei, Tom levou a mão ao meu quadril.

Ele já tinha me tocado, claro, mas naquele momento não havia motivo concreto para fazê-lo. Não era uma aula de nado. Ele não precisava encostar em mim, então, pela minha lógica, o fizera porque queria. Foi o toque dele, mais do que qualquer outra coisa, que me convenceu a agir como agi nos meses seguintes, Patrick. Aquele calor atravessou o verde-pastel do meu vestido e chegou ao meu quadril. Dizem que o amor é como um raio, mas não foi assim; foi como se água morna se espalhasse pelo meu corpo.

– Eu quero te apresentar alguém – disse Tom. – Queria a sua opinião.

Não era o que eu esperava que ele dissesse. Não esperava que ele dissesse nada. Na verdade, esperava que me beijasse.

Tom afastou a mão do meu quadril ao se levantar.

– Quem é? – perguntei.

– Uma pessoa com quem fiz amizade. Acho que vocês têm muito em comum.

Senti algo como chumbo afundar minha barriga. Outra garota.

– A gente tem que ir se despedir...

– Ele trabalha na galeria de arte.

Para disfarçar o alívio que senti ao ouvir o pronome masculino, traguei profundamente no cigarro.

– Não precisa, se não quiser – prosseguiu Tom. – Você que sabe.

– Eu adoraria – falei, soltando uma nuvem de fumaça e lacrimejando.

Nós nos olhamos bem de frente.

– Tudo bem? – perguntou ele.

– Tudo. Tudo ótimo. Vamos entrar.

Quando me virei para voltar para a casa, ele levou a mão ao meu quadril de novo, inclinou-se e tocou de leve os lábios no meu rosto.

– Que bom – disse ele –, querida Marion.

Ele entrou na casa, me deixando no escuro, passando os dedos na umidade que deixara na minha pele.

Hoje de manhã houve progresso, tenho certeza. Pela primeira vez em semanas, você falou uma palavra que entendi.

Eu estava dando banho em você, o que faço todo sábado e domingo de manhã, quando Pamela não vem. Ela disse que poderia mandar outra enfermeira no fim de semana, mas eu recusei, dizendo que dava conta. Como de costume, eu estava usando a flanela mais macia e meu melhor sabonete, não aquele branco e barato do mercadinho, mas uma barra translúcida, cor de âmbar, que cheira a baunilha e deixa uma espuma cremosa na bacia de louça velha que uso para o seu banho. Usando o avental de plástico arranhado que eu costumava vestir para as aulas de pintura na St. Luke's, puxei seus lençóis até a cintura, tirei sua camisa do pijama (você deve ser um dos únicos homens do mundo que ainda usa pijama azul listrado, com gola, bolso e bainha decorada na manga) e me desculpei pelo que viria a seguir.

Eu não desvio o olhar no momento necessário, ou em momento algum. Eu não me escondo. Não mais. Mas você nunca olha para mim quando puxo sua calça. Permitindo a modéstia do lençol sobre seu colo, quando tiro as coisas pelo seu pé (é uma espécie de truque de mágica: remexo debaixo do lençol e, abracadabra!, saiu uma calça de pijama intacta), segurando a flanela, busco suas partes sujas.

Eu falo o tempo todo – hoje, comentei o cinza constante do mar, a bagunça do quintal, o que Tom e eu vimos ontem na televisão –, e o lençol fica molhado. Você aperta os olhos com força, e seu rosto caído cai ainda mais. Eu não me incomodo. Não me incomodo em ver nada disso, nem em sentir seus testículos quentes e flácidos, nem com o cheiro salgado da pele enrugada de suas axilas. Isso me conforta, Patrick. É reconfortante o fato de que cuido de você, com alegria, o fato de que você me deixa fazer isso com o mínimo de dificuldade, o fato de que posso lavar todas as suas partes, esfregar tudo com minha flanela da linha cara do supermercado, e jogar a água suja pelo ralo. Consigo fazer isso tudo sem que minhas mãos tremam, meu coração bata mais forte, meu maxilar trave com tanta força que eu tema nunca mais abri-lo.

Isso também é progresso.

E hoje de manhã fui recompensada. Quando torci a flanela pela última vez, ouvi você murmurar alguma coisa parecida com "Ah hum", mas – perdão, Patrick – a princípio não dei atenção, supondo ser sua habitual falta de articulação. Desde o derrame, sua fala ficou contida. Você faz pouco mais do que grunhir, então tive a impressão de que, para evitar a indignidade de não ser compreendido, você escolhera o silêncio. Como você é um homem cuja eloquência já foi notável – charmosa, calorosa e erudita –, eu admirei seu sacrifício.

Mas eu estava enganada. O lado direito do seu rosto ainda está bem caído, deixando-o com uma aparência meio canina, mas hoje de manhã você juntou toda a sua energia, e sua boca e sua voz trabalharam em conjunto.

Ainda assim, ignorei o som que você emitiu, que mudara para "Ca om". Abri um pouco a janela para arejar o cheiro rançoso da noite e, quando finalmente me voltei, você estava me olhando do travesseiro, o peito afundado ainda nu e úmido, o rosto contorcido em agonia, e você fez aqueles sons de novo. Dessa vez, quase entendi o que você dizia.

Eu me sentei na cama, puxei-o de leve pelos ombros e, com seu tronco inerte apoiado no meu, tateei as almofadas atrás de você, as ajeitei e o deitei novamente no ninho.

– Vou pegar uma camisa limpa – eu disse.

Mas você não podia esperar. Outra vez, você falou, com mais clareza e toda a urgência de que foi capaz, e eu entendi:

– Cadê o Tom?

Andei até a cômoda para você não ver minha expressão, e peguei uma camisa de pijama limpa. Em seguida, ajudei-o a vestir as mangas e abotoei a roupa. Fiz isso tudo sem olhar você nos olhos, Patrick. Precisei evitar seu olhar, porque você não parava:

– Cadê o Tom cadê o Tom cadê o Tom cadê o Tom cadê o Tom...

Cada repetição mais baixa e mais lenta. Eu não tinha resposta.

– Que maravilha você estar falando de novo, Patrick. Tom vai ficar muito orgulhoso – disse enfim.

Fiz chá para nós dois, que bebemos juntos em silêncio, você exausto, o rosto flácido ao redor do canudo, ainda nu debaixo do lençol, e eu piscando, atônita, para o quadrado cinzento da janela.

Você sem dúvida sabia que era minha primeira vez ali. Eu nunca antes tivera motivo para entrar no Museu e Galeria de Arte de Brighton. Em retrospecto, fico chocada. Eu me tornara professora da educação infantil da St. Luke's sem nunca ter entrado em uma galeria de arte.

Quando Tom e eu abrimos as pesadas portas de vidro, achei que o lugar lembrava um açougue. Era por causa dos azulejos verdes, não o verde-piscina de Brighton, que é quase turquesa e emana a sensação ensolarada e leve, mas um verde denso, de musgo. Além disso, o chão formava um mosaico elegante, a escada era de mogno polido, e os expositores repletos de peças de arte brilhavam. Era um mundo secreto, sem dúvida. Um mundo masculino, pensei, como um açougue. Mulheres podem visitar, mas, por trás das cortinas, nos fundos, onde fatiam e separam as carnes, só há homens. Não que eu me incomodasse, na época. Só desejei não estar usando aquele vestido lilás novo, de saia rodada, e os sapatinhos de salto baixo – primeiro porque era meado de dezembro e as calçadas estavam congeladas, e também porque notei que ninguém se arrumava para ir ao museu. A maioria das pessoas vestia sarja marrom ou lã azul-marinho, e o lugar era todo escuro, sério e silencioso. E lá iam meus saltinhos, batendo de modo inadequado no mosaico, ecoando pelas paredes como moedinhas caídas ao chão.

Aqueles sapatos também me deixavam quase na altura de Tom, o que não deve tê-lo agradado. Subimos as escadas, Tom um pouco à frente, os ombros largos forçando a costura do blazer. Para um homem tão grande, Tom tem passos leves. No alto da escada, um guarda enorme estava semiadormecido. A jaqueta dele se abrira, revelando suspensórios amarelos de bolinhas.

– Boa tarde! – disse ele, levantando a cabeça de leve, engolindo em seco e piscando atordoado, quando passamos.

Tom deve ter respondido, porque sempre cumprimentava todo mundo, mas duvido que eu tenha conseguido fazer qualquer coisa além de sorrir.

Tom me contara tudo sobre você. No caminho do museu, eu tivera que ouvir de novo suas descrições de Patrick Hazlewood, curador de arte ocidental no Museu e Galeria de Arte de Brighton, que era humilde, que nem a gente, simpático, normal, sem frescura, mas também educado, informado e culto. Eu ouvira aquilo tantas vezes que me convencera de que você seria o oposto. Ao tentar imaginar você, via o rosto do professor de música da St. Luke's: um rosto pequeno e pontudo, mas com orelhas carnudas. Eu sempre me impressionava com o quanto o professor, sr. Reed, parecia um músico. Ele usava terno e carregava um relógio de bolso, e estava sempre apontando com as mãos, como se prestes a reger uma orquestra a qualquer momento.

Nós nos apoiamos no corrimão e olhamos ao redor. Tom já estivera lá muitas vezes, e estava animado para me apresentar tudo.

– Olha, aquela é famosa. – Disse ele, e eu apertei o olhar. – Bom, é de um artista famoso – acrescentou, sem me dizer o nome.

Eu não insisti. Na época, não insistia em nada. Era uma pintura escura – tudo quase preto, a tinta com aparência poeirenta –, mas, depois de alguns segundos, vi a mão branca esticada no canto.

– *A ressurreição de Lázaro* – disse Tom.

Eu assenti e sorri, orgulhosa por ele saber a informação, querendo que ele notasse que eu estava impressionada. Contudo, quando olhei para o rosto dele, normalmente tão sólido – aquele nariz largo, aqueles olhos firmes –, ele parecia ter suavizado um pouco. Ele estava com o pescoço rosado, a boca seca entreaberta.

– Chegamos cedo – declarou, olhando para o enorme relógio de pulso, presente do pai na ocasião da entrada na polícia.

– Ele vai se incomodar?

– Ah, não – disse Tom. – Ele não vai se incomodar, de maneira alguma.

Foi então que reparei que era Tom quem se incomodava. Sempre que nos encontrávamos, ele chegava na hora exata.

Olhei para o saguão e reparei, encaixado ao lado da escada, um gato multicolorido enorme, que parecia feito de papel machê. Não sei como eu não o notara ao entrar, mas nem preciso dizer que era o tipo de coisa que eu não esperava ver em um lugar daqueles. O gato combinaria mais com o píer Palace. Ainda odeio aquele sorriso exagerado, aqueles olhos entorpecidos. Uma menininha enfiou uma moeda em uma abertura na barriga do gato e espalmou as mãos, esperando que alguma coisa acontecesse. Cutuquei Tom e apontei lá para baixo.

– O que é aquilo?

Tom riu.

– Bonitinho, não é? A barriga acende e o gato ronrona quando botamos dinheiro.

A garota ainda esperava, e eu também.

– Não tem nada acontecendo agora – comentei. – O que isso está fazendo em um museu? Não devia estar em um parque de diversões?

Tom me olhou com certa confusão, antes de cair em uma gargalhada típica: três trompetes curtos, com os olhos fechados.

– Paciência, querida Marion – disse ele.

Senti o sangue esquentar no peito.

– Ele está nos esperando mesmo? – perguntei, pronta para me irritar se não estivesse.

Era o começo das férias de Natal da escola, e Tom tirara folga naquele dia também. Poderíamos fazer várias outras coisas com nosso tempo livre.

– Claro. Ele nos convidou. Eu já falei.

– Eu nunca achei que fosse conhecê-lo.

– Por que não? – perguntou Tom, franzindo a testa e olhando de novo para o relógio.

– Você fala tanto dele... Sei lá.

– Já deu a hora – disse Tom. – Ele está atrasado.

Eu estava determinada a concluir meu pensamento.

– Achei que talvez ele não existisse – ri. – Você sabe. Que era bom demais para ser verdade. Que nem o Mágico de Oz.

Tom olhou para o relógio de novo.

– A que horas ele marcou? – perguntei.

– Meio-dia.

Meu relógio indicava que ainda faltavam dois minutos. Tentei cruzar o olhar de Tom, sorrir para tranquilizá-lo, mas ele não parava de olhar de um lado para outro. Todo mundo ali estava concentrado em alguma obra específica, virando a cabeça de lado, levando a mão ao queixo. Só nós dois estávamos parados, olhando para o nada.

– Ainda não deu meio-dia – ousei dizer.

Tom fez um barulhinho esquisito com a garganta, que parecia querer ser um "hum" tranquilo, mas acabou saindo que nem um gemido.

Finalmente, afastando-se de mim, ele levantou a mão.

Ergui o olhar, e lá estava você. Altura média. Trinta e poucos anos. Camisa branca, passada e engomada. Colete azul-marinho bem ajustado. Cachos escuros, um pouco compridos, mas controlados. Um rosto elegante: bigode grosso, faces coradas, testa larga. Você olhava para Tom sem sorrir, com uma expressão profundamente absorta. Você o observava como os outros na sala observavam a exposição.

Você avançou em passos rápidos e, só quando chegou e pegou a mão de Tom, abriu um sorriso repentino. Para alguém que usava um colete ajustado e um bigode grosso, para alguém que cuidava da arte ocidental de 1500 a 1900, você tinha um sorriso surpreendentemente infantil. Era pequeno, inclinado, como se tivesse estudado o sorriso do Elvis Presley. Lembro que pensei nisso na hora e quase ri, de tão ridículo.

– Tom. Você veio.

Vocês apertaram as mãos com vigor e Tom baixou a cabeça. Eu nunca o vira fazer aquilo; ele sempre me olhava bem nos olhos, mantinha o rosto aberto.

– Chegamos cedo – disse Tom.

– Não, nada disso.

Vocês se demoraram um pouco mais no aperto de mãos. Tom se soltou e vocês dois desviaram o olhar, mas você se recuperou primeiro. Ao me olhar pela primeira vez, seu sorrisinho infantil deu lugar a um sorriso maior e mais profissional.

– Você trouxe sua amiga.

Tom pigarreou.

– Patrick, Marion Taylor. Marion é professora. Na St. Luke's. Marion, Patrick Hazlewood.

Toquei seus dedos frios e macios por um momento e você sustentou meu olhar.

– Prazer, minha cara. Vamos almoçar?

– Nosso lugar de sempre – anunciou Tom, segurando a porta do Clock Tower Café.

Duas coisas me chocaram. Primeiro, que você e Tom tinham um lugar "de sempre" e, segundo, que era o Clock Tower Café. Eu conhecia o café porque meu irmão Harry às vezes tomava chá ali antes do trabalho; ele dizia que era aconchegante, e que o chá era tão forte que arrancava não apenas o esmalte do dente, como a pele do esôfago. No entanto, eu nunca tinha entrado ali. No caminho, pela rua North, imaginei que você nos levaria a um restaurante com toalhas de mesa brancas e guardanapos grossos, para comer carne e tomar um Bordeaux. Talvez o do hotel Old Ship.

Entretanto, ali estávamos, no ar abafado e gorduroso do Clock Tower Café, seu terno elegante como um farol entre os casacos militares e as capas de chuva cinzentas, meus sapatinhos de salto quase tão absurdos ali quanto no museu. Além da moça de avental cor-de-rosa atrás do balcão e uma senhora encolhida com uma caneca no canto, ainda de touca e bobes no cabelo, não havia mulheres no café. No balcão, homens enfileirados fumavam, os rostos úmidos do vapor da chaleira. Às mesas, pouca gente falava. Em geral, comiam e liam jornal. Não era um lugar para conversas; pelo menos, não para as conversas que eu imaginava entre vocês.

Olhamos para as letras plásticas pregadas no quadro do cardápio:

TORTA PURÊ MOLHO
TORTA FRITAS FEIJÃO
LINGUIÇA FEIJÃO OVO
LINGUIÇA FEIJÃO FRITAS
ENLATADO EMPANADO FEIJÃO
BOLO COM CREME
DOCE DE MAÇÃ
CHÁ CAFÉ BOVRIL REFRESCO

Logo abaixo, havia uma placa escrita à mão: SÓ A MELHOR MARGARINA SERVIDA NESTE ESTABELECIMENTO.

– Sentem-se, eu faço o pedido – disse Tom, apontando para uma mesa vazia à janela, ainda coberta de pratos sujos e poças de chá derramado.

Mas você se recusou, então Tom e eu nos sentamos e vimos você avançar na fila, sem desmanchar o sorriso educado e iluminado.

– Muito obrigado, minha cara – ouvimos você dizer para a moça atrás do balcão, que soltou uma risadinha em resposta.

Tom não parava de sacudir o joelho debaixo da mesa, fazendo vibrar o banco em que nos sentamos. Você se instalou na cadeira à nossa frente e cobriu o colo com um guardanapo de papel brilhoso.

Cada um de nós tinha um prato cheio de torta e purê e, apesar de a aparência ser horrível – encharcado de molho, que escorria pelas bordas –, o cheiro era uma delícia.

– Que nem a comida da escola – você disse. – Só que na época eu odiava.

Tom gargalhou alto.

– Diga, Marion, de onde você e o Tom se conhecem?

– Ah, somos velhos amigos – falei.

Você olhou para Tom, que atacava a torta com entusiasmo.

– Soube que Tom tem ensinado você a nadar.

Aquilo me animou. Ele falava de mim, então.

– Não sou muito boa aluna.

Você sorriu, não disse nada, limpou a boca.

– Marion também tem muito interesse em arte – disse Tom. – Não é, Marion?

– Você ensina arte na escola? – você perguntou.

– Ah, não. Meu aluno mais velho tem só sete anos.

– Nunca é cedo para começar – você disse, sorrindo. – Tenho tentado convencer os chefões do museu a organizar tardes de visitas especiais para crianças de todas as idades. Eles estão hesitantes, porque são muito antiquados, como você deve imaginar, mas acho que daria certo, não acha? Quanto mais cedo, melhor, dizem.

Você cheirava a perfume caro, que emanou quando você apoiou os cotovelos na mesa, um agradável aroma amadeirado.

– Perdão – você disse. – Eu não devia falar de trabalho no almoço. Fale das crianças, Marion. Quem é seu aluno predileto?

De imediato, pensei em Caroline Mears, que me olhava atentamente na hora da contação de histórias.

– Tem uma menina que pode gostar da aula de artes... – eu disse.

– Tenho certeza de que as crianças adoram você. Deve ser esplêndido ter uma professora jovem e linda. Não acha, Tom?

Tom olhava para a condensação que escorria pela janela.

– Esplêndido – ecoou.

– E ele não vai dar um policial incrível? – você perguntou. – Devo confessar que tenho minhas ressalvas quanto aos nossos guardinhas, mas, com Tom no serviço, acho que vou dormir mais seguro e tranquilo. Qual era aquele livro que você estava estudando mesmo, Tom? Tinha um título sensacional. *Vagabundos e larápios*, alguma coisa assim...

— *Suspeitos e vadios** — disse Tom. — E você não devia brincar com isso, é coisa séria — acrescentou, embora sorrisse, com o rosto corado. — Mas o melhor é o *Guia da identificação facial*. Fascinante, mesmo.

— O que você se lembraria do rosto de Marion, Tom? Se precisasse identificá-la?

Tom me observou por um instante.

— É difícil dizer isso sobre quem a gente conhece...

— O que seria, Tom? — perguntei, sabendo que não devia ter tanta vontade de descobrir.

Eu não consegui me conter, Patrick, e acho que você provavelmente notou. Tom me olhou com atenção exagerada.

— Acho que seriam... as sardas.

Levei a mão ao nariz.

Você riu de leve.

— São belíssimas, suas sardas.

Eu ainda tapava o nariz.

— E seu lindo cabelo ruivo — acrescentou Tom, com um olhar de desculpas. — Eu me lembraria disso também.

Na saída, você me ajudou a vestir o casaco e murmurou:

— Seu cabelo é mesmo deslumbrante, minha cara.

É difícil, agora, me lembrar exatamente do que achei de você naquele dia, depois de tudo que aconteceu desde então. Mas acho que gostei, sim. Você falava tão entusiasmado das ideias que tinha para o museu — queria que fosse um lugar aberto, *democrático*, como dizia, onde todos fossem bem-vindos. Você estava planejando uma série de concertos para o horário de almoço, para atrair novos visitantes, e estava decidido a chamar as crianças para a galeria, para que elas aprendessem sobre arte. Você chegou a sugerir que eu poderia ajudá-lo, como se eu tivesse o poder de mudar o sistema educacional. E você quase me convenceu de que eu tinha mesmo. Na época, eu tinha certeza de que você não imaginava a dimensão do barulho e da bagunça que um grupo de crianças faria. Ainda assim, Tom e eu ouvíamos, fascinados. Se os outros homens no café o encaravam, ou esticavam o pescoço ao ouvir a nota cheia que sua voz às

---

* *Suspects and loiterers*, de Arthur George Keech. [N. da T.]

vezes atingia, você simplesmente sorria e continuava, confiante de que ninguém poderia se incomodar com Patrick Hazlewood, cujos modos eram impecáveis e que nunca julgava ninguém. Foi o que Tom me falou, logo no início: "Ele não faz suposições apenas pela aparência". Você era galante demais para isso.

Eu gostava de você, até. E Tom também gostava. Dava para ver que ele gostava de você, porque ele o escutava. Suspeito que tenha sido sempre assim entre vocês. Tom ficava concentradíssimo quando você falava, demonstrando imenso foco, como se temesse perder uma expressão ou um gesto fundamentais. Eu o via engolir tudo em grandes goles.

Quando nos despedimos naquele almoço, paramos à porta do museu e Tom me deu um tapinha no ombro.

– Não é engraçado? – disse Tom. – Você começou isso tudo, Marion.

– Isso o quê?

De repente, ele pareceu tímido.

– Você vai rir.

– Não vou.

Ele enfiou as mãos nos bolsos.

– Bom... esse tipo de aprendizado. Sabe. Sempre gostei das nossas conversas, sobre arte, livros e tal, com você como professora, e agora Patrick também está me ajudando.

– Ajudando?

– É, a aperfeiçoar minha mente.

Depois disso, por alguns meses fomos um trio e tanto. Não sei com que frequência você e Tom se encontravam sozinhos – suponho que uma ou duas vezes por semana, dependendo do horário dele na polícia. O que Tom dissera sobre aprendizado era verdade. Você nunca ria de nossa ignorância, sempre encorajava nossa curiosidade. Com você, fomos ao Dome ouvir o concerto de violoncelo de Elgar, vimos filmes franceses no cinema Gaiety (que, no geral, eu odiei: tanta gente linda e deprimida sem nada a dizer), assistimos à peça *Chicken Soup with Barley* no Theatre Royal, e você até nos apresentou a poesia norte-americana – você gostava de e. e. cummings, mas nem eu nem Tom chegamos a esse ponto.

Certa noite de janeiro, você nos levou a Londres para ver *Carmen*, porque queria nos apresentar a obra, e achava que essa história de luxúria, traição e assassinato era um bom ponto de partida. Lembro que Tom estava usando o terno do casamento da irmã, e eu vesti luvas brancas que comprei especialmente para a ocasião, considerando-as obrigatórias para a ópera. Elas não cabiam bem e eu não parava de flexionar os dedos, apertados pelo raiom. Minhas palmas suavam, mesmo na noite gelada. No trem, você e Tom tiveram a discussão de sempre em relação a dinheiro. Você insistia em pagar tudo, aonde quer que fôssemos, e Tom protestava alto, se levantava, revirava os bolsos em busca de moedas; de vez em quando, você deixava que ele pagasse o que gastara, mas sempre com o sorriso caído, limpando a testa com impaciência. "É razoável que eu pague, Tom, sério..."

Naquela noite, Tom insistiu que era empregado em tempo integral, mesmo que em estágio probatório, e que deveria pelo menos pagar a parte dele e a minha. Eu sabia que era inútil me envolver na conversa, então fiquei remexendo nas luvas, vendo a placa de Haywards Heath passar pela janela. Primeiro, você tentou dissuadi-lo com uma gargalhada, uma brincadeira ("Você pode ficar devendo, que tal? Vai para a conta."), mas Tom não parou de insistir; ele tirou a carteira do bolso do paletó e começou a contar as notas.

– Quanto foi, Patrick?

Você pediu a ele que guardasse o dinheiro, que não cometesse aquele absurdo, mas ele sacudiu as notas na sua cara e insistiu:

– Por favor. Uma vez que seja.

Finalmente, você ergueu a voz:

– Olha, os ingressos custaram quase sete libras cada um. Agora você pode parar de ser ridículo e ficar quieto?

Tom já me dissera, orgulhoso, que ganhava por volta de dez libras por semana, então eu sabia, claro, que ele não teria o que responder.

Fizemos o restante do trajeto em silêncio. Tom se remexia sem parar no assento, agarrado ao bolo de notas no colo. Você olhava para os campos pelos quais passávamos, inicialmente com raiva aguda, depois com remorso exausto. Quando chegamos à estação Victoria, você começou a olhar para Tom sempre que ele se mexia, mas ele se recusou a olhar para você de volta.

Nós nos apertamos pela multidão que caminhava rápido pela estação, você atrás de Tom, revirando o guarda-chuva na mão, lambendo o lábio inferior, como se estivesse prestes a iniciar um pedido de desculpas, mas sempre desistindo. Quando descemos a escada até a estação do metrô, você tocou meu ombro e perguntou, baixinho:

– Eu estraguei tudo, não foi?

Olhei para você. Para sua boca franzida, seus olhos brilhando de medo, e enrijeci.

– Pare de ser idiota – ordenei, e avancei, me apoiando no braço de Tom.

Naquela primeira vez, Londres era só barulho, fumaça e sujeira para mim. Somente depois passei a apreciar sua beleza: os plátanos descascados à luz do sol, a corrente de ar na plataforma do metrô, o tilintar de copos e o entrechocar de aço nos cafés, o ar escondido do British Museum, com Davi e sua folha de figueira.

Lembro que olhei para meu reflexo nas vitrines pelo caminho, e senti vergonha por ser mais alta do que você, especialmente de salto. Ao seu lado, eu parecia desengonçada, esticada, exagerada, enquanto ao lado de Tom eu aparentava ter uma altura quase normal; passava por escultural, em vez de levemente masculina.

Vendo a ópera, eu divaguei, incapaz de me concentrar totalmente no palco, distraída pelo corpo de Tom na cadeira ao meu lado. Você insistira que eu me sentasse entre os dois ("Uma rosa entre espinhos", foi o que disse). Às vezes, eu olhava de relance para você, mas você não desviou o olhar do palco uma única vez. Eu achei que não fosse gostar da ópera – me parecia ridículo, uma pantomima com música estranha –, mas quando Carmen cantou *L'amour est un oiseau rebelle que nul ne peut apprivoiser*, meu corpo inteiro pareceu se elevar e então, naquela cena final horrível e maravilhosa, Tom pegou minha mão. A orquestra enfurecida, Carmen caída e morta, e os dedos de Tom nos meus na escuridão. Finalmente, tudo acabou e você pulou de pé, Patrick, aplaudindo e elogiando, dando pulinhos de animação. Tom e eu fizemos o mesmo, em êxtase de apreço.

◈

Tenho pensado na primeira vez que ouvi o termo "desviado". Acredite se quiser, foi na sala dos professores da St. Luke's, da boca do sr. R.A. Coppard MA (Oxford) – Richard, para mim, Dickie, para os amigos. Ele estava bebericando café de uma xicrinha marrom florida e, após tirar os óculos e cobri-los com a mão, inclinou-se na direção da sra. Brenda Whitelady, professora do último ano, e franziu a testa.

– É mesmo? – ouvi ela perguntar.

Ele assentiu.

– Desviado – confirmou –, segundo o *Argus*. Página sete. Coitado do Henry.

A sra. Whitelady piscou e suspirou, agitada.

– Coitada da esposa dele – comentou. – Coitada da Hilda.

Eles voltaram aos cadernos de exercícios, enchendo as margens de vistos e rasuras vermelhos vigorosos, e não me dirigiram a palavra. Não foi surpreendente, pois eu estava sentada no canto da sala, e minha posição parecia me tornar inteiramente invisível. Àquela altura, eu já estava na escola havia vários meses, mas ainda não tinha minha própria cadeira na sala de professores. Tom dissera que acontecia o mesmo na delegacia: algumas cadeiras deviam ter o nome dos "donos" costurado em linha invisível, pois era a única explicação para o fato de mais ninguém se sentar nelas. Algumas cadeiras perto da porta, com assentos puídos ou pés bambos, não eram de ninguém; ou seja, os professores mais novos se sentavam nelas. Eu me perguntava se precisaria esperar que algum professor se aposentasse ou morresse para ter a oportunidade de adquirir uma cadeira "normal". A sra. Whitelady tinha até uma almofada própria, bordada com orquídeas roxas, na dela, de tão confiante de que o traseiro de mais ninguém tocaria aquele assento.

Tenho pensado nisso porque tive aquele mesmo sonho de novo ontem, vívido como se fosse quarenta anos antes. Tom e eu estávamos debaixo de uma mesa; desta vez, era minha mesa na sala de aula da St. Luke's, mas o restante era igual: o peso de Tom sobre mim, me segurando; o músculo largo de sua coxa contra a minha; seu ombro curvado e pressionado contra mim como o casco de um navio; e me torno parte dele enfim. Não há espaço para respirar entre nós.

Começo a entender, ao escrever isso, que talvez o que me preocupava fosse o que tinha dentro de *mim*. Meu próprio desvio. O que o sr. Coppard e a sra. Whitelady diriam se soubessem o que eu sentia por Tom? O que diriam se soubessem que eu queria tomá-lo na boca e sentir o gosto de cada parte dele? Tais desejos, ao que me parecia na época, deviam ser desviantes em uma jovem. Sylvie não me alertara que só sentira medo quando Roy a tocara entre as pernas? Meus próprios pais viviam agarrados em beijos longos na copa, mas até minha mãe afastava a mão boba do meu pai. "Isso agora não, Bill", dizia, afastando-se dele no sofá. "Agora não, meu amor."

Já eu queria tudo – e queria logo.

Fevereiro de 1958. Eu passava o dia grudada no aquecedor na escola. No pátio, gritava para as crianças seguirem caminho. A maioria delas não tinha casacos adequados, e os joelhos ficavam queimados de frio.

Em casa, meus pais tinham começado a falar de Tom. É que eu tinha contado sobre nossa visita ao museu, a ida a Londres, todas as nossas saídas, mas não mencionara que Tom e eu não íamos sozinhos.

– Vocês não saem para dançar? – perguntou minha mãe. – Ele ainda não levou você ao Regent?

Mas Tom odiava dançar, como me contara muito antes, e eu me convencera de que o que fazíamos era especial, porque era diferente. Não éramos como qualquer casal. Estávamos nos conhecendo. Conversando de verdade. E, com meus vinte e um anos recém-feitos, eu me sentia um pouco velha para aquelas bobeiras adolescentes, *jukebox* e dançar *twist*.

Numa sexta à noite, sem querer voltar para casa e encarar o questionamento silencioso que pesava na família em relação às intenções de Tom para comigo, fiquei até tarde na escola, preparando fichas para as crianças preencherem. Nosso projeto na época era "Reis e rainhas da Inglaterra", tema que eu começava a achar sem graça; queria ter feito fichas sobre Sputnik, ou a bomba atômica, ou qualquer coisa que fosse deixar os alunos mais empolgados. Contudo, eu era jovem, preocupada com a opinião do diretor, então lá iam os reis e as rainhas. Muitos alunos ainda penavam para ler as palavras mais simples, enquanto outros, como Caroline Mears, já entendiam os princípios da pontuação. As perguntas eram diretas, com bastante espaço para eles escreverem ou desenharem as respostas mais exageradas que quisessem: "Quantas esposas teve Henrique VIII?", "Você consegue desenhar a Torre de Londres?", e assim por diante.

O aquecedor fora desligado e até meu canto da sala estava frio, então enrolei o cachecol no pescoço e nos ombros e enfiei o gorro, na tentativa de me esquentar. Eu gostava da sala naquele horário, quando todos os alunos e professores tinham ido embora, e eu já tinha arrumado as carteiras, limpado o quadro e afofado as almofadas no cantinho de leitura, pronto para a manhã seguinte. Era quieto e silencioso, exceto pelo riscar da minha caneta, e o lugar parecia se suavizar conforme a luz externa se esvaía. Eu sentia aquela impressão deliciosa de ser prática e organizada, uma professora com total controle das aulas, plenamente preparada para o trabalho que viria. Era naqueles momentos, sozinha à mesa, cercada por silêncio e pó, que eu me convencia de que as crianças gostavam de mim. Talvez, eu pensava, algumas até me amassem. Afinal, não tinham estado comportadas? E eu não acabava todos os dias com uma contação de histórias triunfante, quando lia *Os meninos aquáticos** em voz alta e as crianças se sentavam ao meu redor, de pernas cruzadas no tapete? Algumas, claro (como Alice Rumbold), se remexiam, fazendo tranças nos cabelos das amigas ou cutucando as verrugas dos dedos (Gregory Sillcock, por exemplo), mas outras ficavam nitidamente envolvidas pela narrativa, boquiabertas, com olhos arregalados. Caroline Mears se sentava aos meus pés e me olhava como se eu tivesse a chave de um reino ao qual ela desejava acesso.

– Você já não deveria ter ido para casa?

Dei um pulo. Julia Harcourt estava na porta, olhando para o relógio.

– Vão te trancar aqui dentro, se você não se cuidar. Não sei você, mas eu não gostaria de passar a noite com o quadro negro.

– Eu já vou. Só estou terminando umas coisas.

---

* *The Water Babies*, de Charles Kingsley. [N. da T.]

Eu estava pronta para a resposta: "Você já não deveria ter ido ao cinema com seu namorado? Hoje é sexta".

Ela assentiu e disse:

– Está gelado, não é?

Lembrei que estava de gorro, e levei a mão à cabeça.

– Você fez bem – continuou Julia. – Este lugar parece uma geladeira no inverno. Às vezes, enfio uma bolsa de água quente debaixo da almofada da cadeira.

Ela sorriu. Abaixei a caneta. Ela obviamente não iria embora sem antes conversar.

Julia tinha a posição privilegiada da cadeira própria na sala de professores; ela era agradável com todo mundo, mas eu notara que, como eu, tendia a almoçar sozinha, raramente desviando o olhar do livro enquanto mastigava lentamente uma maçã. Não é que ela fosse tímida; ela olhava para os professores homens – até o sr. Coppard – nos olhos ao falar, e também era responsável por organizar os passeios da escola para as colinas. Ela era famosa por conduzir as crianças por quilômetros sem parar, e por convencê-las de que era uma diversão tremenda, em qualquer clima.

Comecei a empilhar minhas fichas.

– Não tinha reparado que era tão tarde – falei. – É melhor eu ir.

– Onde você mora mesmo? – perguntou ela, como se eu já tivesse mencionado.

– Aqui perto.

Ela sorriu e entrou na sala. Estava vestindo uma capa de lã verde-vivo, e segurava uma pasta de couro macio evidentemente cara, que me ocorreu ser muito melhor do que a cesta em que eu carregava os livros.

– Que tal enfrentar esse tempo juntas? – perguntou.

– E aí, como tem sido? – perguntou Julia, enquanto andávamos apressadas pela rua Queen's Park. – Eu não sabia se você sobreviveria ao primeiro dia, de tão apavorada que parecia.

– Eu estava mesmo apavorada – confessei. – Achei que ia vomitar no seu sapato.

Ela parou de andar e me olhou de frente, sem sorrir. Achei que ela estivesse prestes a me dar boa-noite e andar na direção oposta, mas ela se aproximou e declarou, com seriedade:

– Seria um desastre. São meus melhores sapatos de professora. Preguei chapinhas de metal no salto, para avisar aos alunos que estou chegando. Chamo de meus cascos.

Por um momento, não soube responder, mas Julia jogou a cabeça para trás e soltou uma gargalhada alta, mostrando os dentes bem alinhados, e eu soube que podia rir.

– Funcionam?
– O quê?
– Os cascos.
– Pode apostar. Quando chego na sala, eles já estão pianinho. Posso fazer gato e sapato deles, e não dão um pio.
– Um par desses me cairia bem.
– Andam te dando trabalho?
– Não muito – eu disse, e fiz uma pausa. – Alice Rumbold é meio...
– Escrota?

Julia estreitou os olhos atentos. Ela estava me desafiando a rir de novo, então eu ri.

– Você certamente precisa de cascos para Alice – concluiu.

Quando chegamos à esquina da minha casa, Julia apertou meu braço e falou:

– Vamos fazer isso de novo.

Conforme a primavera se aproximava, eu comecei a ficar impaciente. Tom já tinha me beijado no rosto e segurado minha mão, e nos víamos pelo menos uma vez por semana, normalmente na sua presença, Patrick. Mas já não era mais suficiente. Como minha mãe gostava de me lembrar, ainda não era tarde para mim. Ainda.

Não sei exatamente quando seria aquele momento terrível, a fase em que uma mulher era considerada solteirona. Toda vez que pensava nisso, imaginava um relógio velho, contando a passagem dos dias. Muitas das garotas com quem eu estudara já estavam casadas. Eu sabia que ainda tinha uns anos pela frente, mas, se não tomasse cuidado, os outros professores me olhariam como olhavam para Julia, uma mulher sozinha; uma mulher que tem que trabalhar para se sustentar, que lê livros demais, e que é vista aos sábados com um carrinho de compras, em vez de um carrinho de bebê ou uma criança ao lado, de calças e obviamente sem pressa para voltar para casa. Sem pressa para qualquer coisa, na verdade.

Sei que agora parece incrível, e sei que devo ter ouvido rumores da existência daquela criatura fantástica na época (era quase 1960, pelo amor de Deus), a mulher que tem uma carreira, mas também sei que os desconsiderei, porque a última coisa que eu queria era ser uma daquelas mulheres. Então o pânico crescia em mim quando me postei em frente à turma e contei a história de Perséfone no submundo. Pedi aos alunos que desenhassem Deméter trazendo a primavera de volta, com a filha, e olhei para as árvores secas no pátio, os galhos como veias, pretos contra o céu cinzento, e pensei: chega de esperar.

E veio a mudança.

Era noite de sábado e Tom ia me buscar em casa. Era a primeira mudança. Normalmente, nos encontrávamos no cinema ou no teatro, mas naquele sábado ele disse que ia me buscar. Eu não contara aos meus pais, porque sabia o que aconteceria se contasse: minha mãe passaria o dia todo fazendo faxina, preparando sanduíches, decidindo qual de seus vestidos mais bonitos usaria e me enchendo de perguntas, e meu pai passaria o dia todo pensando, silencioso, nas perguntas que faria a Tom.

Passei a tarde no quarto, fingindo ler. Pendurei meu vestido azul-claro de viscose atrás da porta, pronto para vestir, e ele me parecia promissor. Eu também tinha um casaquinho azul, de angorá; era a coisa mais suave em que eu já encostara. Eu não tinha muitas opções de roupa de baixo elegantes – nada de sutiã de cetim, calcinhas de babados ou blusinhas rendadas –, então não pude selecionar nada muito atraente, mesmo que quisesse. Decidi que, se Tom me beijasse de novo, eu iria correndo à Peter Robinson comprar um conjuntinho preto, que falasse por si só. Que me permitisse me tornar amante de Tom.

Várias vezes, me vi prestes a descer e anunciar o fato de que Tom estava vindo. Contudo, não conseguia decidir o que seria mais delicioso: compartilhar o conhecimento de que ele ia me buscar ou guardar segredo.

Consegui esperar até cinco para as sete antes de me instalar na frente da janela do quarto dos meus pais, para ficar de olho. Não precisei esperar muito. Ele chegou poucos minutos antes do horário combinado, olhando para o relógio. Normalmente, Tom andava em passos largos e rápidos, mas naquele dia ele estava quase hesitante, olhando pelas janelas ao passar. Ainda assim, havia algo de líquido em seus movimentos, e pressionei o rosto contra a cortina, respirando o cheiro bolorento para me conter.

Olhei pela janela de novo, meio esperando que Tom olhasse para cima e me pegasse à espreita, mas ele ajeitou o paletó e segurou a aldraba. Desejei de repente que ele tivesse vindo de uniforme, para meus pais darem de cara com um policial quando abrissem a porta.

Eu me olhei no espelho de minha mãe e vi que meu rosto estava corado. O vestido azul refletia a luz, e sorri. Eu estava pronta. Ele estava ali.

De cima da escada, ouvi meu pai abrir a porta e escutei a seguinte conversa.

MEU PAI (tosse): Olá. Como posso ajudar?

TOM (voz leve, educado, cada sílaba cuidadosamente pronunciada): A Marion está?

MEU PAI (pausa, um pouco alto demais): E quem é você?

TOM: Perdão. Eu deveria ter dito. Sou Tom Burgess. Amigo de Marion. O senhor deve ser o sr. Taylor?

MEU PAI (depois de uma longa pausa, gritando): PHYLLIS! MARION! O Tom chegou! É o Tom! Entre, meu filho, entre. (Gritando de novo para a escada.) É o Tom!

Desci a escada devagar, sabendo que tanto Tom quanto meu pai estavam lá embaixo, me vendo chegar.

Nós nos entreolhamos sem dizer nada, e meu pai nos levou à sala de estar, onde só nos sentávamos no Natal ou quando a irmã chique do meu pai, Marjory, vinha de Surrey. A sala cheirava a verniz e carvão, e estava muito gelada.

– Phyllis! – gritou meu pai.

Tom e eu nos entreolhamos por um instante, e vi ansiedade em seu olhar. Apesar do frio da sala, a testa dele brilhava de suor.

– Você é irmão da Sylvie – declarou meu pai.

– Isso mesmo.

– Marion me contou que você entrou para a polícia.

– Sinto dizer que sim – disse Tom.

– Não tem por que se desculpar, não nesta casa – disse meu pai, acendendo a luz e olhando para Tom. – Sente, meu filho. Você está me deixando nervoso.

Tom se equilibrou na borda de uma almofada do sofá.

– Vivemos dizendo para a Marion: "Traz o Tom para jantar!". Mas ela nunca o trouxe. Até então, pois aqui está você.

– A gente precisa sair, pai. Vamos nos atrasar para o cinema.

– PHYLLIS! – gritou meu pai, e se instalou perto da porta, bloqueando a saída. – Deixe a sua mãe conhecer o Tom antes. A gente estava esperando por isso, Tom. Marion nos fez esperar anos.

Tom assentiu, sorrindo, e minha mãe chegou, de batom e cheirando a laquê.

Tom se levantou e estendeu a mão, que minha mãe pegou e segurou, olhando para o rosto dele.

– Ora – falou. – Aqui está você.

– Aqui está ele – ecoou meu pai, e todos olhamos para Tom, que de repente soltou uma gargalhada.

Por um momento, ninguém respondeu, e vi uma ruga começar a surgir na testa do meu pai, até que minha mãe riu. Foi uma gargalhada aguda e musical, que não ouvíamos com frequência.

– Aqui estou – disse Tom, e minha mãe riu mais um pouco.

– Ele não é lindo e alto, Bill? – perguntou. – Você deve ser um bom policial.

– Mal comecei a trabalhar, sra. Taylor.

– Ninguém vai escapar de você, não é? E você nada, também – continuou minha mãe, e se virou para mim, com os olhos arregalados. – A Marion manteve você em segredo por tempo demais.

Achei que ela estivesse prestes a dar um tapinha de brincadeira no peito dele, mas, em vez disso, o tapinha foi no meu braço, e ela olhou timidamente para Tom, que riu de novo.

– A gente precisa ir – repeti.

Quando descemos a rua, eu senti meus pais nos olhando, como se não pudessem acreditar que um homem como Tom Burgess estivesse mesmo com a filha deles.

Tom parou e acendeu cigarros para nós dois.

– Eles ficaram impressionados, não é? – perguntou, apagando o fósforo.

Traguei, jubilante, e expirei, de modo dramático.

– Você acha? – perguntei, com falsa inocência.

Rimos. A rua Grand Parade já estava movimentada, cheia de gente indo à cidade. Peguei a mão de Tom, e a segurei com força até o Astoria. E não soltei, nem quando chegamos ao lugar onde normalmente encontrávamos você, Patrick. Mas, quando chegamos, você não estava, e Tom simplesmente continuou andando.

– Não vamos encontrar Patrick? – perguntei, me demorando.

– Não.

– Vamos encontrar ele depois?

Um homem nos empurrou ao passar, esbarrando no ombro de Tom.

– Ei, cuidado! – gritou Tom.

O homem – um rapaz, na verdade, mais novo que Tom, com um topete arrumado com gel – se virou, fechando a cara. Tom se manteve firme, olhando de volta, até que o rapaz jogasse o cigarro no chão, desse de ombros e fosse embora.

– Patrick está passando o fim de semana em Londres – disse Tom.

Estávamos quase no pavilhão. As torres bege projetavam-se contra o céu preto-azulado. Eu sabia que você tinha uma casa em Londres, Patrick, mas nunca pensei que você passaria o fim de semana lá. Você estava sempre com a gente no fim de semana.

Não pude conter um sorriso quando entendi o que Tom me dizia. Estávamos sozinhos. Sem você.

– Vamos beber algo! – falei, levando Tom para o King and Queen.

Eu estava determinada a fazer o que casais jovens normais faziam nas noites de sábado, e fingi não ouvir Tom dizer que tinha pensado em outra coisa. Mas estava tão barulhento no pub! Da *jukebox* vinha um ritmo animado no último volume, e ficamos de pé perto do bar, olhando para nossos copos. A multidão nos esmagava um contra o outro, e eu queria passar a noite ali, sentindo o calor de Tom ao meu lado, vendo os músculos de seu braço se mexerem quando ele levava o copo de cerveja clara à boca.

Eu mal tinha começado meu gim tônica quando Tom se inclinou e propôs:

– Vamos a outro lugar? Achei que talvez...

– Ainda não acabei minha bebida – protestei. – Como vai a Sylvie?

Eu queria manter a conversa afastada de você, Patrick. Não queria saber por que você estava em Londres, ou o que estava fazendo lá.

Tom acabou a cerveja e deixou o copo no bar.

– Vamos – insistiu ele. – Não dá para conversar aqui.

Eu o vi saindo do pub. Ele não olhou para trás, para mim, nem me chamou da porta. Simplesmente declarou seu desejo e foi embora. Virei o restante do gim tônica. Uma onda fria de álcool percorreu meu corpo.

Até eu sair e ver Tom, não sabia que estava furiosa. Mas, em um segundo, tudo em mim ficou tenso e minha respiração acelerou. Senti o braço rígido, a mão retida, e soube que, se não abrisse a boca e gritasse, eu ia dar um tapa nele, com força. Então firmei os dois pés na calçada e gritei:

– Que droga. O que diabos há com você?

Tom me encarou, com os olhos arregalados de surpresa.

– A gente não pode beber no pub, como um casal normal?

Ele olhou de um lado para outro da rua. Eu sabia que todos que passavam ali estavam me olhando e pensando: "Ruivas. São todas iguais". Mas era tarde demais para me preocupar.

– Marion...

– Eu só queria ficar um pouco sozinha com você! É pedir demais? Todo mundo faz isso!

Houve uma longa pausa. Meus braços ainda estavam rígidos, mas minha mão relaxou. Eu sabia que devia me desculpar, mas temia que, se abrisse a boca, começaria a chorar.

Até que Tom deu um passo à frente, segurou minha cabeça entre as mãos e me deu um beijo na boca.

Agora, pensando em retrospecto, me pergunto: será que foi só para me calar? Para evitar mais humilhação pública? Afinal, ele era um policial, mesmo que ainda em período probatório, e provavelmente não era levado nada a sério pela população criminosa local. Mas, na época, nada disso me ocorreu. Fiquei tão surpresa ao sentir os lábios de Tom nos meus – tão repentinos, tão urgentes – que não pensei em nada. E foi um alívio tão grande, Patrick, simplesmente *sentir*, para variar. Simplesmente me permitir me derreter, como dizem, naquele beijo. E foi como me derreter. Como me deixar ir. Escorregar pelas sensações da carne de outra pessoa.

Falamos pouco depois disso. Juntos, andamos à beira-mar, abraçados pela cintura, de frente para a maresia. No escuro, eu via a espuma branca das ondas, subindo, descendo, se dispersando. Garotos de moto apostavam corrida pela Marine Drive, dando-me uma desculpa para abraçar Tom com mais força sempre que um deles passava por perto. Eu não fazia ideia de para onde estávamos indo – nem considerei a direção. Bastava estar andando à noite com Tom, passando pelos barcos virados dos pescadores na orla e observando o brilho forte do píer, seguindo na direção de Kemp Town. Tom não me beijou de novo, mas vez ou outra apoiei a cabeça no ombro dele enquanto andávamos. Eu tive muita simpatia por você naquele momento, Patrick. Até considerei a hipótese de você ter viajado de propósito, para nos dar um tempo a sós. "Leve Marion para passear em algum lugar agradável", você teria dito. "E, pelo amor de Deus, dê um beijo nela, enfim!"

Eu mal notei aonde íamos, até chegarmos a Chichester Terrace. As calçadas largas estavam vazias e silenciosas. O lugar não mudou desde que você se mudou: ainda é uma rua quieta e sólida, com a fileira de portas vistosas recuadas da calçada, todas protegidas por pórticos sustentados por sólidos pares de colunas dóricas, cujo acesso se dá por degraus de azulejos pretos e brancos. Naquela rua, as aldrabas são reluzentes e uniformes. Cada uma das fachadas que compõem a construção é branca, com acabamento de textura acetinada, e todas as grades são retas e impecáveis. As janelas altas refletem perfeitamente a luz dos postes e os faróis ocasionais dos carros. Chichester Terrace é grandiosa, mas discreta, sem a arrogância de Sussex Square ou Lewes Crescent.

Tom parou de andar e tateou o bolso.

– Não é...

Ele assentiu.

– A casa do Patrick.

Ele sacudiu um molho de chaves na minha frente, riu rápido e subiu correndo os degraus até a porta.

Eu o segui, meus sapatos fazendo um som leve e adorável contra os azulejos. A porta enorme arrastou no carpete grosso quando Tom a abriu, revelando um corredor de papel de parede amarelo, estampado com trifólios dourados, e um carpete vermelho que subia as escadas.

– Tom, o que está acontecendo?

Tom levou o dedo aos lábios e fez um gesto para que eu subisse. No patamar do segundo andar, ele parou e mexeu nas chaves. Estávamos de frente para uma porta branca, ao lado da qual havia uma plaquinha com moldura dourada: *P.F. Hazlewood*. A sua porta. Estávamos à sua porta, e Tom tinha as chaves.

Agora, minha boca estava seca, e o meu coração, martelando no peito.

– Tom – comecei de novo, mas ele já tinha aberto a porta e entramos em seu apartamento.

Ele deixou a porta fechar sem acender a luz, e por um momento acreditei que você estivesse ali, afinal; que Tom gritaria "Surpresa!" e você apareceria, piscando atordoado. Você ficaria chocado, claro, mas se recuperaria rápido e logo estaria gracioso como sempre, nos ofereceria bebidas, nos acolheria, falaria até de madrugada, e nós, sentados em cadeiras separadas, ouviríamos atentos. O único som, contudo, foi o da respiração de Tom. Fiquei parada no escuro, e senti um calafrio quando Tom se aproximou.

– Ele não está, não é? – cochichei.

– Não – disse Tom. – Somos só nós dois.

Da primeira vez que Tom tinha me beijado, ele pressionara a boca com tanta força na minha que eu sentira seus dentes; da segunda vez, seus lábios foram mais suaves. Eu estava prestes a envolver seu pescoço com os braços quando ele se afastou e acendeu a luz.

Os olhos dele estavam muito azuis e sérios. Ele me olhou por muito tempo, ali na entrada da sua casa, e eu mergulhei na intensidade daquele olhar. Queria me deitar e adormecer ali, Patrick.

Então ele sorriu.

– Você tem que dar uma olhada no apartamento – falou. – Venha. Vou te mostrar.

Eu o segui, atordoada. Meu corpo todo ainda estava afetado por aquele olhar, aqueles beijos. Eu lembro, contudo, que estava bem quente no seu apartamento. Você tinha aquecimento central, mesmo naquela época, e precisei tirar o sobretudo e o casaquinho de angorá. Os aquecedores zumbiam e estalavam, quentes de queimar.

Primeiro, fomos à enorme sala de estar, claro. Era maior que minha sala de aula, com janelas que iam do chão ao teto. Tom andou de um lado para outro, acendendo luminárias enormes, e tudo entrou em foco: o piano no canto; o sofá chesterfield, lotado de almofadas; as paredes creme cobertas de quadros, alguns com iluminação própria; a lareira de mármore cinza; o lustre, que tinha pétalas de flor de vidro no lugar de gotas de cristal, e era todo colorido. E (Tom apresentou com um floreio) a televisão.

– Tom – falei, tentando soar rígida. – Você vai precisar me explicar.

– Não é incrível? – Ele tirou o paletó e o jogou em uma poltrona. – Ele tem tudo – continuou, maravilhado e empolgado como uma criança. – Tudo! – repetiu, apontando de novo para a televisão.

– Estou surpresa por ele ter isso – falei. – Achei que ele fosse contra tevê.

– Ele acha importante se manter atento às atualidades.

– Aposto que ele não vê novela.

A televisão tinha uma moldura bonita: envernizada em cor de nogueira, com floreios entalhados abaixo e acima da tela.

– Por que você está com as chaves? – perguntei.

– Quer beber alguma coisa? – perguntou Tom, abrindo seu armário de bebidas e expondo fileiras cheias de copos e garrafas. – Gim? – ofereceu. – Uísque? Brandy? Conhaque?

– Tom, o que estamos fazendo aqui?

– Ou que tal um martini?

Franzi a testa.

– Fala sério, Marion. Pare de agir como uma professorinha, pelo menos aceite um brandy – insistiu ele, e me ofereceu um copo. – É ótimo aqui, não é? Não pode dizer que discorda.

Ele sorriu tão abertamente que precisei me juntar a ele. Nos sentamos juntos no sofá, rindo ao nos jogar nas suas almofadas. Quando consegui me ajeitar na beirada do assento, encarei Tom.

– E aí? – perguntei. – O que está acontecendo?

Ele suspirou.

– Está tudo bem. Sério. Patrick está em Londres, e sempre diz que eu posso usar o apartamento quando ele viaja...

– Você vem muito aqui?

– Claro – disse ele, tomando um gole longo do copo. – Quer dizer. Às vezes.

Fez-se uma pausa. Apoiei minha bebida na sua mesinha de centro, ao lado de uma pilha de revistas de arte.

– Essas chaves... são suas? – E Tom assentiu. – Quantas vezes você...

– Marion – disse ele, aproximando-se para beijar minha cabeça. – Estou tão feliz por você estar aqui. E está tudo bem, confie em mim. Patrick gostaria de saber que estamos aqui.

Havia algo de estranho, de pouco característico, na voz dele, uma teatralidade que, na época, atribuí a nervosismo. Olhei para nossos reflexos na janela alta, e quase parecemos um jovem casal culto, cercado por artefatos de bom gosto e móveis de qualidade, bebendo juntos numa noite de sábado. Tentando ignorar a sensação de que tudo estava acontecendo no lugar errado, com as pessoas erradas, virei o copo.

– Me mostra o restante do apartamento – pedi a Tom.

Ele me levou à cozinha. Você tinha uma prateleira para temperos, lembro – era a primeira vez que via algo assim –, uma pia dupla com escorredor, e as paredes eram de azulejos verde-claros. Tom não conseguia parar de apontar para as coisas. Ele abriu a porta de cima da geladeira enorme.

– Freezer – explicou. – Você não ia adorar ter um desses?

Eu concordei.

– Ele cozinha muito bem, sabia?

Expressei surpresa, e Tom abriu todos os seus armários, me mostrou o que continha, como prova. Tinha panelas de cobre e de terracota, um conjunto de facas de aço, uma das quais tinha a lâmina curvada e Tom anunciou ser chamada de *mezzaluna*, garrafas de azeite e vinagre, um livro de Elizabeth David na prateleira.

– Mas você também cozinha – falei. – Você trabalhou na cozinha do exército.

– Não tão bem quanto Patrick. Só sei fazer torta e purê.

– Eu gosto de torta e purê.

– Gostos simples – disse Tom, sorrindo. – De professora.

– Isso – concordei, abrindo a geladeira. – Peixe frito com batata me basta. O que tem aqui?

– Ele disse que ia deixar alguma coisa. Está com fome?

Tom pegou da geladeira uma travessa de frango empanado frio.

– Quer? – ofereceu e pegou uma asa, mordendo a carne do osso. – Está gostoso – falou, me oferecendo a travessa, a boca brilhando.

– A gente pode mesmo? – perguntei, mas já estava com a mão numa coxinha.

Tom estava certo: estava gostoso; a casquinha era leve e crocante, a carne deliciosamente macia e gordurosa.

– É isso aí! – disse Tom, o olhar ainda arregalado.

Ele pegou pedaço atrás de pedaço, sem parar de exclamar sobre a elegância da sua cozinha, o gosto do seu frango, a delicadeza do seu brandy.

– Vamos acabar com tudo – disse.

E ficamos ali, de pé na sua cozinha, devorando sua comida, bebendo seu álcool, lambendo nossos dedos gordurosos, e rindo.

Depois, Tom me pegou pela mão e me levou a outro cômodo. Eu já tinha bebido um pouco e, ao me mexer, tive a sensação estranha de que o ambiente não me acompanhava exatamente. Não fomos ao seu quarto, Patrick (eu adoraria dizer que fomos). Fomos ao quarto de hóspedes. Era pequeno e branco, com uma cama de solteiro, coberta por uma manta de prímulas, um espelho simples acima da lareira estreita e um armário cujos cabides sacolejaram no espaço vazio conforme avançávamos pelo assoalho. Um quarto prático e simples.

    Ainda de mãos dadas, paramos perto da cama, sem ousar olhar diretamente para ela. O rosto de Tom estava pálido e sério; mas o olhar não parecia assustado. Pensei nele na praia, em como ele era grande, saudável e alegre na água. Lembrei minha visão dele como Netuno, e quase comentei, mas algo em seu olhar me manteve quieta.

    – Bom – falou ele.

    – Bom.

    – Quer outra bebida?

    – Não. Obrigada.

Comecei a tremer.

    – Está com frio? – perguntou Tom, me abraçando. – Já é tarde. Se quiser ir...

    – Não quero ir.

Ele beijou meu cabelo e, quando tocou meu rosto, senti seus dedos tremendo. Eu me virei para olhar para ele, e encostamos as pontas do nariz.

    – Marion – sussurrou ele. – Eu nunca fiz isso antes.

    Fiquei chocada com a declaração, e até achei que ele pudesse estar se fazendo de inocente por minha causa, para que eu me sentisse melhor pela minha falta de experiência. Certamente ele se relacionara com alguém, talvez no exército?

    Ao escrever isto agora, me lembrando dele confessando essa vulnerabilidade para mim, sou tomada por amor de novo. Independentemente do que ele não tenha me contado, ter tido a coragem de admitir aquilo foi notável.

    É claro que eu não fazia ideia do que responder, então acho que ficamos assim, nariz com nariz, por muito tempo, como se congelados juntos.

    Finalmente, me sentei na cama, cruzei as pernas e falei:

    – Tudo bem. A gente não precisa fazer nada, não é?

Mas é claro que minha intenção ao dizer aquilo era incitá-lo a agir.

    Em vez disso, Tom andou até a janela, com as mãos nos bolsos, e olhou para a escuridão.

    – Podemos beber mais um pouco – arrisquei.

    Silêncio.

    – Eu me diverti muito – continuei.

Silêncio.

– Mais um brandy?

Silêncio.

Suspirei.

– Acho que está mesmo tarde – falei. – Talvez seja melhor eu voltar.

Foi então que Tom se voltou para mim, mordendo o lábio, parecendo prestes a cair no choro.

– O que foi? – perguntei.

Em resposta, ele se ajoelhou ao meu lado e, me abraçando pela cintura, apoiou a cabeça no meu peito. Ele me apertou com tanta força que achei que cairia na cama, mas consegui me manter sentada.

– Tom, o que houve?

Ele não disse nada. Abracei a cabeça dele contra o peito e fiz um carinho, emaranhando os dedos naqueles cachos lindos, pressionando o couro cabeludo.

Confesso, Patrick, que parte de mim queria puxá-lo pelo cabelo, jogá-lo em cima da cama, arrancar a camisa dele e mergulhar meu corpo no dele. Mas só fiquei parada.

Ele se agachou. Tinha o rosto corado e os olhos brilhantes.

– Queria que fosse bom para você – disse ele.

– Está bom. Está mesmo.

Fez-se outro longo intervalo.

– E eu queria te dizer... o que eu sinto.

– Como assim, Tom?

– Quero que se case comigo.

II

29 DE SETEMBRO DE 1957

Por que escrever de novo? Quando sei que devo tomar cuidado. Quando sei que registrar meus desejos no papel é loucura. Quando sei que aquelas bichas escandalosas que insistem em cacarejar pela cidade estragam tudo para o restante de nós. (Semana passada, vi Gilbert Harding gritar pela janela daquele Roller cafona para um coitado de bicicleta. Eu não sabia se era para rir ou para chorar.)

Por que escrever de novo? Porque hoje as coisas estão diferentes. Pode-se até dizer que tudo mudou. Então cá estou, escrevendo no diário. Ou seja, sendo indiscreto. Mas não dá para ficar quieto desta vez. Não vou dar nomes – não sou tão descuidado –, mas vou escrever o seguinte: conheci alguém.

Por que escrever de novo? Porque Patrick Hazlewood, aos trinta e quatro anos, não desistiu.

Acho mesmo que ele é perfeito. Ideal, até. E não é só pelo corpo (que também é ideal).

Meus *affaires* – os que aconteceram, e foram poucos – tendem a ser complicados. Demorados. Relutantes, talvez. Como tem gente que anda por aí tão solta, como o Charlie, eu não entendo. Aqueles garotos do açougue têm seu charme, mas é tudo tão... Não direi sórdido, não é isso... *Passageiro*. Linda e horrivelmente passageiro.

Vou queimar isto depois de escrever. Uma coisa é registrar em papel; outra coisa é deixar o papel por aí, para olhos alheios devorarem.

Aconteceu ao redor de uma mulher de meia-idade sentada na calçada. Eu estava caminhando pela Marine Parade. Uma manhã ensolarada e quente de fim de verão. O dia: terça-feira. A hora: por volta de sete e meia. Cedo para mim, mas eu estava a caminho do museu, para resolver uma papelada. Andando tranquilo, pensando em como era agradável aproveitar o silêncio e a solidão, me decidindo a acordar uma hora mais cedo todo dia, vi um carro – um Ford bege, acho – esbarrar na roda de uma bicicleta. De leve. Depois de uma leve oscilação, a bicicleta balançou o suficiente para jogar a ciclista na calçada, com as mãos espalmadas e as pernas emboladas nas rodas. O carro foi-se embora mesmo assim, e eu corri até a mulher em perigo.

Quando cheguei, ela estava se sentando no meio-fio, então constatei que não era grave. Ela parecia ter quarenta e poucos anos. A cesta e o *guidon* da bicicleta estavam carregados de sacolas de tudo quanto é coisa – barbante, papel, alguma coisa de lona –, então não era de se surpreender que ela tivesse se desequilibrado. Levei a mão ao ombro dela e perguntei se estava tudo bem.

– O que você acha? – disparou ela.

Dei um passo para trás. A voz dela era venenosa.

– Você está abalada, claro.

– Estou é furiosa. Aquele babaca me atropelou.

Ela estava péssima. Os óculos tortos, o chapéu caído.

– Você consegue se levantar? – perguntei.

Ela retorceu a boca.

– A gente precisa da polícia – disse ela. – A gente tem que chamar a polícia agora mesmo!

Visto que eu não tinha alternativa a não ser seguir seus desejos, corri até a guarita da polícia mais próxima, na esquina da Bloomsbury Place, pensando em chamar alguém ali, deixá-la com um guardinha qualquer e seguir meu dia.

Nunca tive muita paciência para nossas tropas de uniforme. Sempre desprezei aqueles modos brutos, os corpinhos parrudos e atarracados vestidos em lã grossa, os capacetes ridículos enfiados na cabeça igual potes de geleia pretos. O que foi que o policial falou naquele caso na Napoleon, quando arrancaram metade da cara do garoto na faca? "O viadinho teve sorte de só terem cortado isso fora." Acho que foram essas as palavras exatas.

Então eu não estava animado para dar de cara com um policial. Eu me preparei para o olhar de cima a baixo, as sobrancelhas erguidas em resposta à minha voz. Os punhos cerrados em resposta ao meu sorriso. A frieza em resposta à minha cara.

Mas o jovem que saiu da guarita quando me aproximei era bem, bem diferente. Deu para ver logo de cara. Ele era alto de verdade, para começo de conversa, com ombros que pareciam capazes de aguentar o peso do mundo, mas que também eram lindamente delineados. Nem um pouco exagerados. Pensei imediatamente naquele menino grego lindo de braço quebrado no British Museum. O brilho de beleza e força, o calor do Mediterrâneo que emana dele (e, ainda assim, ele se mistura perfeitamente aos arredores britânicos!). Esse garoto era assim. O uniforme horrível caía bem nele, com leveza, e de imediato vi que havia vida pulsando sob aquela lã preta e áspera da jaqueta.

Nós nos olhamos por um instante, ele com a boca séria, eu tendo perdido todas as palavras.

– Bom dia – disse ele, enquanto eu tentava lembrar o que queria, por que tinha procurado a polícia.

Finalmente, gaguejei:

– Preciso de ajuda, senhor.

Foi exatamente o que falei. E Deus sabe que fui sincero. Implorei ajuda, roguei por proteção. Agora me lembro de quando fiz amizade com Charlie na escola. Fui atrás dele em desespero, achando que ele podia me ajudar a impedir o bullying. E ele me ensinou a me importar menos. Charlie sempre tinha um jeito tão despreocupado que fazia os outros se afastarem – um jeito de *foda-se*, como ele dizia –, e eu sempre amei isso. Amei e desejei ser igual.

– Aconteceu um acidente – continuei. – Uma senhora caiu da bicicleta. Certamente não é grave, mas...

– Me leve até lá.

Apesar da idade, ele conseguiu se mostrar bem capaz. E andou com vigor e determinação, franzindo de leve a testa, me fazendo todas as perguntas necessárias. Eu era a única testemunha? O que eu tinha visto? Qual era o modelo do carro? Tinha visto o motorista?

Respondi como pude, querendo dar todas as informações que ele pedia e acompanhando seus passos largos.

Quando chegamos ao lugar, a mulher ainda estava sentada na calçada, mas notei que tinha se recuperado o suficiente para ajeitar as sacolas. Assim que viu meu policial, ela mudou totalmente de expressão. De repente, era só sorrisos. Olhando para ele, com olhos atentos, lambendo os lábios, ela se declarou muito bem, obrigado.

– Ah, não, senhor, foi um engano – disse ela, sem nem me olhar. – O carro chegou perto, sim, mas não *bateu* em mim, eu só escorreguei... é por causa dos sapatos – disse ela, mostrando a sapatilha raspada como se fossem sandálias de festa de Hollywood. – E eu fiquei *mesmo* um pouco atordoada, sabe como é, senhor, tão cedo...

Falou e falou, tagarelando como um pardalzinho animado. Meu policial assentiu, impassível, ouvindo o falatório interminável.

Quando ela se cansou, ele perguntou:

– Então a senhora não foi atropelada?

– De jeito nenhum.

– E está bem?

– Estou ótima.

Ela estendeu a mão para que ele a ajudasse a se levantar. Ele a amparou, ainda sem expressão.

– Foi um prazer conhecer o senhor – disse ela, subindo na bicicleta, sem desfazer o sorriso.

Meu policial sorriu de volta.

– Vá com cuidado – advertiu ele, e nós dois a esperamos ir embora.

Ele se virou para mim e, antes que eu pudesse começar a me explicar, falou:

– Uma doida essa aí, não?

Ele então abriu um sorrisinho, do tipo que, tenho certeza, jovens guardas devem perder à força durante o período probatório.

Ele tinha confiança total no que eu dissera. Ele acreditava em mim, e não nela. E já confiava em mim o bastante para insultar uma senhora na minha frente.

Eu ri.

– Não foi exatamente grave...

– Raramente é, senhor.

Estendi a mão.

– Patrick Hazlewood.

Hesitação. Ele considerou meus dedos estendidos. Por um momento, me perguntei se havia algum tipo de regra oficial proibindo contato físico – exceto para uso da força – com civis.

Então ele pegou minha mão e se apresentou.

– Devo dizer que você agiu muito bem – arrisquei dizer.

Para minha enorme surpresa, ele corou de leve. Foi muito tocante.
– Obrigado, sr. Hazlewood.
Estremeci, mas sabia que não devia pedir a ele que usasse meu primeiro nome naquele breve contato.
– Suponho que você lide muito com esse tipo de coisa? Com gente difícil?
– Um pouco – respondeu ele, e fez uma breve pausa. – Não tanto. Sou novo aqui. Só faz algumas semanas.
De novo, me tocou sua confiança imediata, sem questionamentos. Ele não era como os outros. Não me olhou de cima a baixo. Nenhuma sombra obscureceu seu olhar ao ouvir minha voz. Ele não se fechou. Estava aberto. Continuava aberto.
Ele me agradeceu pela ajuda e deu meia-volta.
Isso faz duas semanas.
No dia seguinte ao tal acidente, passei pela guarita de novo. Nem sinal dele. Ainda assim, eu estava flutuando. Todas as garotas do museu comentaram. "O senhor está alegre hoje, sr. H." Eu estava mesmo. Assobiando Bizet para todo lado. Eu sabia. Era isso. Eu sabia, e pronto. Era só uma questão de tempo. Questão de método. De não acelerar demais. De não assustá-lo. Eu sabia que seríamos amigos. Eu sabia que poderia dar algo que ele queria. Comigo, o jogo é longo. Sei bem que há prazeres mais rápidos e seguros no Argyle. Ou (Deus me livre) no Spotted Dog. E não que eu não goste desses lugares. Mas a competitividade me cansa. Todas as minorias endinheiradas se entreolhando, se posicionando para a noite, marcando território em tudo que passa pela porta. Ah, às vezes é divertido (me lembro especialmente de um marinheiro recém-chegado de Pompeia, vesgo e de coxas grossas). Mas o que eu quero... bom, é bem simples. Quero mais.
Então. Dia dois. Eu o vi de relance na rua Burlington, mas estava tão longe que, para chegar até ele, eu precisaria correr. E eu não ia correr. Ainda assim, assobiei (talvez um pouco mais baixo); avancei em sua direção (talvez mais devagar do que deveria).
Dia três: ali estava ele, saindo da guarita. Apertei um pouco o passo para alcançá-lo, mas não precisei correr. Andei atrás dele – mantendo uma distância de uns noventa metros – por um tempo, observando a cintura estreita, os pulsos pálidos aparecendo conforme ele descia a rua. Chamar o nome dele seria grosseiro. Inadequado. Mas eu também não podia andar mais rápido. Ele é policial, afinal; imagino que não goste de ser seguido.

Assim, o deixei ir. Um fim de semana de espera se seguiria. Eu esquecera, claro, que policiais não têm os horários de meros mortais, e não estava nada preparado quando, no caminho para comprar jornal, esbarrei nele na rua St. George's. O dia: sábado. A hora: por volta de onze e meia. Outro dia quente e iluminado de início de setembro. Ele vinha andando na minha direção, na beira da calçada. Assim que vi o uniforme, meu coração acelerou. Eu estava assim a semana toda – me agitando ao ver uniformes de polícia. Uma reação muito perigosa.

O que pensei foi: vou olhar de relance para ele e, se ele não olhar de volta, pronto. Vou deixar que ele decida. Ele pode olhar, ou pode seguir adiante. Nos meus anos de experiência, descobri que esse é o jeito mais seguro de agir. Basta não procurar o problema que ele não vai aparecer. E tentar capturar o olhar de um policial é extremamente arriscado.

Então olhei. E ele estava olhando exatamente na minha direção.

– Bom dia, sr. Hazlewood.

Eu estava radiante, sem dúvida, quando conversamos amenidades sobre o tempo bom que fazia. A voz dele era leve. Não exatamente estridente, mas não era uma voz séria de policial. Era grave, e delicada. Como a fumaça de um bom cachimbo.

– Dia tranquilo por enquanto? – perguntei, e ele assentiu. – A senhora ciclista não deu mais trabalho?

Ele sorriu de leve e sacudiu a cabeça.

– Deve ser a melhor parte do trabalho, suponho – comentei, tentando prolongar a conversa. – Só caminhar por aí, com tudo em ordem.

Ele me olhou nos olhos, sério de repente.

– Ah, não – falou. – Preciso de um caso. Ninguém é levado a sério até ter um caso.

Ele está tentando ser um jovem muito sério, acho. Está ansioso para impressionar, quer sempre dizer a coisa certa. Vai contra aquele sorriso dele, a vida que sinto pulsar sob o uniforme.

Depois de uma pausa, ele perguntou:

– Qual é a sua... área profissional?

Ele tem um lindo sotaque de Brighton, bem classe média, que não tenta modificar nem um pouco.

– Eu trabalho no museu. Na galeria de arte. E pinto um pouco.

Uma luz se acendeu em seus olhos.

– O senhor é artista?

– Mais ou menos. Mas não é nada emocionante como o seu trabalho. Zelar pela paz. Manter as ruas seguras. Partir para cima de criminosos...

Mais uma pausa, e ele riu.

– Você está brincando – falou.

– Não. Estou falando sério.

Olhei para ele de frente e ele desviou os olhos, murmurou que tinha que ir, e nos despedimos.

Desceu uma nuvem. Passei o dia preocupado, pensando que tinha passado do limite, dito demais, sido elogioso demais, animado demais. No domingo, choveu, e passei muitas horas olhando pela janela para o cinza intenso do mar, lamentando a perda do meu policial.

Eu posso ser bem resmungão. Sempre fui, desde a época da escola.

Segunda-feira. Dia seis. Nada. Atravessando Kemp Town, fiquei de cabeça baixa e não me permiti me distrair por nenhum uniforme.

Terça-feira. O sétimo dia. Estava andando pela rua St. George's quando ouvi passos, rápidos e deliberados, atrás de mim. Instintivamente, fui atravessar a rua, mas parei quando ouvi uma voz.

– Bom dia, sr. Hazlewood.

O tom de fumaça de cachimbo era inconfundível. Fiquei tão surpreso que me virei de uma vez e falei:

– Por favor, me chame de Patrick.

Aquele sorriso de novo, do tipo que policial nenhum devia ter. O rosto levemente corado. Aquela atenção ávida.

Foi o sorriso que me fez prosseguir.

– Eu estava querendo te encontrar. – Me aproximei e fui caminhando ao lado dele. – Estou trabalhando em um projeto. Imagens de pessoas comuns. Feirantes, carteiros, fazendeiros, lojistas, policiais, esse tipo de coisa.

Ele não disse nada. Nossos passos estavam alinhados, mas eu precisava acelerar para acompanhar as passadas largas dele.

– E você seria um sujeito perfeito. – Eu sabia que estava indo rápido demais; mas, quando começo a falar, nunca consigo parar. – Estou fazendo alguns estudos de modelo vivo com sujeitos possíveis, como você, e comparando com retratos antigos... Gente comum de Brighton, é do que o museu precisa... Do que precisamos... Não acha? Gente de verdade, em vez daqueles pomposos todos.

Dava para ver pela cabeça inclinada que ele me ouvia com atenção.

– Eu espero que seja exposto no museu. É parte do meu plano para atrair mais público... mais público comum, quero dizer. Acho que, se as pessoas virem gente, bem, como elas, terão mais vontade de entrar.

Ele parou e me olhou de frente.

– O que eu teria que fazer?

Expirei.

– Nada. Você fica sentado. Eu desenho. No museu, se quiser. Umas poucas horas do seu tempo.

Tentei manter o rosto inexpressivo. Sério. Até consegui fazer um gesto descuidado com a mão.

– Você é quem sabe, claro – continuei. – Foi apenas algo que me ocorreu, já que nos encontramos...

Então ele tirou o capacete e eu vi seu cabelo pela primeira vez, o cabelo e a forma perfeita da cabeça dele. Quase perdi o equilíbrio. O cabelo dele é cheio de ondas e cachos, cortado curto, mas com muita vida. Notei que o capacete horrível amassara uma linha ao redor da cabeça. Ele passou a mão no cabelo, como se tentasse apagar a marca, e pôs o capacete de volta.

– Bom – disse ele. – Nunca ninguém me pediu que eu posasse.

Naquele momento, senti medo. Temi que ele tivesse entendido as minhas intenções e fosse se fechar completamente.

Em vez disso, ele riu um pouco e perguntou:

– Meu retrato vai ser exposto no museu?

– Bom, sim, talvez...

– Eu aceito. Sim. Por que não?

Nós nos despedimos com um aperto de mão – a dele grande e fria – e combinamos uma data.

Quando me afastei, comecei a assobiar, e precisei me interromper. Quase olhei para trás (que criatura patética!) e tive que me conter de novo.

Não ouvi mais nada além do "sim" do meu policial pelo restante do dia.

30 DE SETEMBRO DE 1957

Muito tarde, sem dormir. Pensamentos sombrios, pensamentos ruins, me perseguem. Pensei muito em apagar as últimas páginas. Não consigo. O que mais pode torná-lo real, senão minhas palavras no papel? Quando mais ninguém pode saber, como posso me convencer da presença concreta dele, dos meus sentimentos concretos?

É um hábito ruim, esse de escrever. Às vezes, acho que é um substituto ruim da vida real. Todo ano, faço uma limpeza: queimo tudo. Queimei até as cartas de Michael. E agora queria não tê-lo feito.

Desde que conheci meu policial, estou cada vez mais determinado a não voltar àquele lugar escuro de jeito nenhum. Faz cinco anos que perdi Michael, e não me permitirei me demorar lá.

Meu policial não parece Michael em nada. O que é uma das muitas coisas que amo nele. As palavras que me ocorrem quando penso no meu policial são *luz* e *deleite*.

Não vou voltar àquele lugar escuro. O trabalho ajuda. Trabalho sério e regular. Pintar é ótimo para quem aguenta a rejeição, as semanas esperando a ideia certa surgir, os metros de merda horrível que tem que pintar até chegar a algo decente. Não. Eu preciso de horas regulares. Tarefas pequenas. Recompensas pequenas.

É por isso, claro, que meu policial é muito perigoso, apesar da *luz* e do *deleite*.

A gente dançava – Michael e eu. Toda quarta à noite. Eu fazia tudo certo. Lareira acesa. Jantar feito em casa (ele gostava de qualquer coisa com creme de leite e manteiga; aqueles molhos franceses – *sole au vin blanc, poulet au gratin à la crème landaise* – e, no fim, se eu tivesse tempo, *Saint Émilion au chocolat*). Uma garrafa de vinho. Lençóis limpos e cheirosos, uma toalha a postos. Terno passado. E música. Toda aquela magia sentimental que ele amava. No começo, Caruso (que eu sempre detestei, mas aguentava por Michael). Depois Sarah Vaughan cantando "The Nearness of You". A gente passava horas agarrados, dançando no tapete como um casal recém-casado, o rosto dele queimando contra o meu. As quartas-feiras eram indulgentes, eu sei. Para ele e para mim. Eu fazia as comidas amanteigadas preferidas dele (que faziam mal ao meu estômago), cantarolava "Danny Boy" e, em troca, ele dançava nos meus braços. Só quando os discos acabavam de tocar e as velas tinham derretido em poças de cera, eu o despia lentamente, aqui na minha sala, e dançávamos de novo, nus, em silêncio absoluto, exceto pela nossa respiração ofegante.

Mas tudo isso faz muito tempo.

Ele é tão jovem.

Sei que não sou velho. E juro por Deus que meu policial faz eu me sentir um garoto de novo. Como se eu tivesse nove anos, quando espreitava pela grade na frente da casa dos meus pais em Londres para ver o entregador do açougue chegar à casa do vizinho. Eram os joelhos. Grossos, mas lindamente formados, ralados, expostos e excitantes. Um dia, ele me deu carona na bicicleta até as lojas. Eu tremi, me agarrando ao assento, vendo a bundinha dele quicar enquanto pedalava. Eu tremi, mas me senti mais forte, mais poderoso do que já me sentira na vida.

Que besteira. Entregadores de açougue.

Eu me digo que minha idade é vantagem, neste caso. Sou experiente. Profissional. O que não posso é ser avuncular. Uma bicha velha com um bofinho agarrado a cada notinha de libra. É isso que está me acontecendo? É isso que me tornei?

Preciso dormir.

1 DE OUTUBRO DE 1957

07:00
Melhor hoje. Escrevendo no café da manhã. Hoje ele vem. Meu policial está bem, e animado, e vai me encontrar no museu.

Não posso me mostrar afoito demais. É essencial manter uma distância profissional. Pelo menos por um tempo.

No trabalho, me conhecem como um cavalheiro. Quando me chamam de *artístico*, não creio que haja malícia alguma. Ajuda que a equipe seja composta principalmente por mulheres jovens, que têm preocupações maiores do que a minha vida íntima. A discreta, leal e misteriosa srta. Butters – Jackie, para mim – está sempre ao meu lado. E o chefe, Douglas Houghton, bem... Casado. Dois filhos, a menina estuda no internato em Roedean. Membro do Rotary Club de Hove. Mas John Slater me disse que conheceu Houghton em Cambridge, onde ele era definitivamente artístico. Enfim... Não é problema meu, e ele nunca deu a menor indicação de estar ciente do meu status de minoria. Nós nunca trocamos um olhar sequer que não fosse completamente profissional e adequado.

Vou contar ao meu policial, quando ele chegar, sobre minha campanha para fazermos uma série de concertos gratuitos, na hora do almoço, no saguão de entrada do térreo. Música se derramando pela rua Church no horário de pico. Vou dizer que tenho pensado em jazz, mesmo sabendo que qualquer coisa mais elaborada que Mozart seja impossível. As pessoas vão parar, ouvir, entrar e talvez olhar para nossa coleção de arte. Conheço vários músicos que gostarão da exposição, e não custa nada arrumar umas cadeiras no saguão. Mas há resistência dos chefes (vou dar destaque a isso). Houghton acredita que o museu deve ser "um lugar pacífico".

– Senhor, não é uma biblioteca – argumentei, na nossa última discussão recorrente sobre o assunto, durante o chá após a reunião mensal.

Ele ergueu uma sobrancelha. Olhou para a xícara.

– Não é? Uma espécie de biblioteca de arte e artefatos? Um lugar onde objetos belos são organizados e dispostos para o público?

Ele mexeu o chá, triunfante. Bateu com a colher na borda da louça.

– Bom argumento – concordei. – Só quis dizer que não precisa de silêncio. Não é um templo...

– Não é? – repetiu ele. – Sem querer ser profano, Hazlewood, mas os objetos belos não estão aqui para serem adorados? O museu oferece um descanso das tribulações da vida cotidiana, não é? Paz e reflexão, para quem as busca. Parece uma igreja, não acha?

Mas não é nem de perto tão sufocante, pensei. O que quer que este lugar faça, ele não condena.

– Certíssimo, senhor, mas minha questão é aumentar o apelo do museu. Torná-lo disponível, até atraente, para aqueles que normalmente não buscariam tais experiências.

Ele grunhiu de modo sutil.

– Admirável, Hazlewood. Sim. Concordamos, certamente. Mas, lembre, você pode levar o cavalo até a água, mas não dá para obrigar o teimoso a beber. Hum?

Eu farei minhas mudanças. Com ou sem Houghton. E faço questão de que meu policial saiba disso.

19:00
Dias de chuva são movimentados no museu, e hoje a água jorrou pela rua Church, correndo contra pneus de carros e rodas de bicicleta, encharcando sapatos e meias. Assim eles entraram, de rosto molhado e brilhante, golas escuras da chuva, procurando abrigo. Empurraram as portas pesadas, se sacudiram, enfiaram os guarda-chuvas no suporte, em busca do ambiente seco. Então pingaram no azulejo, olharam para a exposição, sempre atentos à janela, esperando o tempo virar.

Lá em cima, eu esperei. No inverno passado, instalei um aquecedor a gás na minha sala. Considerei ligar, para deixar o ambiente mais aconchegante em um dia tão desagradável, mas decidi que era desnecessário. O escritório em si bastaria, já seria impressionante. Mesa de mogno, cadeira de rodinha, janela grande com vista para a rua. Tirei uns papéis da poltrona do canto para ele ter onde se sentar, pedi a Jackie que servisse o chá às quatro e meia. Uma pilha de correspondência me manteve ocupado, mas passei a maior parte do tempo vendo a chuva escorrer pelo vidro. Conferi o relógio sem parar. Eu não tinha um plano. Não sabia bem o que diria ao meu policial. Confiei que, de alguma forma, começaríamos bem, e o caminho adiante se tornaria claro. Quando ele estivesse ali, na minha sala, à minha frente, tudo daria certo.

Exatamente às quatro, uma ligação de Vernon, da portaria, me avisou que meu policial chegara. Era para mandar ele subir? Apesar de eu saber que o mais sensato seria mandá-lo direto à minha sala, evitando a atenção do restante da equipe, falei que não: eu desceria para buscá-lo.

Ora, eu queria me exibir. Mostrar o museu. Subir com ele pela escada grandiosa.

Como ele não estava de uniforme, levei uns segundos para encontrá-lo. Ele estava admirando o gato enorme na entrada. Braços cruzados, costas eretas. Parecia tão mais jovem, sem os botões prateados e o capacete alto. Gostei ainda mais dele. Paletó casual (encharcado no ombro), calças claras, sem gravata. O pescoço exposto. O cabelo molhado da chuva. Vendo aquele garoto, fui tomado pela sensação de que tinha cometido um erro terrível. Quase decidi dar uma desculpa e mandá-lo embora. Ele era muito jovem. Muito vulnerável. E lindo até demais.

Pensando nisso, passei um momento no último degrau, vendo-o estudar o gato enorme.

– Coloque uma moeda que ele ronrona – falei, me aproximando.

Estendi a mão, de modo profissional, e ele a apertou sem hesitar. Imediatamente, mudei de ideia. Não era erro algum. Eu não mandaria ele embora haja o que houvesse.

– Que bom que você veio – falei. – Você já esteve aqui antes?

– Não. Quer dizer... *acho* que não...

Abanei a mão.

– Por que teria vindo? A este lugar velho e bolorento. Mas este é meu lar, de certa maneira.

Precisei me conter para não subir a escada de dois em dois degraus quando ele me acompanhou.

– Temos algumas obras lindíssimas, mas suponho que você não tenha tempo...

– Tenho muito tempo – respondeu ele. – Meu turno é cedo durante a semana. Entro às seis, saio às três.

O que mostrar? Não chega a ser o British Museum. Queria impressioná-lo, mas sem exagerar. Meu policial deveria ver algo agradável, decidi, e não desafiador, ou estranho.

– Você gostaria de ver algo em especial? – perguntei, quando chegamos ao andar de cima.

Ele coçou o nariz. Deu de ombros.

– Não sei nada de arte.

– Não precisa saber. É isso que é incrível. É questão de reagir. Sentir, se preferir. Não tem nada a ver com saber.

Eu o levei à sala de aquarelas e gravuras. A luz era baixa, cinzenta, e estávamos sozinhos ali, exceto por um senhorzinho cujo nariz quase encostava na vitrine.

– Não é o que dizem – disse ele, sorrindo.

Ele tinha baixado a voz quando nos aproximamos das obras de arte, como quase todo mundo faz. É meu grande prazer e mistério, como as pessoas mudam quando entram ali. Nunca sei se é por fascínio real ou mero respeito obediente ao protocolo. De qualquer forma, baixam a voz, andam devagar, contêm a risada. Ocorre certa absorção. Sempre achei que, no museu, as pessoas se recolhem, mas se tornam também mais perceptivas do ambiente. Não foi diferente com meu policial.

– Quem diz? – perguntei, passando o peso para os calcanhares, sorrindo de volta e baixando a voz. – A escola? Os jornais?

– Só dizem, em geral, sabe.

Mostrei o meu esboço preferido de Turner na coleção. Só ondas estourando, espuma borbulhando, claro. Mas delicado, do jeito Turner.

Ele assentiu.

– É... Cheio de vida, não é?

Ele estava quase sussurrando. O senhorzinho se fora, nos deixando a sós. Vi meu policial corar e entendi o risco que ele tomara ao pronunciar tal opinião em minha presença.

– É isso – sussurrei de volta, cúmplice. – Você entendeu. Perfeitamente.

Na minha sala, ele andou em círculos, examinando as fotos.

– É você?

Na foto que ele apontou, eu estava apertando os olhos por causa do reflexo do sol, na frente de Merton. Está na parede na frente da minha mesa porque foi Michael quem fotografou; a sombra dele é levemente visível na frente. Sempre que olho para a foto, o que vejo não é minha própria imagem – meio magrelo, com cabelo demais, o queixo um pouco para dentro, desconfortável em um paletó largo de *pied-de-poule* –, mas Michael, segurando sua querida câmera, me mandando posar com confiança, cada músculo daquele corpo esguio concentrado no momento de me capturar no filme. Ainda não tínhamos nos tornado amantes, e aquela foto contém um pouco da promessa – e da ameaça – do que viria.

Parei atrás do meu policial, pensando nisso tudo, e respondi:

– Sou eu. Em outra vida.

Ele se afastou de mim, tossiu.

– Por favor – falei. – Sente-se.

– Estou bem de pé.

Ele estava com as mãos apertadas na frente do corpo.

Um breve silêncio. Mais uma vez, abafei o medo de ter cometido um erro horrível. Eu me sentei à mesa. Tossi de leve. Fingi arrumar uns papéis. Então chamei Jackie, pedindo o chá, e esperamos, sem nos olhar de frente.

– Estou mesmo agradecido por você ter vindo – falei.

Ele assentiu. Tentei de novo:

– Por favor, sente-se.

Ele olhou para a poltrona, suspirou e enfim se sentou. Jackie chegou com o chá e nós dois, em silêncio, a observamos servir as xícaras. Ela olhou de relance para meu policial, e depois para mim, o rosto comprido inteiramente impassível. Ela é minha secretária desde que entrei no museu e nunca demonstrou qualquer interesse na minha vida, exatamente como eu gosto. Hoje foi um dia como os outros. Ela não me perguntou nada, não deu sinal de curiosidade. Jackie está sempre arrumada, nem um fiozinho de cabelo fora do lugar, batom bem desenhado, e é discreta e eficiente. Dizem que ela perdeu o namorado na crise de tuberculose uns anos atrás, e nunca se casou. Às vezes, a ouço rir com as outras moças, e alguma coisa naquela risada me incomoda um pouco – o barulho lembra o ruído do rádio mal sintonizado –, mas Jackie e eu raramente rimos juntos. Ela recentemente comprou óculos novos, com detalhes de brilhante nas extremidades dos aros, que a fazem parecer uma mistura estranha de modelo glamorosa e diretora de escola.

Quando ela se curvou sobre o carrinho de chá, observei o rosto do meu policial, e notei que ele não seguiu os movimentos dela com os olhos.

Quando ela se foi e nós dois pegamos nossas xícaras, comecei um longo discurso. Olhei pela janela, para não ter que encarar meu policial ao descrever meu projeto fictício.

– Você provavelmente quer saber um pouco mais sobre essa história de retrato – comecei.

Então falei por sabe-se lá quanto tempo, descrevendo meus planos, usando termos como "democrático", "nova perspectiva" e "visão". O tempo todo sem ousar olhar para ele. Mais do que qualquer coisa, eu queria que o corpo dele relaxasse naquelas almofadas gastas, então falei e falei, esperando que minhas palavras o tranquilizassem. Ou talvez até o entediassem profundamente.

Quando acabei, fez-se uma pausa. Ele abaixou a xícara e falou:

– Nunca me desenharam antes.

Olhei para ele, então, e vi o sorriso, o colarinho macio e aberto da camisa, o cabelo contra o paninho que cobria o encosto da poltrona.

– Não é nada de mais. Você só precisa ficar parado.

– Quando começamos?

Eu não esperava tanta ansiedade. Supus que levaríamos alguns encontros para chegar lá. Para aquecer. Eu nem levara materiais de desenho.

– Já começamos – respondi.

Ele pareceu confuso.

– Conhecer você melhor é parte do processo – continuei. – Ainda vou levar um tempo para começar a esboçar. É importante criarmos um vínculo, antes. Nos conhecermos melhor. Só então poderei traduzir de modo adequado sua personalidade no desenho...

Fiz uma pausa, me perguntando se aquela linha argumentativa daria certo.

– Eu não posso desenhar você se não souber antes quem você é – concluí. – Entende?

Ele olhou de relance para a janela.

– Então nada de desenho hoje?

– Nada de desenho.

– Me parece um pouco... estranho.

Ele me olhou diretamente, e eu não desviei o olhar.

– É protocolar – expliquei. – Bom, é parte do meu protocolo, pelo menos – acrescentei, com um sorriso, e, pelo olhar de surpresa dele, supus que o melhor era continuar assim. – Me diga: você gosta de ser policial?

– É parte do protocolo?

Ele sorriu de leve, se ajeitando na poltrona.

– Pode ser.

Ele riu.

– Gosto, sim. Acho que gosto. É um bom trabalho. Melhor do que a maioria.

Peguei uma folha de papel e um lápis, para dar uma impressão profissional.

– É bom saber que estou fazendo alguma coisa – continuou ele. – Pelo público. Protegendo as pessoas, sabe.

Escrevi *proteção* na folha. Sem olhar para ele, perguntei:

– O que mais você faz?

– Como assim?

– Além do trabalho.

– Ah – e pensou por um tempo. – Eu nado. No clube de nado no mar.

Explicava os ombros.

– Até nesta época?

– Todo dia, o ano todo – anunciou, com um orgulho simples.

Escrevi *orgulho*.

– O que é preciso para nadar bem no mar, na sua opinião?

Ele não hesitou para responder.

– Amar a água. É preciso amar estar na água.

Imaginei os braços dele cortando as ondas, as pernas emboladas em algas. Escrevi *amor*. Então risquei a palavra e escrevi água.

– Olha, sr. Hazlewood...

– Patrick, por favor.

– Posso perguntar uma coisa?

Ele se curvou para a frente.

Abaixei o lápis.

– O que quiser.

– Você é um desses... sabe...

Ele retorceu as mãos.

– O quê?

– Um desses artistas *modernos*?

Quase ri.

– Não sei bem o que você quer dizer...

– Bom, como eu disse, não entendo de arte, mas quero dizer... quando me desenhar, o desenho vai parecer *comigo*, né? Não com... um daqueles prédios novos, sei lá.

Eu ri. Não pude me conter.

– Posso garantir – falei – que nunca faria você parecer um prédio.

Ele pareceu um pouco incomodado.

– Tudo bem. Só quis confirmar. Nunca se sabe.

– É verdade. É mesmo.

Ele olhou para o relógio.

– Semana que vem na mesma hora? – perguntei.

Ele assentiu. À porta, se virou para mim e falou:

– Obrigado, Patrick.

Ainda consigo ouvi-lo dizer meu nome. Foi como escutá-lo pela primeira vez.

Semana que vem na mesma hora.

Uma vida até então.

3 DE OUTUBRO DE 1957

Dois dias desde que ele veio, e já estou perdendo a razão de impaciência. Hoje, Jackie perguntou de repente:

– Quem era aquele moço?

Era o começo da tarde e ela viera me entregar as atas da minha última reunião com Houghton. Ela deixou a pergunta cair sem hesitação, mas seu olhar trazia algo que eu nunca vira nela: curiosidade genuína. Mesmo com os óculos de brilhantes, eu vi.

Evitar o assunto só atiça o fogo. Então respondi:

– É para um retrato. – Ela esperou, com a mão no quadril, então completei: – Estamos planejando um retrato. Um novo projeto. Cidadãos comuns.

Ela assentiu. Então, depois de deixar passar um momento:

– Ele é comum, então?

Eu sabia que ela estava se metendo. As outras garotas estavam falando dele. De mim. Claro que estavam. Pensei que era melhor jogar uma história. Me livrar dela logo.

– Ele é policial – falei.

Uma pausa, enquanto ela digeria a informação. Eu me virei de lado e peguei o telefone, para encorajá-la a ir embora, mas ela não pescou a dica.

– Ele não parece policial – disse ela.

Fingindo não ouvir, comecei a discar um número.

Quando ela enfim se foi, desliguei o telefone e fiquei parado, deixando meu coração se acalmar. Nada para me preocupar, pensei. Só curiosidade natural. É claro que as garotas querem saber quem ele é. Um jovem bonito e desconhecido. Não é comum aqui. De qualquer modo, é tudo oficial. Profissional. E Jackie é fiel. É discreta. Misteriosa, mas confiável.

Mas... correndo e batendo, o sangue no meu peito. Acontece muito. Já fui ao médico. Langland. Ele é conhecido por ser tolerante. Até certo ponto, pelo menos. Gosta muito de psicanálise, me parece. Eu expliquei: acontece sobretudo à noite, quando tento dormir. Deitado na cama, juro que enxergo a massa de músculo pulando no meu peito. Langland diz que é bastante normal. Ou, se não normal, pelo menos comum. Ectopia cardíaca, ele diz. Surpreendentemente frequente, ele diz. Às vezes, o batimento é ao contrário, e dá para sentir o coração bater. Ele demonstrou:

– Em vez de ser ta-TUM – falou, batendo a mão na mesa –, é TUM-ta. Não tem por que se preocupar.

– Ah – falei. – Então é trocaico, em vez de iâmbico.

Ele pareceu gostar da explicação.

– Exato – concordou, sorrindo.

Agora que sei o nome, é mais fácil me tranquilizar, mas continua difícil de ignorar. Meu coração trocaico.

Fiquei sentado até me acalmar. Então fui embora. Saí da sala, cruzei a vasta galeria, desci a escada, passei pelo gato do dinheiro e pisei na rua.

Incrivelmente, ninguém me parou. Ninguém me olhou quando eu passei. Lá fora, caía uma chuva fininha, ventava muito. Lufadas de ar úmido e salgado chegavam pela rua Steine. Notas dissonantes do píer iam e vinham. Entrei na rua St. James. Apesar do tom amarronzado do céu, o ar era fresco, comparado ao do museu. Apertei o passo. Eu sabia aonde ia, mas não o que faria ao chegar. Não importava. Avancei, exultante por ter escapado do escritório com tanta facilidade. Aliviado pelos batimentos normais do meu coração. Ta-tum. Ta-tum. Ta-tum. Nada absurdo, nem apressado. Nenhum movimento acelerado do peito à cabeça, nenhum batimento de sangue no ouvido. Só aquele ritmo firme, e meus passos firmes até a guarita.

A chuva apertou. Eu tinha saído sem casaco, sem guarda-chuva, e meus joelhos estavam molhados. A gola da camisa, também, encharcada. Mas eu gostei de sentir a chuva na pele. A cada passo, eu estava mais perto dele. Não precisava me explicar, me justificar. Só precisava vê-lo.

A última vez que eu me senti assim foi com Michael. Tão ansioso para vê-lo que tudo parecia possível. Convenções, opinião alheia, a lei, tudo parece risível diante do desejo, do impulso de encontrar o amado. É um estado de êxtase. É, contudo, um sentimento passageiro. De repente, a constatação de estar andando na rua, encharcado, quando deveria estar no escritório. Mulheres e crianças esbarrando em mim, olhando de maneira suspeita para um homem sozinho, sem casaco nem chapéu, andando por uma rua comercial no meio da tarde. Casais idosos correndo para o ponto de ônibus avançam na minha direção, guarda-chuvas na mão. E penso: mesmo que ele esteja lá, o que posso dizer? Claro, no momento em si, no momento de êxtase em que tudo é possível, não há necessidade de palavras. Simplesmente cairemos nos braços um do outro, e ele entenderá tudo – *tudo* – por fim. Mas, quando o sentimento começa a se esvair, quando outra mulher pediu licença e pisou no meu pé mesmo assim, quando vi meu reflexo na vitrine do Sainsbury's e enxerguei um homem de olhos arregalados, encharcado de chuva, já passado da primeira juventude, constatei que palavras serão, sim, necessárias.

E o que eu diria? Que desculpa poderia dar para chegar à guarita dele a tal hora, molhado até a alma? "Eu não podia esperar para te ver"? Ou: "Preciso fazer uns esboços preliminares urgentes"? Suponho que poderia ter me fingido de artista temperamental, mas provavelmente é melhor guardar esse truque para momentos mais importantes.

Então dei meia-volta. E, mais uma vez, mudei de direção e fui para casa. Quando cheguei, liguei para Jackie e disse que não estava me sentindo bem. Expliquei que tinha saído para comprar jornal (o que não é raro, nas tardes calmas do museu) e fora tomado por enjoo. Passaria o dia na cama e voltaria ao trabalho de manhã. Era para ela dizer para quem ligasse que eu retornaria a ligação no dia seguinte. Ela não soou surpresa. Não perguntou nada. Jackie, tão boa e fiel, pensei. Por que me preocupara antes?

Fechei as cortinas. Liguei o aquecedor. Não estava frio, mas eu queria todo o calor possível. Tirei as roupas molhadas. Entrei na cama usando os pijamas que odeio. Flanela, listras azuis. Eu os visto porque é melhor do que deitar sem roupa. A nudez só me lembra que estou sozinho. Nu, só o que me toca é o lençol. Pelo menos a flanela me oferece uma camada de proteção.

Achei que fosse chorar, mas não chorei. Fiquei só deitado, o corpo pesado, a cabeça lenta. Não pensei em Michael. Não pensei em mim, correndo pela rua atrás do nada como um bobo. Só tremi até o tremor passar, e dormi. Dormi a tarde toda, até a noite. Acordei e escrevi isto.

Agora dormirei de novo.

4 DE OUTUBRO DE 1957

Escrevo isto na noite de sexta-feira. Um dia bem satisfatório.

Depois da minha breve fraqueza, me resignei à longa espera por terça-feira. Até que. Quatro e meia. Depois de uma reunião chata e insuportável com Houghton, caminhei pela galeria principal, pensando vagamente sobre chá e biscoitos recheados e, de modo mais específico, no fato de que só faltavam quatro dias até terça-feira.

E de repente: a forma inconfundível daqueles ombros. Meu policial estava ali, de cabeça inclinada, olhando para um Sisley meio medíocre que nos foi emprestado para uma temporada. Nada de uniforme (o mesmo paletó da outra vez). Magnificamente vivo, respirando, e ali mesmo, no museu. Eu o imaginara tantas vezes nos últimos dias que cocei os olhos, como garotas surpresas fazem nos filmes.

Eu me aproximei. Ele se virou e olhou bem para mim, e depois para o chão. Um pouco tímido. Como se pego no ato. TUM-ta, fez o meu coração no ritmo trocaico.

– Acabou o turno de hoje? – perguntei.

Ele assentiu.

– Pensei em dar outra olhada. Ver a concorrência pra minha cara.

– Você quer subir? Eu vou tomar um chá.

Ele olhou de novo para o chão.

– Não quero te atrapalhar.

– Não atrapalha – falei, já o conduzindo ao escritório.

Entrei com ele na sala, aceitei a oferta de chá que Jackie fizera e ignorei o olhar de interesse que ela tinha. Ele se sentou na poltrona. Eu me apoiei na beirada da mesa.

– Então. Viu alguma coisa interessante?

Ele não hesitou em responder.

– Vi. Tem uma mulher, que está sem roupa, sentada numa pedra, com umas pernas de bode...

– *Sátiros*. Escola francesa.

– Achei bem interessante.

– Por quê?

Ele olhou de novo para o chão.

– Bom. Mulheres não têm pernas de bode, não é?

Sorri.

– É uma história mitológica... dos gregos antigos. Ela é uma criatura chamada de sátiro, meio humana...

– Tá. Mas não é só desculpa?

– Desculpa?

– Arte. Não é só uma desculpa para olhar para... bom, para gente pelada? Mulheres peladas.

Ele não desviou o olhar, dessa vez. Ele me encarou tão atentamente, os olhinhos tão azuis que fui eu quem precisou desviar o olhar.

– Bom – falei, ajeitando as mangas da camisa. – Bom, há uma certa obsessão com a forma humana... com corpos... e, sim, às vezes se celebra a beleza da carne, suponho... masculina e feminina...

Olhei para ele de relance, mas Jackie escolheu aquele momento para entrar com o carrinho de chá. Ela usava um vestido amarelo-narciso, com a cintura bem justa. Sapatos amarelos para combinar. Um colar de contas amarelas. O efeito era quase ofuscante. Vi meu policial admirar a visão dourada com o que me pareceu certo interesse. Mas então ele olhou para mim com aquele sorrisinho meio furtivo.

Jackie, sem ver nossos olhares, falou:

– Prazer em ver o senhor novamente, senhor...

Ele se apresentou. Ela serviu o chá.

– Vai ser retratado?

Ele corou.

– Isso.

Uma pequena pausa, ela ainda segurando o pires da xícara dele, como se preparada para insistir mais.

Eu me levantei e abri a porta.

– Obrigada, Jackie.

Ela saiu, com o carrinho e um sorriso forçado.

– Perdão por isso.

Ele assentiu, tomou um gole do chá.

– Você estava dizendo?

– Estava?

– Sobre corpos nus?

– Ah, sim... – Eu me sentei na beirada da mesa de novo. – Sim. Olha, se você estiver mesmo interessado, posso te mostrar uns exemplos fascinantes.

– Agora?

– Se você tiver tempo.

– Pode ser – disse ele, pegando um segundo biscoito.

Ele come rápido, e faz barulho. Mastiga com a boca meio aberta. Com prazer. Ofereci o prato.

– Pode pegar quantos biscoitos quiser. Depois vou te mostrar uma coisa.

Faltava meia hora para o museu fechar. Decidi ir direto ao ponto: o Ícaro de bronze. Andamos lado a lado em silêncio, até que eu falei:

– Sem querer ofender, mas é raro, não é, que um policial se interesse por arte? Algum dos seus colegas tem o mesmo interesse, na sua percepção?

Ele riu de repente. Foi uma gargalhada alta, sem inibição, que ecoou pela galeria.

– De jeito nenhum.

– Que pena.

Ele deu de ombros.

– Lá na delegacia, quem gosta de arte é frouxo, ou coisa pior.

Nós nos olhamos. Posso jurar que seus olhos sorriam.

– Bom, acho que essa é a percepção *geral*...

– Só conheço outra pessoa que gosta dessas coisas.

– Quem é?

– Uma garota que conheço. Amiga minha. Ela é professora, na verdade. A praia dela é mais livros, mas a gente tem, sabe, *discussões*...

– Sobre arte?

– Sobre todo tipo de coisa. Estou ensinando ela a nadar – contou, e riu de novo, mais suave. – Ela não é nada boa. Nunca melhora.

"Aposto que não", pensei.

Continuei, levando ele à galeria de esculturas. *Amiga*, ele dissera. Uma pequena revelação. Não vale entrar em pânico. Quando falava dela, a cor no rosto dele continuou constante. Ele não desviou o olhar do meu nenhuma vez. Com *amiga* eu sei lidar. *Amiga. Namorada. Queridinha. Noiva.* Sei lidar com tudo isso. Tenho experiência. Michael tinha namorada, afinal. Que bobinha. Vivia enchendo ele de sanduíche. Fofa, até, do jeito dela.

Esposa, até. Acho que aguento uma esposa. Esposas ficam em casa, é isso que é bom. Ficam em casa, em geral quietas, e gostam de ver o homem ir embora. Em geral.

Amante é que não dá. É diferente.

– Este – falei – é o Ícaro de Alfred Gilbert. É uma estátua que está aqui emprestada.

Ali estava ele, vestindo as asas como a capa de um toureador, sem folha de figo. O mais impressionante nele, para mim, é a crença naquelas asas. Inúteis, frágeis, presas aos braços por pulseiras, e ele acredita nelas como uma criança acreditaria em uma capa da invisibilidade. Ele é musculoso e vigoroso, o quadril para o lado, a perna dobrada, o peito brilhante refletindo o holofote. A linha que desce do pescoço à virilha faz uma curva delicada. Ele se ergue sozinho na pedra, olhando tímido para baixo. É ao mesmo tempo sério e absurdo, e é lindo.

Meu policial e eu paramos na frente do monumento, e perguntei:

– Você conhece a história?

Ele me olhou de relance.

– Mitologia grega de novo. Ícaro e o pai, Dédalo, fugiram da prisão usando asas que fizeram com penas e cera. Mas, apesar do conselho do pai, Ícaro voou perto demais do sol, suas asas derreteram e... bem, você pode imaginar. É uma história que se conta muito para crianças na escola, para avisá-las de que não devem ter uma ambição exagerada. E para destacar a importância de obedecer aos pais.

Ele estava curvado para a frente, respirando contra a vitrine. Deu a volta, admirando Ícaro de todos os ângulos, enquanto eu me mantive afastado, assistindo ao momento. Nós nos vimos pelo reflexo no vidro, nossos rostos se misturando e distorcendo com o Ícaro dourado de Gilbert.

Eu queria dizer para ele: "Não sei nadar. Me ensine. Me ensine a cortar as ondas com você".

Mas não disse. Em vez disso, com a maior animação possível, declarei:

– Você devia trazer ela aqui.

– Quem?

Exatamente a resposta que eu esperava.

– Sua amiga. A professora.

– Ah. Marion.

– Marion.

Até o nome é professoral. Penso em meias grossas, óculos mais grossos ainda.

– Traga ela – insisti.

– Para ver o museu?

– E me conhecer.

Ele se empertigou. Levou a mão ao pescoço, franziu a testa.

– Você quer que ela participe do projeto?

Sorri. Ele já estava preocupado com ser usurpado.

– Talvez – falei. – Mas você é nosso primeiro modelo. Vamos ver como anda, pode ser? Você ainda vem?

– Terça.

– Terça. Você se incomodaria de nos encontrarmos em outro lugar? – acrescentei, impulsivo. – Minha sala não tem muito espaço. Nem o equipamento necessário. – Peguei um cartão do bolso e o estendi para ele. – Podemos nos encontrar neste endereço. Teria de ser um pouco mais tarde. Por volta de sete e meia?

Ele olhou para o cartão.

– É seu ateliê?

– Isso. E minha casa.

Ele virou o cartão antes de guardar no bolso.

– Tudo bem – concordou, sorrindo.

Eu não sabia se o sorriso era por estar alegre pela possibilidade de ir à minha casa, por achar graça do meu método para atraí-lo até lá, ou por mero constrangimento.

Mas... Ele guardou o cartão no bolso. E marcamos terça-feira.

5 DE OUTUBRO DE 1957

Ressaca horrível hoje. Acordei muito tarde e estou apenas bebendo café, comendo torrada e relendo Agatha Christie na esperança de que passe. Ainda não passou.

Ontem à noite, depois de escrever, decidi ir ao Argyle. Não queria mais outra noite longa na espera por terça-feira, em parte. Mas, na verdade, eu estava confiante com o meu sucesso. O rapaz vai vir para cá, ao meu apartamento. Ele aceitou. Ele vem sozinho, na noite de terça. Admiramos Ícaro juntos, ele abriu aquele sorrisinho furtivo, e ele vem.

Então achei que podia me divertir no Argyle. Não adianta ir a um lugar desses quando me sinto deprimido e solitário. Eles só aumentam a tristeza, especialmente se vou embora sozinho. Mas quando otimista... bom, então o Argyle é o lugar ideal. É um lugar de *possibilidades*.

Eu não ia lá havia muito tempo; desde que fui contratado como curador uns anos atrás, preciso ser muito discreto. Não que eu já tenha sido diferente, honestamente. Eu e Michael saíamos muito pouco, decerto. Quarta-feira era nossa única noite inteira juntos, e eu não a desperdiçaria levando ele para sair, não queria dividi-lo com mais ninguém. Eu costumava visitá-lo durante o dia, mas ele sempre queria que eu fosse embora do quarto alugado antes das oito, com receio de a proprietária desconfiar.

Mas até passar pelo Argyle é arriscado. E se Jackie me visse, de olho na porta? Ou Houghton? Ou alguma das moças do museu? Claro, quem frequenta os bares aprende a tomar precauções: ir depois que escurece, sozinho, sem encontrar o olhar de ninguém pelo caminho, e evitar os lugares muito perto de casa. É por isso que gosto das noites em Londres com Charlie. Muito mais fácil ser anônimo naquelas ruas. Brighton, por mais que tente ser cosmopolita, é uma cidade pequena.

Era uma noite triste, úmida e fresca, com pouquíssimas estrelas. Fiquei feliz com o tempo: era uma desculpa para me esconder debaixo do meu maior guarda-chuva. Andei até a orla, passei pelo píer Palace, e atravessei a King's Road para evitar o centro da cidade. Apertei o passo, mas sem correr. Virei na Middle, de cabeça baixa. Felizmente, eram quase nove e meia e as ruas estavam calmas. Estava todo mundo ocupado bebendo.

Entrei pela porta preta (decorada só pela plaquinha dourada: HOTEL ARGYLE), dei o nome que sempre uso para esse tipo de lugar, tirei o casaco, deixei o guarda-chuva encharcado no suporte e entrei no bar.

Luz de velas. Lareira quente demais. Poltronas de couro. "Stormy Weather" sendo tocado pelo menino oriental no piano. Dizem que ele tocava no hotel Raffles, em Singapura. Cheiro de gim, perfume Givenchy, poeira e rosas. Sempre tem rosas no bar. As de ontem eram de um amarelo-claro, bem delicadas.

De imediato, reconheci a sensação tão comum de ser avaliado por mais de uma dúzia de pares de olhos masculinos. Uma sensação perfeitamente equilibrada entre prazer e dor. Não que eles se virassem para olhar – o Argyle nunca seria tão explícito –, mas minha presença foi notada. Eu cuidei da aparência – aparei o bigode, passei óleo no cabelo e escolhi o paletó mais bonito (o cinza mescla que comprei na Jermyn Street) – antes de sair, então estava preparado. Eu me mantenho em forma, com exercícios toda manhã. Pelo menos isso o exército me deu. E ainda não tenho cabelo grisalho. Nunca fui obcecado por essas questões, mas me mantenho atento. Eu estava pronto. Eu estava, pensei, bem elegante. Eu era – e na minha lembrança isso já está tomando uma realidade estranha – um artista prestes a embarcar em um novo e ousado projeto de retratos.

Aproximei-me do bar, sem olhar nos olhos de ninguém de modo deliberado. Preciso de uma bebida antes de conseguir fazer isso. As senhoritas Brown estavam, como de costume, sentadas nos banquinhos altos atrás do bar. A mais jovem – que já deve ter quase sessenta anos – conta o dinheiro. A mais velha cumprimenta os cavalheiros e serve as bebidas. Usando uma gola alta de renda e fumando em uma piteira, ela me cumprimentou, lembrando meu nome.

– E como vamos? – perguntou.

– Ah, tolerável.

– Eu também, eu também – concordou, com um sorriso caloroso. – É um prazer vê-lo de novo. Um dos rapazes vai anotar seu pedido.

A srta. Brown mais velha é famosa por transmitir mensagens entre os clientes. É só passar um bilhete pelo bar que ela entregará para o destinatário. Se ele não estiver lá naquela noite, ela guarda o bilhete atrás de uma garrafa de licor de cacau na primeira prateleira. Sempre tem uns bilhetes novos atrás daquela garrafa. Nada nunca é dito; o bilhete é simplesmente entregue acompanhado do troco.

A Duquesa de Argyle, como ele é conhecido, anotou meu pedido de um dry martini e o trouxe para mim na mesa, perto da janela saliente, protegida por muitas cortinas. Ele tinha passado pó de arroz no rosto e usava a jaqueta vermelha, como sempre, bem justa, no limite do militar. Depois de alguns goles, comecei a relaxar e olhar ao redor do ambiente. Reconheci alguns rostos. Bunny Waters, elegante como sempre, sentado ao bar, de camisa branca imaculada, várias pulseiras douradas e colete marrom. Ele me cumprimentou com um leve aceno de cabeça e um gesto com o copo erguido, que retribuí. Uma vez, no Ano-Novo, eu o vi dançar o foxtrote com um jovem lindíssimo. Ninguém mais dançou. Eu agora me pergunto se pode ter mesmo acontecido, aquela visão de dois homens arrumados, de cabelo escuro, deslizando pela sala, todo mundo atento, todo mundo admirando, mas ninguém achando necessário dar o menor sinal de reconhecer o que acontecia. Foi um momento gracioso. Todos concordamos silenciosamente que era bonito, e raro, e que não deveria ser mencionado. Agimos como se fosse a coisa mais comum do mundo. Eu soube, depois, que Bunny estava no Queen of Clubs na noite que foi invadido pela polícia, sob alegação, aparentemente, de não ter licença para vender bebida alcoólica. Ele de alguma forma conseguiu evitar a confusão com a imprensa, os chefes no trabalho e assim por diante, e não foi preso. Nem todos tiveram a mesma sorte.

Em uma mesa próxima à minha estava Anthony B. Sei que Charlie teve um breve *affaire* com ele, no ano antes de se mudar para Londres. Anton, era como o chamava. Ele estava com a aparência respeitável de sempre: lendo o *Times*, com o cabelo um pouco mais grisalho, e sempre de olho na porta, mas se encaixaria em qualquer clube de cavalheiros. Ainda tem o mesmo rosto corado. Tem algo de atraente em um homem muito respeitável de bochechas coradas. Uma sugestão, talvez, de que ele transbordou. Que nem sempre consegue conter as emoções. Que, debaixo da superfície controlada, há muito sangue; sangue que uma hora vai aparecer.

Acho que não fico corado desde a escola. Era minha sina, na época. "Grama fresca e úmida", Charlie me dizia. "Pense nisso. Deite nela." Nunca funcionava. Um dos professores de educação física me chamava de pateta cor-de-rosa. "Vamos lá, Hazlewood. Dá um gás. Não pode ser um pateta cor-de-rosa pro resto da vida, né?" Meu Deus, como eu o odiava. Chegava a sonhar com jogar ácido naquela cara enorme e suada.

Pedi outro dry martini.

Por volta das dez, chegou um jovem. Cabelo castanho tão curto e grosso que parecia pelo. Rosto fino e um corpinho compacto. Todo mundo se agitou quando ele parou à porta, acendeu um cigarro e andou até o bar. Ele andou olhando para baixo, como eu fizera. Para deixar a gente olhar antes de olhar de volta.

Ele foi devagar, esse jovem. Parou bem de frente para o bar, recusou a oferta de assento da srta. Brown mais velha. Pediu um drinque sem álcool, o que eu achei uma graça. Então ele continuou a fumar, olhando para o reflexo no espelho atrás do bar.

Meu policial não agiria assim. Ele sorriria, assentiria, cumprimentaria educadamente os desconhecidos, mostraria interesse no ambiente. Eu me permiti imaginar: nós dois entrando juntos, sacudindo os casacos molhados de chuva. A srta. Brown mais velha perguntaria se estávamos razoáveis, e diríamos que estávamos ainda melhor, muito obrigado, e abriríamos sorrisos cheios de subentendido antes de ir nos sentar à mesa de costume. Todos olhariam para nós: o belo jovem e seu bonito cavalheiro. Conversaríamos sobre a peça ou o filme a que tínhamos assistido. Quando nos levantássemos para ir embora, haveria um toque no ombro – eu tocaria o ombro do meu policial em um gesto discreto, mas inconfundível, um gesto que diria "vamos lá, querido, já é tarde, hora de ir para casa".

Mas ele nunca entraria num lugar desses. Se já encontrou os babacas do departamento que cuida dessas coisas, já ouviu falar do lugar. Tudo indica que ele é um jovem sensato, contudo. Capaz de ser diferente. Capaz de ter resistência. (No momento, estou tão alegre que, apesar da ressaca, estou incrível e ingenuamente otimista.)

Pedi outro dry martini.

Então pensei: por que não? Ninguém tinha pagado uma bebida para o jovem no bar, e ele olhava para o copo vazio. Eu me posicionei ao lado dele. Não tão perto. Com o corpo na outra direção, virado para a sala.

– O que quer beber? – perguntei.

Bom, temos que começar de algum lugar.

Sem hesitação, ele respondeu:

– Uísque.

Pedi uma dose dupla para a Duquesa e esperamos a srta. Brown mais velha servir a bebida.

Ele me agradeceu, pegou o uísque, bebeu metade do copo em um gole e não me olhou.

– Ainda está chovendo? – arrisquei.

Ele acabou com o copo.

– Aos baldes. Meus sapatos encharcaram.

Pedi outra bebida para ele.

– Por que não vem se sentar comigo, perto da lareira? Vai secar mais rápido.

Ele me olhou, então. Olhos arregalados. Uma expressão contida e faminta no rosto pálido. Jovem, mas áspero. Sem outra palavra, voltei à minha mesa e me sentei, certo de que ele me seguiria.

O que quer que aconteça, pensei, meu policial ainda virá na terça-feira. Ele vai ao meu apartamento. No meio-tempo, posso aproveitar isso, o que quer que seja.

Ele só levou alguns instantes para me seguir. Insisti que ele aproximasse a cadeira da lareira – de mim. Quando ele o fez, caiu um silêncio. Ofereci um cigarro. Assim que ele aceitou, a Duquesa chegou com um isqueiro. Vi o jovem fumar. Ele afastava o cigarro da boca devagar, como se tivesse aprendido a fazer isso com um filme, copiando os gestos de um ator. Apertando os olhos. Chupando as bochechas. Segurando a respiração por alguns segundos antes de soprar. Quando ele levou a mão à boca de novo, notei um hematoma no punho.

Eu me perguntei como ele tinha ido parar ali, quem dissera que era o lugar certo. O paletó dele estava um pouco puído, mas as botas eram novinhas, com bico pontudo. Ele deveria ter ido ao Greyhound, na verdade. Alguém lhe dera um conselho ruim. Ou talvez – como eu fizera, anos antes – ele simplesmente juntara toda a coragem e entrara no primeiro lugar sobre o qual ouvira algum rumor difamatório.

– Então, o que o traz a esta espelunca? – perguntei.
(Eu já estava ficando um pouco bêbado.)
Ele deu de ombros.
– Deixa eu te pagar outra bebida – disse eu.
Acenei para a Duquesa, que estava encostado no bar, nos observando com atenção.
Quando chegaram nossas bebidas, com um cinzeiro limpo, tudo acompanhado de um olhar demorado da Duquesa, me aproximei do rapaz.
– Nunca te vi aqui – falei.
– Também nunca te vi.
Touché.
– Não que eu venha com frequência – acrescentou.
– É um bom lugar. Melhor do que a maioria.
– Eu sei.
Provavelmente devido à quantidade de dry martini que tinha consumido, perdi a paciência de repente. Era óbvio que o rapaz estava entediado; só queria uma bebida e não podia pagar; não tinha o menor interesse em mim.
Eu me levantei e me senti cambalear de leve.
– Já vai?
– Está ficando tarde...
Ele ergueu o olhar para mim.
– Talvez a gente possa conversar... – propôs. – Em outro lugar?
Ousadíssimo, honestamente.
– Black Lion[*] – falei, apagando o cigarro. – Dez minutos.
Paguei a conta, deixando uma gorjeta generosa para a chocada Duquesa, e saí dali. Com calma total, atravessei a rua e entrei no beco estreito que leva à rua Black Lion. Tinha parado de chover. Balancei o guarda-chuva, e tinha aquela leveza nos pés, proporcionada pelo álcool. Andei rápido, mas não me senti cansar, e posso até ter assobiado "Stormy Weather".
Não hesitei nos primeiros passos até a construção. Nem olhei ao redor para ver se estava sendo observado. Nunca fui muito desses encontros. Tive meus momentos, claro, especialmente antes de a coisa ficar mais séria com Michael. Mas, desde então, tive pouquíssimo contato com o corpo de outro

---

[*] Na Black Lion Street há uma travessa muito estreita entre dois pubs, que dá passagem apenas a pedestres. É onde ficam as três construções mais antigas de Brighton. [N. da T.]

homem. Ontem à noite, eu de repente notei o quanto precisava disso. Quanta saudade sentia.

Então um homem alto, vestindo um sobretudo elegante de tweed com o colarinho levantado, subiu os degraus. Quando passou por mim, me empurrando com o ombro, murmurou:

– Viadinho de merda.

Deus sabe que não foi a primeira vez. Certamente não será a última. Mas me chocou. Me chocou e congelou o desejo em meu corpo. Porque eu tinha bebido demais. Porque a chuva tinha parado. Porque meu policial vem na terça-feira. Porque eu fora tolo o bastante para imaginar que poderia curtir com aquele rapaz e, uma única vez que fosse, agir e pronto.

Parei no meio do caminho e me encostei na parede de azulejos frios. O fedor de urina, desinfetante e sêmen subiu do porão da casinha. Eu ainda podia descer. Ainda podia abraçar o rapaz e imaginar que ele era meu policial. Podia passar a mão naquele cabelo grosso e castanho e imaginar cachos loiros e macios.

Mas meu coração trocaico protestou. Então me afastei dali e peguei um táxi para casa.

Que estranho. O que resta em mim agora é a satisfação de saber que fui até lá. Mesmo me assustando, pelo menos fui ao Argyle e à Black Lion. Duas coisas que raramente consegui fazer desde Michael. E, apesar dessa ressaca horrível, meu humor está surpreendentemente leve.

Só dois dias, e aí...

8 DE OUTUBRO DE 1957

O dia: terça-feira. A hora: sete e meia da noite.

Estou parado à janela, esperando por ele. Lá dentro, o apartamento está arrumado nos mínimos detalhes. Lá fora, o mar escuro está parado.

TUM-ta, meu coração.

Abri o armário de bebidas, expus a *Art and Artists* mais recente na mesinha de centro, garanti que o banheiro estivesse impecável. A diarista, sra. Gunn, vem uma vez por semana, mas não sei se ela enxerga tão bem quanto costumava. Tirei o pó do meu velho cavalete e o arrumei no quarto de hóspedes, com uma paleta, algumas tintas, umas espátulas e uns pincéis enfiados em um pote de geleia. O quarto ainda tem aparência arrumada demais para um ateliê – o carpete aspirado, a cama bem feita –, mas suponho que seja o primeiro espaço artístico que ele veja, e que ele não tenha muitas expectativas.

Não guardei minhas fotos de Michael, apesar de considerar fazê-lo. Pensei em colocar música para tocar, mas decidi que seria um exagero.

A noite esfriou, então liguei o aquecedor e fiquei de camisa, sem paletó. Não paro de levar a mão ao pescoço, como se preparado para as mãos do meu policial. Ou os lábios.

Mas é melhor não pensar nisso.

Vou até o armário de bebidas e me sirvo de um copo cheio de gim, então volto à janela, escutando o gelo derreter no álcool. A gata do vizinho se esgueira pelo peitoril e me olha com esperança. Mas não vou deixá-la entrar. Hoje, não.

Enquanto espero, me lembro das quartas-feiras. De como minhas preparações para a chegada de Michael – cozinhar, arrumar o apartamento, me arrumar – eram, pelo menos por um tempo, quase mais mágicas do que os encontros em si. Era a promessa do que viria, eu sei. Às vezes, depois de irmos deitar, quando ele já dormira, eu acordava de madrugada para olhar para a nossa bagunça. Os pratos sujos. As taças vazias. As roupas largadas no chão. As guimbas de cigarro no cinzeiro. Os discos jogados no móvel, fora da capa. E eu morria de vontade de arrumar tudo, pronto para a noite começar de novo. Se eu conseguisse deixar tudo arrumado, pensava, quando Michael acordasse, antes do amanhecer, veria que eu estava pronto para ele. Aguardando ele. Esperando por ele. E poderia escolher ficar mais uma noite, e outra, e outra e mais outra.

A campainha toca. Deixo minha bebida de lado, passo a mão no cabelo. Respiro fundo. Desço para abrir a porta.

Fico grato por ele não estar de uniforme. Já é arriscado o bastante, um homem sozinho tocar minha campainha à noite. Ele está carregando uma sacola, entretanto, que indica para mim.

– Meu uniforme. Imaginei que você quisesse que eu vestisse. Para o retrato – meu policial diz.

Ele cora um pouco e olha para o chão. Eu peço que entre. Ele me segue escada acima (felizmente vazia) e entra no apartamento, as botas rangendo.

– Quer uma bebida?

Quando levanto meu copo, minha mão treme.

Ele diz que aceita uma cerveja, se eu tiver; ele está de folga até as seis da manhã. Abrindo a única garrafa de cerveja clara que tenho no armário, olho de relance para ele. Meu policial está de pé no tapete, gloriosamente ereto, o reflexo do lustre nos cachos loiros, e olha ao redor, levemente boquiaberto. Seu olhar se demora em uma pintura a óleo que pendurei com destaque acima da lareira – um retrato de Philpot, de um garoto com o tronco forte nu – antes de ele andar até a janela.

Entrego o copo dele.

– Vista linda, não é? – digo, idiota.

Não há muito a ver além dos nossos reflexos. Mas ele concorda e nós dois olhamos para o céu escuro, em silêncio. Dá para sentir o cheiro dele: um toque vagamente carbólico que me lembra a escola – sem dúvida o cheiro da delegacia –, mas também talco, com perfume de pinho.

Sei que eu deveria continuar a falar, para ele não ficar nervoso, mas não consigo pensar no que dizer. Ele enfim está aqui, ao meu lado. Ouço sua respiração. Ele está tão perto que fico tonto, com o cheiro, a respiração e o jeito que ele bebe a cerveja em grandes goles.

– Sr. Hazlewood...
– Patrick, por favor.
– Devo me trocar? Não devemos começar?

Ele entra no quarto de hóspedes com o capacete na mão, mas já vestido com o uniforme. A jaqueta de lã preta. A gravata bem amarrada. O cinto de fivela prateada. O apito na corrente, caindo entre o bolso do peito e o último botão. O número polido no ombro. As botas engraxadas. É estranhamente excitante ter um policial em casa. Perigoso, apesar da aparência tímida. Ao mesmo tempo, é um pouco ridículo.

Eu digo que ele está esplêndido e peço que se sente na cadeira que instalei perto da janela. Acendi uma luz forte ao lado da cadeira, e pendurei uma velha toalha de mesa verde no varão da cortina para usar de pano de fundo. Pedi a ele que deixasse o capacete no colo e olhasse para o canto do cômodo, por cima do meu ombro direito.

Eu me instalo em um banquinho, bloco no colo, lápis à mão. O cômodo está em total silêncio e passo um tempo ocupado, abrindo o bloco (que na verdade está parado há anos) em uma página nova e escolhendo o lápis adequado. Noto, enfim, que tenho a liberdade de olhar para ele o mais abertamente possível, por horas a fio, e congelo.

Não consigo. Não sou capaz de erguer o olhar para ele. Meu coração fica frenético com o peso da situação, do prazer irrestrito adiante. Derrubo o lápis e o papel e acabo agachado no chão ao lado dele, desesperado para arrumar minhas coisas.

– Tudo bem? – pergunta ele.

A voz é leve, apesar de grave, e eu respiro fundo. Volto a me sentar no banquinho e me ajeito.

– Tudo bem – digo.

O trabalho começa.

É estranho. Inicialmente, só consigo olhá-lo de relance, rápido. Tenho medo de começar a rir de alegria. Acho que vou rir da juventude dele, do brilho, do rosto corado, dos olhos faiscando de interesse. Das coxas unidas na posição sentada. Dos ombros maravilhosos tão eretos. Ou, nesse estado, talvez eu até chore.

Tento me controlar. Percebo que tenho que me convencer de que o desenho é assunto muito sério. É o único jeito de me permitir estudá-lo. Devo tentar vê-lo por dentro, como dizia meu professor de arte. É preciso ver a maçã por dentro, e só então se pode desenhá-la.

Levando o lápis à frente do rosto, apertando os olhos, examino as proporções: dos olhos ao nariz e à boca. Do queixo ao ombro e à cintura. Marco os pontos no papel. Reparo nas sobrancelhas claras. No leve nó na ponta do nariz. No ângulo elegante das narinas. Na linha firme da boca. No lábio superior, um pouco mais grosso que o inferior (é nesse momento que eu quase perco a concentração). Na covinha sutil no queixo.

Enquanto rascunho, chego a me deixar absorver pelo trabalho. O sussurrar do lápis é muito relaxante. Então é um certo choque quando ele fala:

– Aposto que você nunca imaginou que um policial entraria no seu quarto.

Não hesito. Continuo com os traços leves, tentando me concentrar.

– Aposto que você nunca imaginou entrar em um ateliê de artista – retruco, satisfeito por manter a compostura.

Ele ri de leve.

– Talvez sim. Talvez não.

Olho para ele. Claro, ele não tem como *não* saber a própria aparência, me lembro. Ele deve ter noção de seu poder, apesar de ser tão jovem.

– Falando sério, sempre me interessei por arte e por essas coisas – declara.

A voz dele denota orgulho, mas há algo de infantil na exibição. É charmoso. Ele está tentando se provar para mim.

Então, me ocorre um pensamento: se eu ficar quieto, ele vai continuar a falar. Vai botar tudo para fora. Neste quarto silencioso, com uma toalha de mesa no lugar da cortina e uma luminária apontada para seu corpo, com meu olhar nele, mas minha voz calada, ele pode ser quem quer: o policial culto.

– Os outros caras da delegacia não se interessam, claro. Acham que é frescura. Mas, para mim, sabe, está aí, não é? Podemos aproveitar, se quisermos. Está tudo aí. Não é como antigamente.

Ele está corando cada vez mais; o cabelo começa a escurecer pelo suor nas têmporas.

– Quer dizer, não estudei muito, sabe, fiz escola técnica; só carpintaria e desenho geométrico. E no exército, sabe... é só cantarolar um pouquinho de Mozart que te descem o cacete. Mas agora sou independente, não é? É coisa minha.

– É – concordo. – É mesmo.

– É claro que você tem vantagem, se me permite dizer. Você nasceu nesse mundo. Literatura, música, pintura...

Paro de desenhar.

– É verdade até certo ponto – digo. – Mas nem todo mundo que eu conhecia aprovava.

Meu pai, por exemplo. E o Velho Spicer, o orientador da minha escola. Um dia, ele me falou: "Letras não é assunto de homem, Hazlewood. Romances. Não é o que estudam nas faculdades femininas?". Então, acrescento:

– Imagino que minha escola fosse tão lotada de filisteus quanto a sua.

Uma pausa. Volto a desenhar.

– Mas, como você falou – continuo –, agora você pode provar. Eles estavam errados, e você pode provar.

– Como você.

Nossos olhares se encontram.

Lentamente, abaixo o lápis.

– Acho que já está bom por hoje.

– Já acabou?

– Vou levar várias semanas. Mais, talvez. Este é só um rascunho preliminar.

Ele assente, olha para o relógio.

– Só isso, então?

De repente, não aguento a presença dele no apartamento. Sei que não conseguirei fingir mais tempo. Não conseguirei continuar no papo-furado sobre arte e escola e as dores e os sofrimentos de um jovem policial. Vou precisar tocá-lo, e só de pensar na rejeição me apavoro tanto que, antes de conseguir me controlar, falo:

– Só isso. Semana que vem, no mesmo horário?

As palavras saem de mim de uma vez e não consigo encontrar seu olhar.

– Tá – diz ele, se levantando, obviamente um pouco confuso. – Tá.

Assim que falei, quero voltar atrás, agarrar o braço dele e puxá-lo para mim, mas ele está indo em direção à sala, enfiando a jaqueta em uma bolsa e trocando pelo paletó. Quando o levo à porta, ele sorri e diz:

– Obrigado.

Eu só assinto, atordoado.

13 DE OUTUBRO DE 1957

Domingo, um dia que sempre odiei pela respeitabilidade solene, parece o momento adequado para uma visita familiar. Por isso, hoje peguei o trem para visitar minha mãe em Godstone. A cada vez que vou, ela está mais silenciosa. Ela não está, como me lembro com frequência, sozinha. Ela tem Nina, que faz tudo por ela. Sempre fez, sempre fará. Tem a tia Cicely e o tio Bertram, que a visitam sempre.

Mas faz – acho que faz – três anos que ela não sai de casa. O lugar está limpo e iluminado como sempre, mas há um ar morto e parado entre aquelas paredes. É isso, entre outras coisas, que me mantém mais afastado do que deveria.

Era hora do almoço quando avancei pela estradinha comprida de paralelepípedos, passei pelo ligustro perfeitamente aparado e segui pelo caminho de cascalho onde uma vez mijei o muro todo porque eu sabia que meu pai beijara nossa vizinha, a sra. Drewitt, bem ali, debaixo da janela alta da cozinha. Ele a beijara bem ali e minha mãe sabia, mas não falou nada, como era costumeiro no caso das traições. A sra. Drewitt ia à nossa casa todo Natal para comer tortinhas e beber o ponche de rum de Nina, e todo Natal minha mãe oferecia um guardanapo e perguntava sobre a saúde dos dois filhos horríveis da sra. Drewitt, que só se interessavam por rúgbi e pelo mercado financeiro. Foi depois de testemunhar uma dessas conversas que escolhi decorar o muro da nossa casa com um padrão elaborado feito pela minha própria urina.

A casa da minha mãe é lotada de móveis. Desde que meu velho morreu, ela encomenda da Heal's. É tudo moderno: aparadores de freixo claro com portas de correr, mesinhas de centro com pés de aço e tampos de vidro fumê, luminárias de pé com globos brancos enormes ao redor da lâmpada. Nada combina com a casa, que é no mais puro falso estilo Tudor, uma criação horrenda dos anos trinta, que tem até janelas de vitral. Tentei persuadir minha mãe a se mudar para um lugar mais confortável, até (Deus me livre de acontecer de verdade) um apartamento perto do meu. Ela tem dinheiro para morar bem em Lewes Crescent, apesar de Brunswick Terrace talvez ser mais distante e seguro.

Entrei na cozinha, onde Nina preparava um queijo-quente e ouvia o rádio bem alto. Eu me esgueirei atrás dela e belisquei seu braço, e ela deu um pulo.

– É você!

– Como vai, Nina?

– Que susto você me deu...

Ela piscou algumas vezes, recuperando a respiração, e diminuiu o volume do rádio. Nina já deve ter uns cinquenta e tantos anos. Ela ainda tem o mesmo cabelo – na altura do queixo, pintado de preto puro – de quando eu era menino. Ainda tem os mesmos olhos cinzentos assustados e o mesmo sorriso desconfiado.

– Sua mãe está meio distante hoje.

– Já tentou terapia de choque? Dizem que tem um efeito e tanto.

Ela riu.

– Você sempre foi espertalhão. Quer uma torrada?

– É o que vamos almoçar?

– Eu não sabia que você vinha... Ela não avisou.

– Eu não avisei.

Uma pausa. Nina olhou para o relógio.

– Bacon com ovos? – ofereceu.

– Supimpa.

Sempre volto às gírias infantis com Nina.

Peguei uma banana da fruteira e me sentei à mesa da cozinha, para ver Nina preparar a fritura. Bacon com ovos nunca é só bacon com ovos para Nina. Ela frita tomates, pão, às vezes um rim de cordeiro apimentado.

– Não vai entrar para falar com ela?

– Daqui a pouco. Como assim, distante?

– Sabe... Diferente.

– Ela está doente?

Nina deitou com cuidado três fatias de bacon na frigideira.

– Você devia visitar sua mãe com mais frequência. Ela sente saudades.

– Ando ocupado.

Ela cortou dois tomates pela metade e os botou na grelha. Uma pausa, antes de falar.

– O dr. Shires disse que não é nada. Idade, só.

– O médico veio aqui?

– Ele disse que não é nada.

– Quando ele veio?

– Semana passada.

Ela quebrou dois ovos na frigideira, sem derramar uma gota.

– Quer pão? – ofereceu.

– Não, obrigado. Por que ela não me disse nada? Por que você não me disse nada?

– Ela não queria fazer escarcéu.

– Mas não entendi. Ela está com algum problema?

Ela serviu a comida no prato e me olhou nos olhos.

– Aconteceu uma coisa, Patrick, na semana anterior. A gente estava jogando palavras cruzadas e ela falou: "Nina, não enxergo as palavras". Aí ela entrou em pânico.

Eu a encarei, sem saber responder.

– Achei que ela só tinha bebido um pouco demais à noite – continuou Nina. – Você sabe que ela gosta de um vinho. Mas aconteceu ontem, de novo. Foi com o jornal. "Está tudo embaçado", ela disse. Falei que era um erro de impressão, mas acho que ela não acreditou.

– O médico precisa vir de novo. Vou ligar para ele hoje.

Quando Nina me olhou, estava à beira das lágrimas.

– Seria bom – disse ela. – Agora, coma seu almoço, antes que esfrie.

Levei o queijo-quente da minha mãe ao solário. O sol esquentara os móveis e dava para sentir o cheiro da terra do vaso de samambaia perto da porta. Ela estava cochilando na cadeira de vime – não tinha abaixado a cabeça, mas eu conhecia aquele ângulo de descanso. Ela não se mexeu, então esperei um momento, olhando para o jardim. Algumas rosas ainda aguentavam, assim como uns crisântemos roxos que secavam, mas a impressão geral era de aridez. Só nos mudamos para lá quando eu tinha dezesseis anos, então não sinto muito apego pelo lugar. Foi o jeito do meu pai de começar uma vida nova depois da história com a moça que trabalhava na alfaiataria, que ele teve o descuido de engravidar. Minha mãe chorou a semana toda, então, como pedido de desculpas, ele deixou que ela voltasse a morar em Surrey.

Ela se remexeu. Meu suspiro talvez a tenha incomodado.

– Tricky.

– Oi, mãe.

Eu me abaixei para beijar a cabeça dela, e ela pôs a mão no meu rosto.

– Já comeu? – perguntou.

– Nina disse que você anda distante.

Ela resmungou e afastou a mão do meu rosto.

– Deixa eu te olhar direito – falou.

Eu parei na frente dela, de costas para o jardim.

Ela se endireitou na cadeira. A pele dela não é tão enrugada quanto se esperaria de uma mulher de sessenta e cinco anos, e os olhos verdes são iluminados. O cabelo, enrolado no alto da cabeça, ainda é grosso, apesar de estar grisalho. Ela usava o colar de rubi de costume. A joia de domingo. Era o colar que ela usava para ir à igreja, depois para beber, e depois para almoçar com amigos e vizinhos. Na época, eu odiava aquilo tudo, mas no momento senti uma pontada repentina de nostalgia pelo tilintar do gelo no gim, o cheiro de cordeiro assado, o murmúrio de conversas na sala. Agora é queijo-quente com Nina.

– Você está bem – falou. – Melhor do que nos últimos tempos. Estou certa?

– Sempre está.

Ela ignorou a resposta.

– Que bom te ver – falou.

Deixei a bandeja com a comida na mesa à frente dela.

– Mãe, a Nina falou que você anda distante...

Ela abanou a mão na frente do rosto.

– Tricky, querido. Eu te pareço distante?

– Não, mãe. Você me parece bem próxima.

– Que bom. Agora, o que anda acontecendo naquela Brighton imunda? Você tem se comportado?

– De jeito nenhum.

Ela abriu o melhor sorriso endiabrado.
– Maravilha. Vamos beber um pouco e você pode me contar tudo.
– Coma primeiro. Depois vou chamar o dr. Shires para te examinar.
Ela piscou.
– Não seja ridículo.
– Eu já sei desses acessos que você tem tido. E quero que ele venha te ver.
– Seria uma perda de tempo. Ele já veio.
A voz dela estava baixa. Ela olhou para o jardim.
– E qual foi o diagnóstico?
– Estou sofrendo de uma doença comum, se chama idade. Essas coisas acontecem. E vão acontecer cada vez mais.
– Não diga isso.
– Tricky, meu bem, é verdade.
– Se acontecer de novo, você deve me ligar. Imediatamente. – Peguei a mão dela e segurei com força. – Tudo bem?
Ela apertou meus dedos de volta.
– Já que você insiste.
– Obrigado.
– Agora, vamos beber. Não aguento queijo-quente sem uma taça de vinho.
Ficou por aquilo mesmo. Passei as duas horas seguintes entretendo minha mãe com histórias do meu conflito com Houghton, do meu cuidado com Jackie e até da senhora ciclista, apesar de minimizar o papel do meu policial no acontecimento.

Minha mãe nunca mencionou meu status de minoria para mim, e eu nunca o mencionei para ela. Duvido que o assunto um dia seja trazido à tona por algum de nós, mas sinto que ela entende minha situação de certa forma vaga e inconsciente. Ela nunca, por exemplo, perguntou quando levarei uma namoradinha para apresentar a ela. Quando eu tinha vinte e um anos, ouvi ela dispensar a pergunta anual da sra. Drewitt sobre meu estado civil com a declaração: "Tricky não é disso".

Amém.

14 DE OUTUBRO DE 1957

Sempre sei que vem problema quando Houghton passa a carranca brilhante pela minha porta e trina:

– Almoço, Hazlewood? No East Street?

No nosso último almoço, ele exigiu que eu expusesse mais aquarelas locais. Concordei, mas ignorei a exigência até agora.

O East Street Dining Room é a cara do Houghton: pratos brancos enormes, molheiras de prata, garçons envelhecidos com sorrisos desanimados e nenhuma pressa para trazer a comida, tudo cozido. Mas o vinho em geral é aceitável e eles têm boas sobremesas. Torta de groselha, bolo de melado, doce de passas, essas coisas.

Depois de uma enorme espera para sermos servidos, enfim acabamos nossos pratos (uma costeleta de cordeiro à moda de Sussex um pouco borrachuda, acompanhada de batatas que tenho certeza de que eram enlatadas, decoradas com alguns ramos de salsinha). Foi só depois disso que Houghton anunciou que decidira aprovar as minhas tardes de arte para crianças visitarem o museu. Contudo, ele disse que não podia, sob nenhuma hipótese, aceitar os concertos na hora do almoço.

– Nosso negócio é visual, e não auditivo – comentou, virando a terceira taça de vinho.

Eu também já tomara umas duas taças, então retruquei:

– E isso importa? Seria uma forma de encorajar aqueles de inclinação mais auditiva que visual.

Ele assentiu, devagar, e respirou fundo, como se fosse exatamente o tipo de desafio que esperasse de mim e estivesse, na verdade, feliz por eu ter respondido da maneira que ele supusera.

– Me parece, Hazlewood, que seu trabalho é garantir a constante excelência de nossa coleção de arte europeia. A excelência da coleção, e não uma brincadeira musical, é o que atrairá o público ao museu.

Depois de uma pausa, acrescentou:

– Podemos deixar a sobremesa para a próxima? Estou com certa pressa.

A sobremesa, eu queria dizer, era a única coisa que tornaria a experiência útil. É claro, entretanto, que a pergunta não esperava resposta. Ele pediu a conta. Então, mexendo na carteira, começou o seguinte discursinho:

– Vocês, reformistas, estão sempre exagerando. Aceite minha sugestão e deixe para lá. Tudo bem vir à toda, cheio de ideias, mas você precisa esperar o ambiente se ajustar um pouco antes de exigir demais, entende?

Falei que entendia, e mencionei que eu já estou no museu há quase quatro anos, o que, eu supunha, me dava o direito de me sentir ajustado.

– Isso não é nada – disse ele, abanando a mão. – Eu já estou aqui faz vinte anos, e o conselho ainda me considera um novato. Leva tempo para os colegas entenderem sua *estofa*.

De modo muito educado, pedi a ele que esclarecesse o que dissera.

Ele olhou para o relógio.

– Eu não planejava mencionar isso agora... – falou, e eu entendi que era essa a verdadeira intenção de nosso almoço desde o começo. – Outro dia, conversei com a srta. Butters e ela mencionou um projeto no qual você está trabalhando, sobre o qual eu nada sabia. Foi estranho. Ela disse que envolvia retratos de pessoas comuns da cidade.

Jackie. O que raios Jackie estava fazendo no escritório de Houghton?

– Agora, é claro que não dou ouvidos aos mexericos das mulheres do escritório... pelo menos tento ignorar...

Eu ri, como era esperado.

– ...mas, nessa ocasião, fiquei, digamos, intrigado.

Ele me encarou, os olhos azuis claros e firmes.

– E então peço – continuou –, Hazlewood, que, por favor, siga o protocolo do museu. Todos os novos projetos precisam ser aprovados por mim e, se eu os considerar adequados, pelo conselho. Os canais adequados devem ser utilizados. Senão, reina o caos. Entende?

Você nunca ignorou o protocolo, quis perguntar, quando era esteta em Cambridge? Tentei imaginar Houghton em um barquinho no rio Cam, e um misterioso garoto de cabelo castanho com a cabeça apoiada em seu colo. Será que ele agiu de fato? Ou foi um breve flerte, como políticas de esquerda e comida estrangeira? Algo para experimentar na faculdade e logo descartar na chegada ao mundo real do trabalho de homem adulto.

– Agora. Vamos voltar a pé, para você me contar sobre essa história toda de fazer retratos.

Na rua, insisti que Jackie tinha entendido tudo errado.

– É só uma ideia, por enquanto. Não tomei nenhuma medida.

– Bom, quando tiver uma ideia, pelo amor de Deus, conte para mim, e não para a secretária, pode ser? Foi bem constrangedor descobrir que estava sabendo menos que a sua srta. Butters.

E então algo lindo aconteceu. Atravessando a rua North, a Duquesa de Argyle passou, se pavoneando. Apesar de parecer mais um cisne do que um pavão. Lenço branco esvoaçante no pescoço. Blazer e calça justíssimos, tom creme. Sapatos da cor do sol poente, com batom combinando. Meu coração bateu um TUM-ta com força, mas não precisei temer. A Duquesa nem me olhou. Eu deveria ter imaginado que o Argyle jamais contrataria alguém que gritaria na rua.

– Viadinho – sibilou alguém, e umas mulheres riram na calçada.

A rua North na hora do almoço durante a semana não é o melhor lugar para se exibir. A Duquesa está envelhecendo, contudo – à luz do dia, vi os pés de galinha –, e talvez não se importe mais. Tive uma vontade repentina de correr atrás dele, beijar sua mão e dizer que ele era mais corajoso do que qualquer soldado, por usar tanta maquiagem em uma cidade da orla inglesa, mesmo que a cidade fosse Brighton.

Tal aparência calou Houghton por alguns momentos, e eu esperava que ele fingisse que nada tinha acontecido. Ele apertou bem o passo, como se quisesse fugir do ar maculado pela passagem da Duquesa. Enfim, falou:

– Imagino que o coitado não tenha culpa, mas não precisava ser tão exibido. Eu não entendo o que se ganha com um comportamento desses. Quer dizer, mulheres são criaturas tão belas. É degradante para as donzelas, fazer essas coisas, não acha?

Ele me olhou nos olhos, mas seu rosto estava tomado pelo que eu só consigo supor ser confusão.

Algo – talvez a presença do meu policial no meu apartamento no outro dia, talvez a irritação com as tentativas de Houghton de me tolher, talvez coragem trazida pelo belo exemplo da Duquesa – me compeliu a responder:

– Tento não me incomodar, senhor. Nem *todas* as mulheres são belas, afinal. Algumas parecem homens, e ninguém olha duas vezes para elas, não é?

Pelo restante do caminho, senti Houghton em busca de uma resposta. Ele não a encontrou, e entramos no museu em silêncio.

Na porta da minha sala, Jackie ergueu o olhar, cheia de expectativa. Perguntei a ela se tinha um minuto para conversar, e quase a chamei de "srta. Butters", de tão irritado.

Ela se sentou na poltrona em frente à mesa. Andei um pouco pela sala, me odiando por estar naquela situação. Uma bronca era necessária, eu sabia. Houghton me dera uma bronca, e eu precisava dar uma bronca em Jackie. Para quem Jackie passaria a bronca? Para o cachorro, talvez. Um dia a vi no Queen's Park, jogando um graveto para um cocker spaniel. Ela tinha um sorriso enorme e algo de irrestrito em seus modos quando se ajoelhou para parabenizar a criatura por ter trazido o graveto de volta, deixando que pusesse as patas nos ombros dela e cobrisse seu rosto todo com a língua ávida. Ela quase me pareceu bonita naquele momento. Livre.

Apenas pigarreei quando ela falou:

– Sr. Hazlewood, peço perdão caso tenha causado qualquer problema.

Ela segurou a barra da saia – era aquele conjunto amarelo de novo –, que puxou sobre os joelhos, e mexeu os pés.

– Foi um almoço muito longo com o sr. Houghton, e em geral isso é sinal de problema – continuou ela, com os olhos arregalados. – Então lembrei que eu tinha mencionado o seu projeto de retratos para o sr. Houghton outro dia e ele fez uma cara muito estranha... e fiquei me perguntando se talvez eu tenha falado algo que não devia...

Eu perguntei o que, exatamente, ela contara para ele.

– Nada, nada.

Eu me sentei na beirada da mesa, querendo sorrir de modo benevolente, dando a impressão de ser poderoso, mas, em essência, inofensivo. Contudo, só Deus sabe a expressão que de fato tomou meu rosto: provavelmente foi de terror absoluto.

– Você deve ter dito alguma coisa.

– Ele me perguntou se o senhor "andava fazendo alguma coisa". Acho que foi assim. Mas foi só... uma conversa. Às vezes, ele me faz perguntas.

– Ele te faz *perguntas*?

– Depois que o senhor vai embora. Ele vem aqui e me faz perguntas.

– Que tipo de pergunta?

– Nada, bobagens, sabe.

Ela piscou os cílios, tímida, e olhou para o chão, mas eu ainda não tinha entendido o que ela queria dizer.

– Sabe – repetiu –, só papo-furado.

Papo-furado? Eu queria rir. Houghton e papo-furado? Enfim entendi.

– Quer dizer que o velho do Houghton vem aqui e flerta com você? – perguntei.

Ela soltou o que só posso descrever como uma risadinha.

– Suponho que se possa chamar assim.

Eu imaginei toda a cena. Ele curvado sobre o ombro dela, passando o dedo na folha ainda úmida da cópia. Ela tirando os óculos pontudos e respirando naquelas mãos quentes dele. Fui pego completamente de surpresa, a ponto de não saber mais o que dizer.

Seguiu-se um longo silêncio. Por fim, Jackie falou:

– Não é nada sério, sr. Hazlewood. Ele é casado. É só por diversão.

– Não me parece nada divertido.

– Por favor, sr. Hazlewood, não fique aborrecido. Peço mil perdões se tiver causado algum problema.

– Não causou – declarei. – Mas prefiro que não mencione de novo o projeto de retratos nas suas... conversas com Houghton. Ainda está em estado embrionário e ninguém mais precisa ouvir falar nisso por enquanto.

– Eu não contei muito.

– Que bom.

– Só que aquele policial bonito passou aqui. Mais nada.

Tentei mesmo não reagir. Jackie ajeitou a saia de novo. Apesar de ser tão bem cuidada, ela rói as unhas. Encarei os dedos roídos e consegui falar:

– Tudo bem. Só prefiro apresentar o projeto ao sr. Houghton quando estiver pronto.

– Entendo.

Eu a dispensei. Na porta, antes de ir embora, ela repetiu:

– Entendo, sr. Hazlewood. Não direi nada.

Agora, em casa, penso na proprietária do apartamento de Michael. Sra. Esme Owens, viúva. Ela morava no andar de baixo, não perguntava nada, tricotava meias infindáveis para os pobres e, às sextas-feiras, preparava torta de peixe para Michael, que ele jurava ser deliciosa. Ele sempre dizia que ela era a discrição em pessoa. Ela vira de tudo na guerra, a velha Esme, e nada a chocava. Em troca da companhia dele, ela oferecia silêncio. Pois ela deve ter notado a frequência de minhas visitas e especulado sobre o que ocupava Michael longe de casa toda noite de quarta-feira.

Eu sempre me perguntei, contudo, quem escrevera aquelas cartas para Michael. Ele disse que não era ninguém que conhecêssemos, mas um golpista profissional que provavelmente ganhava a vida chantageando homossexuais. A primeira carta era direta: VI VOCÊ NO BANHEIRO DA LOJA P RODDIS C/ GIGOLÔ. PARA SILÊNCIO MANDE 5 LIBRAS SEXTA. O endereço era uma casa em West Hove. Nossa indignação nos levou a ir até lá juntos em uma tarde de domingo, sem plano, sem saber o que faríamos. Quando passamos algumas vezes pela porta, reparamos que a casa estava totalmente vazia. Foi aquele vazio que me fez entender, de repente, a seriedade da situação. A ameaça não tinha rosto. Não podíamos vê-la, muito menos combatê-la. Voltamos para casa em silêncio. Apesar de eu ter tentado dizer para ele não fazer nada, Michael mandou o dinheiro. Eu sabia que ele não tinha escolha, mas senti que deveria ser a voz contrária. Ele se recusou a discutir outra vez.

Algumas semanas depois, encontrei outro bilhete no apartamento dele, com o valor do silêncio dobrado. Dois meses depois da primeira carta, Michael se matou.

Então eu penso, às vezes, na sra. Esme Owens e em sua discrição. No velório de Michael ela usou uma estola de pele de aparência bem cara, e agiu com muito mais sofrimento do que o necessário para uma mera senhoria.

15 DE OUTUBRO DE 1957

Essa história com minha mãe está me distraindo. Na noite de domingo, deitado na cama, mas sem pregar o olho, me convenci de que ela só tinha poucos dias de vida e que eu deveria me preparar para sua morte. Mas na noite de segunda-feira pensei que, no pior dos casos, ela ficaria muito tempo doente, e que eu deveria trazê-la para Brighton, para cuidar dela. Cheguei até a olhar a vitrine da imobiliária Cubitt & West na volta do museu, para ver se havia apartamentos para locação perto do meu. Já hoje de manhã concluí que minha mãe será o tipo de sobrevivente que provavelmente ainda vá encarar uns bons anos antes de precisar de minha intervenção. Ainda assim, decidi que deveria pelo menos *convidá-la* para se mudar para cá, nem que seja para demonstrar minha disponibilidade. No fim do dia, eu me sentei, com um copo de gim e tônica, para escrever uma carta a respeito disso, mas de repente a campainha tocou.

"Semana que vem, na mesma hora." Sorri. Apesar da distração da doença de minha mãe, é claro que eu o esperava, e tinha preparado o quarto de hóspedes. Mas somente ao ouvir a campainha fui capaz de admitir para mim mesmo que, apesar de tê-lo mandado embora na semana passada, eu esperava a volta do meu policial.

Por alguns instantes, fiquei sentado, sentindo a antecipação de sua chegada. Eu me demorei e cheguei até a reler o que tinha escrito. "Querida mãe", eu começara. "Espero que não ache que eu esteja interferindo, ou em pânico por causa da sua saúde." É claro que ambas as coisas eram verdade.

Então tocou de novo. Um apito longo e impaciente. Ele voltou. Eu o mandei embora, mas ele voltou. Isso significava que estava tudo diferente. Era decisão dele. Era ele a insistir, e não eu. Ali estava ele, lá fora, apertando a campainha de novo. Eu engoli o que restava do gim e desci para abrir a porta.

Ao me ver, a primeira coisa que ele disse foi:

– Cheguei cedo?

– De jeito nenhum – falei, consultando meu relógio. – Chegou bem na hora.

Eu o acompanhei escada acima, até o apartamento, andando atrás dele para que ele não visse a animação irreprimível em meus passos.

Como da outra vez, ele trouxe o uniforme, e vestia calça jeans e um suéter preto. Chegamos à sala e paramos, juntos, no tapete. Para a minha surpresa, ele sorriu um pouco. Não parecia tão nervoso quanto eu imaginara. Por um segundo, tudo pareceu simples: aqui estava ele, de volta ao apartamento. O que mais importava? Meu policial estava aqui, sorrindo.

– Então – falou. – Vamos começar?

A voz dele trazia nova confiança, nova determinação.

– Acho que sim.

Ele se virou, entrou no quarto de hóspedes e fechou a porta. Tentando não pensar no fato de que ele estava se despindo do outro lado da porta, entrei na cozinha para pegar uma cerveja para ele. Na passagem, conferi meu reflexo no espelho da entrada e não resisti a sorrir para mim mesmo, satisfeito.

– Pronto – chamou, abrindo a porta do "ateliê".

E ali estava ele, todo arrumado para mim, pronto para começar.

Depois que acabei de desenhá-lo, voltamos para a sala e ofereci a ele mais uma bebida.

A cerveja deve tê-lo relaxado. Ele desafivelou o cinto, tirou a jaqueta, a deixou na poltrona e se sentou no sofá, sem que eu o convidasse. Olhei para o formato da jaqueta no espaldar da poltrona. Pensei em como era morta, sem o corpo dele a preenchendo.

– Você gosta do uniforme? – perguntei.

– Você devia ter visto quando o recebi. Fiquei desfilando pela sala, me olhando no espelho – respondeu ele, sacudindo a cabeça. – Eu ainda não tinha notado como era pesado.

– Pesado?

– Pesa uma tonelada. Experimenta.

– Não vai caber...

– Vai, tenta.

Eu peguei a jaqueta. Ele estava certo: ela era pesada. Esfreguei a lã com os meus dedos.

– É meio grosseiro...

Quando encontrou meu olhar, os olhos dele brilhavam.

– Que nem eu – disse ele.

– De jeito nenhum.

Fez-se uma pausa. Nenhum de nós desviou o olhar.

Puxei a jaqueta contra as costas, tentando achar as mangas com os braços. Era grande para mim – a cintura, baixa, os ombros, largos –, mas ainda sentia o calor do corpo dele. O cheiro carbólico misturado ao talco com perfume de pinho era forte. A aspereza da gola arranhou meu pescoço e eu estremeci. Queria enfiar o nariz na manga, apertar o tecido contra o corpo e inspirar aquele cheiro. Aquele calor. Em vez disso, balancei o joelho de leve e falei, hesitante:

– Boa noite, senhores.

Ele riu.

– Ninguém fala assim de verdade – disse ele.

Tirei a jaqueta e me servi de mais gim. Em seguida, me sentei ao lado dele no sofá, o mais próximo que ousei.

– Sou um bom modelo, afinal? – perguntou. – Vai dar um bom retrato?

Tomei um gole da bebida. Fiz ele esperar a resposta. Meu coração trocaico se debateu no peito.

Não olhei para ele, mas senti seu movimento. Ele suspirou e esticou o braço. Nas costas do sofá. Na minha direção.

Lá fora, o céu estava preto. Pela janela, eu só via o brilho de alguns postes e o esboço aguado do reflexo da sala no vidro. Tentei ser razoável. Aqui estou, pensei, com um policial no meu apartamento, e vou ter que tocá-lo logo se ele continuar se comportando assim, mas ele é um policial, pelo amor de Deus, e não há nada mais perigoso que isso; e eu preciso me lembrar do comentário insinuante da Jackie, e da sra. Esme Owens, e do que aconteceu com aquele garoto no Napoleon...

Pensei nisso. Mas só senti o calor do braço dele no encosto do sofá, muito perto do meu ombro. O cheiro de cerveja nele, um cheiro de pão. O ranger do cinto quando ele aproximou a mão.

– O seu retrato vai ser maravilhoso – falei. – Com certeza, maravilhoso.
Então o dedo dele roçou meu pescoço. Ainda assim, não olhei. Deixei meu olhar perder o foco e o reflexo da sala na janela se misturou em uma massa fluida de luz e sombra. Tudo aquilo, a sala toda, se transformou na sensação dos dedos do meu policial no meu cabelo. Ele segurou minha nuca, com carinho, e eu queria deixar a cabeça descansar ali, naquela mão grande e capaz. O toque dele era firme, surpreendentemente seguro, mas, quando enfim me virei para olhá-lo, ele estava pálido e ofegante.
– Patrick... – falou, em um sussurro quase silencioso.
Apaguei a luminária da mesinha e levei a mão contra a boca linda dele. Senti a carne do lábio superior quando ele suspirou.
– Não diga nada – falei.
Com uma mão contra a boca dele, levei a outra ao alto da coxa. Ele fechou os olhos, expirou. Eu o acariciei através da lã áspera do uniforme da polícia até ele estar engolindo em seco e minha mão estar úmida do vapor da respiração. Quando senti o pau dele levantar, eu afastei a mão e afrouxei a gravata dele. Ele não disse nada, só continuou ofegante. Desabotoei a camisa dele, com rapidez, meu coração martelando o ritmo do contrapasso, e ele começou a lamber meu dedo, a princípio de leve, mas, quando levei a boca ao pescoço dele, e depois ao peito, ele passou a chupar meu dedo com avidez. Quando beijei os pelinhos que levam ao umbigo, ele me mordeu, com força. Continuei a beijar. Ele continuou a morder. Finalmente, afastei a mão da boca dele, segurei o rosto e o beijei, de modo delicado, me afastando da língua que ele oferecia. Ele soltou um barulhinho, um gemido baixo, e eu levei a mão ao pau dele antes de sussurrar ao pé do ouvido:
– Você vai ser maravilhoso.

Depois, me deitei com a cabeça no colo dele, e ficamos em silêncio. As cortinas ainda estavam abertas, a sala um pouco iluminada pelos postes da rua. Alguns carros passaram. As últimas gaivotas piaram noite adentro. Meu policial encostou a cabeça no sofá, a mão no meu cabelo. Não falamos pelo que me pareceram horas.
Enfim, levantei a cabeça, determinado a dizer alguma coisa. Mas, antes que eu pudesse falar, ele se levantou, fechou a braguilha, pegou a jaqueta e falou:

– É melhor eu não voltar aqui, não é?

Era uma pergunta. Uma pergunta, e não uma declaração.

– Claro que você deveria voltar.

Ele não disse nada. Afivelou o cinto, vestiu a jaqueta e começou a se afastar.

– Se quiser – acrescentei.

Ele parou na porta.

– Não é tão simples, não é? – perguntou.

Como Michael, toda noite de quarta-feira. Ia embora. Batia a porta, e pronto. Não quero ter essa conversa agora, pensei. Fique mais um pouco.

Não consegui me mexer. Sentado, ouvi os passos dele, e só consegui dizer:

– Semana que vem, no mesmo horário?

Mas ele já tinha batido a porta.

19 DE OUTUBRO DE 1957

Durante a semana toda, sonho com o gemido que ele soltou quando o beijei. O pau se erguendo contra minha mão espalmada. O som da porta batendo ao se fechar.

    É normal ele sentir medo. Ele é jovem. Inexperiente. Apesar de eu saber que muitos garotos como ele têm muito mais experiência do que eu. Um cara que eu conheci no Greyhound um dia me jurou de pés juntos que um amigo do pai comeu ele na horta de casa assim que ele fez quinze anos. E que ele adorou. Mas acho que nada disso aconteceu com o meu policial. Acho, talvez com certo romantismo, que ele é como eu fui: passou muitos anos, desde muito menino, olhando para homens e querendo que o tocassem. Ele pode já ter começado a entender que é uma minoria. Ele pode até saber que mulher alguma vai oferecer "cura". Espero que ele saiba, embora não me tenha sido óbvio antes de eu chegar perto dos trinta. Mesmo quando eu estava com Michael, parte de mim se perguntava se alguma mulher não poderia me tirar dessa. Quando ele morreu, contudo, eu soube que era pura loucura, pois não havia palavra para o que eu perdera, senão amor. Pronto. Escrevi.

    Mas duvido que outro homem tenha tocado meu policial antes de mim. Duvido que ele tenha segurado a cabeça de outro homem. As ações dele foram ousadas – o que me surpreendeu, para meu deleite. Mas será que ele sente tanta confiança quanto demonstra? Não tenho como saber o medo que ele sente. Aquela gargalhada, aqueles olhos brilhantes, são boa proteção, do mundo e dele próprio.

25 DE OUTUBRO DE 1957

Estourou um escândalo enorme nos jornais sobre a polícia de Brighton. Acho que chegou até o *Times*. O chefe de polícia e um detetive foram acusados de conspiração. Os detalhes por enquanto estão vagos, mas certamente envolvem esses homens fazendo acordos de benefício mútuo com os vários tratantes do tipo que se encontra no Bucket of Blood. Devo dizer que me alegrei ao ver a manchete no *Argus*: CHEFE DE POLÍCIA E OUTROS DOIS ACUSADOS. Finalmente, são policiais enfrentando desgraça social e possível cadeia! Mas me entristeci quando notei o que isso pode significar para o *meu* policial. Funcionários comuns e honestos com certeza terão de pagar pelos erros dos chefes. Só Deus sabe a pressão que cairá sobre ele.

Mas não posso fazer nada a respeito. Só tenho que esperar que ele volte. É tudo.

4 DE NOVEMBRO DE 1957

A calçada estava reluzindo de gelo hoje de manhã. O inverno que se aproxima vai ser intenso.

Já são três semanas sem notícias dele. Todo dia, um pouco da lembrança da nossa noite juntos endurece, se perde. Ainda sinto sua boca, mas não consigo me lembrar do formato exato daquele calombo na ponta do nariz.

No museu, Jackie me espia por trás dos óculos e Houghton não para de falar da necessidade de deixar o diretor, os investidores e o conselho felizes e não fazer nada muito ousado. Nada mais foi dito a respeito dos retratos. Contudo, talvez inspirado pela sensação de ser capaz de seduzir um jovem de vinte e poucos anos, tenho insistido em minhas reformas. Agora só preciso achar uma escola interessada em deixar seus alunos sob minha influência dúbia aqui no museu.

Senti que devia ir a Londres visitar Charlie à noite. Já estava bem tarde, mas teríamos umas duas horas juntos antes do último trem. Eu queria muito contar sobre o meu policial. Conversar. Gritar o nome dele. Na ausência dele, o melhor para mantê-lo vivo era descrevê-lo para Charlie. Também queria, confesso, me gabar um pouco. Desde a escola, sempre é Charlie quem me conta sobre o excitante contorno dos ombros de algum garoto, a doçura com que Bob, ou George, ou Harry o admira e se fascina com a conversa, além da plena satisfação na cama. Agora tenho minha história para contar.

Minha visita não surpreendeu Charlie – nunca anuncio que vou –, mas ele me fez esperar na frente da casa por um minuto.

– Olha – falou. – Tenho companhia agora. Imagino que possa voltar amanhã?

Ele não mudou, então. Falei que, diferentemente dele, eu trabalho amanhã, então era agora ou nunca. Ele abriu a porta e disse:

– Melhor entrar e conhecer o Jim, então.

Fazia pouco tempo que Charlie redecorara toda a casa dele em Pimlico: muitos espelhos e luminárias de aço, móveis minimalistas e tapeçarias modernas. O ambiente perfeito, na verdade, para Jim, sentado no novo sofá de Charlie e fumando um cigarro Woodbine. Descalço. Bem à vontade.

– Prazer – disse ele, oferecendo uma mão branca e macia, sem se levantar.

Nós nos cumprimentamos, ele me encarando com os olhos cor de ferrugem.

– Jim trabalha para mim – anunciou Charlie.

– Ah, é? O que ele faz?

Os dois sorriram.

– Ele é faz-tudo – disse Charlie. – É tão útil ter um funcionário que more aqui. Quer uma bebida?

Pedi um gim tônica e, para minha surpresa, Jim se levantou.

– Quero o de sempre, meu bem – pediu Charlie, vendo o rapaz se afastar.

Jim era baixo, mas de boas proporções; pernas compridas e uma bundinha redonda.

Olhei para Charlie, que caiu na gargalhada.

– Essa sua cara – riu.

– Ele é seu... mordomo?

– Ele é o que eu quiser.

– E ele *sabe* disso?

– Claro que sabe.

Charlie se sentou perto da lareira e passou as mãos pelo cabelo preto. Notei alguns fios grisalhos, mas, em geral, a cabeleira continuava cheia. Ele sempre me dizia que, na escola, tinha o cabelo tão grosso que deixava as tesouras cegas. Dá para acreditar.

– É maravilhoso, na verdade – continuou. – Um acordo de satisfação mútua.

– Há quanto tempo...

– Estamos assim? Ah, faz uns quatro meses. Vivo achando que vou me entediar. Ou que ele vai. Mas ainda não aconteceu.

Jim voltou com as bebidas e passamos uma hora agradável, em grande parte ocupada por histórias de Charlie sobre pessoas que eu não vejo há muito tempo ou que nem conheço. Não me importei. Apesar de a presença de Jim me inibir de mencionar meu policial, foi ótimo vê-los juntos, tão confortáveis na companhia um do outro. Charlie às vezes tocava o pescoço de Jim, Jim tocava o punho dele. Eu poderia viver assim com o meu policial. Poderíamos passar as noites conversando com amigos, bebendo juntos, nos comportando como se fôssemos... Ora, casados.

Ainda assim, fiquei feliz por Charlie me levar até a porta sozinho.

– Um prazer ver você – disse ele. – Você está melhor do que nunca.

Sorri.

– Qual é o nome dele? – perguntou Charlie.

Eu falei.

– Ele é policial – acrescentei.

– Puta que pariu – falou Charlie. – O que aconteceu com o velho Hazlewood, sempre tão prudente?

– Eu o enterrei.

Charlie puxou a porta e descemos os degraus até a rua.

– Patrick – começou –, não quero que me ache paternal, mas... – Ele parou. Passou a mão com cuidado ao redor do meu pescoço e aproximou nossos rostos. – Um *policial*? – sussurrou.

Eu ri.

– Eu sei – falei. – Mas ele não é um policial comum.

– É óbvio.

Fez-se um longo silêncio. Charlie me soltou. Acendeu cigarros para nós dois. Nós nos encostamos na grade, soprando fumaça noite afora. Igual fazíamos no bicicletário da escola.

– Como ele é? – perguntou.

– Tem vinte e poucos anos. Inteligente. Atlético. Loiro.

– Caralho – disse ele, sorrindo.

– É sério, Charlie – falei, sem me conter. – É sério mesmo.

Charlie franziu a testa.

– Agora vou *mesmo* ser paternal. Vai com calma. Cuidado.

Uma faísca de raiva se acendeu em mim.

– Por quê? – perguntei. – Você não toma cuidado. Você mora com ele.

Charlie jogou o cigarro na sarjeta.

– É, mas... É diferente.

– Como assim?

– Patrick. Jim é meu *empregado*. Todas as regras são compreendidas por nós e pelo restante do mundo. Ele mora sob meu teto e eu pago pelo... serviço.

– Quer dizer que é só um acordo financeiro? Nada mais?

– Claro que não! Mas, para quem vê de fora, pode ser. E assim é mais simples, não é? Qualquer outra coisa é... É impossível. Você sabe disso.

Depois de nos despedirmos, ele subiu de volta para a casa e eu gritei:

– Você vai ver. Ano que vem, ele vai estar morando comigo.

Naquele momento, eu acreditei mesmo no que dizia.

12 DE NOVEMBRO DE 1957

Calçada ainda congelada, o aquecedor soltando vapor no escritório, um suéter debaixo do paletó, Jackie tremendo e reclamando sem parar, e ele voltou.

A hora: sete e meia. O dia: terça-feira. Eu estava em casa, acabando de comer um prato de goulash. De repente, tocou a campainha. TUM-ta, meu coração, mas só uma vez. Quase aprendi a não esperar que ele viesse.

Mas ali estava ele. Não disse nada quando abri a porta. Consegui captar seu olhar por um segundo antes de ele abaixar o rosto.

– É terça, não é? – perguntou.

A voz dele estava calma, meio distante.

Eu subi com ele. Dessa vez, ele não trazia uniforme, e vestia um sobretudo cinza e comprido, que me deixou tirar quando entramos no apartamento. O casaco era grande o suficiente para fazer uma barraca sob a qual me abrigar, e por um instante fiquei parado, segurando a roupa, vendo-o entrar no quarto de hóspedes sem convite.

Em um surto de arrumação, eu tinha guardado o cavalete e as tintas, e a cadeira onde ele posava tinha voltado ao lugar de costume, ao lado da cama.

Ele parou no meio do quarto e se virou para me olhar.

– Você não vai me desenhar?

O rosto normalmente corado estava pálido, e os olhos, duros.

Eu ainda segurava o casaco.

– Se você quiser... – falei, procurando um lugar para deixar o casaco.

Deixá-lo na cama parecia um exagero. Como se provocasse o destino.

– Achei que fosse isso que fazíamos aqui. Um retrato. Nas noites de terça. Um retrato de uma pessoa *comum*. Que nem eu.

Eu deixei o casaco nas costas de uma cadeira.

– Posso desenhar você, se quiser...

– Se eu quiser? Achei que fosse o que você queria.

– Não tem nada pronto, mas...

– Isso nem é um ateliê, não é?

Ignorei. Deixei passar um silêncio.

– Por que não conversamos na sala?

– Você me trouxe aqui sob falsos pretextos? – perguntou ele, a voz baixa, percorrida por um calafrio de raiva. – Você é um daqueles *aproveitadores*, não é? Você me trouxe para cá com um único objetivo, então?

Ele lambeu os lábios. Arregaçou as mangas. Avançou na minha direção. Naquele momento, ele estava mesmo a cara de um policial valentão.

Dei um passo para trás, me sentei na cama e fechei os olhos. Eu estava pronto para o soco. Para o punho no rosto. Você se meteu nessa confusão, Hazlewood, pensei. Esses fortões são sempre iguais. Que nem aquele Thompson, da escola: me comia de noite, me batia de dia.

– Responda – insistiu ele. – Ou você não tem resposta?

Sem abrir os olhos, retruquei na voz mais calma que consegui:

– É assim que você trata seus suspeitos?

Não sei exatamente o que me levou a pressioná-lo daquela forma. Algum resquício de confiança nele, suponho. Alguma crença de que o medo dele passaria.

Uma pausa. Ainda estávamos próximos; eu conseguia ouvi-lo respirar, cada vez mais devagar. Abri os olhos. Ele me assomava, mas o tom corado de costume voltara ao seu rosto. Os olhos estavam azuis de modo intenso.

– Posso desenhar você – falei, olhando para ele. – Eu quero. Quero acabar o retrato. Não é mentira.

Ele tensionou o maxilar, como se engolisse o que queria dizer.

Falei o nome dele. Quando estendi a mão e segurei atrás da coxa dele, ele não se afastou.

– Desculpa por ter dado a impressão de que só trouxe você para cá pensando numa coisa. Nunca seria verdade. – E repeti o nome dele. – Passe a noite aqui, desta vez.

A coxa dele, dura contra minha mão.

Depois de um momento, ele suspirou.

– Você não devia ter me convidado.

– Você quis vir. Passe a noite aqui.

– Não sei...

– Não tem o que saber. Só tem essas coisas que eu e você devemos fazer.

Meu rosto estava próximo da virilha dele.

Ele se soltou.

– Vim avisar que não voltarei.

Um longo silêncio. Não parei de olhar para ele, mas ele não me olhou de volta.

Então, eu disse, com o que eu esperava ser um toque de humor:

– Você precisava vir até aqui para me avisar? Não podia ter deixado um bilhete debaixo da porta?

Como ele não respondeu, não me contive e acrescentei:

– Um bilhete mais ou menos assim: *Caro Patrick, foi um prazer conhecê-lo, mas preciso acabar com nossa amizade, pois sou um policial muito respeitável, e também covarde...*

Ele mexeu o braço e eu me esquivei de modo instintivo, mas ele não me bateu. Fiquei quase decepcionado. Admito, com vergonha, que queria que ele me tocasse, do jeito que fosse. Em vez de contra meu rosto, ele levou o punho à própria têmpora e pressionou a pele com os dedos. Por fim, fez um som estranho, algo entre um soluço e um grunhido. O rosto dele se contorceu em uma máscara vermelha horrível, os olhos e a boca apertados.

– Não – falei, me levantando e tocando seu braço. – Por favor, não.

Ficamos parados ali, juntos, por muito tempo, enquanto ele se esforçava para controlar a respiração. Finalmente, ele cobriu o rosto com o braço e esfregou os olhos.

– Posso beber alguma coisa? – perguntou.

Peguei bebidas para nós e nos sentamos juntos no sofá, com nossos uísques. Fiquei tentando pensar no que dizer para tranquilizá-lo, mas só encontrei frases feitas, então fiquei quieto. Aos poucos, o rosto dele voltou a uma cor mais leve, os ombros relaxaram.

Eu me servi de mais uma dose.

– Você não é covarde. Foi preciso coragem para vir até aqui.

Ele olhou para o copo.

– Como você consegue? – perguntou.

– Consigo o quê?

– Viver... Essa vida?

– Ah – falei. – Isso.

Por onde começar? Tive um desejo repentino de me levantar e andar de um lado para outro como um advogado, expondo as verdades sobre *essa vida*, como ele dissera. Minha vida. A vida dos outros. A vida dos amorais. Dos criminosos sociais. Daqueles que a sociedade condenou ao isolamento, ao medo e ao ódio.

Mas me contive. Não queria assustá-lo.

– Não tenho muita escolha. Acho que só vou vivendo... – tentei. – Com os anos, a gente aprende...

Parei. O que a gente aprende? A temer todas as pessoas desconhecidas, e a desconfiar até dos que são mais próximos de nós? A disfarçar sempre que possível? Que a solidão é inevitável? Que nosso amante há oito anos nunca passará mais de uma noite conosco, ficará cada vez mais distante, até invadirmos o quarto dele e encontrarmos o corpo frio, cinzento e coberto de vômito largado na cama?

Não, isso não.

Talvez, então, que, apesar disso tudo, a ideia de *normalidade* nos enche de pavor absoluto?

– Bom. A gente aprende a viver como pode. – Tomei um gole do uísque e acrescentei: – Como deve.

Tentei afastar qualquer imagem de mim e de Michael. O pior de tudo foi o cheiro. A proximidade adocicada e podre da morte medicada. Que clichê. Foi o que pensei mesmo na hora, abraçando o lindo e lastimável corpo dele. Eles tinham vencido. Ele deixou que vencessem.

Ainda estou furioso com ele por isso.

– Você nunca pensou em se casar?

Quase ri, mas ele estava sério.

– Teve uma moça, certa vez – contei, aliviado por pensar em outra coisa. – A gente se dava bem. Acho que deve ter me ocorrido... Mas não. Eu sabia que seria impossível.

Alice. Eu não pensava nela havia muito tempo. Ontem fiz pouco caso dela para o meu policial, mas tudo voltou: o momento, em Oxford, quando achei que talvez me casar com Alice fosse a melhor solução. Gostávamos da companhia um do outro. Até íamos a festas, apesar de, depois de algumas semanas, eu notar que ela queria que alguma coisa acontecesse *depois* das festas. Alguma coisa que eu não conseguia fazer. Mas ela era alegre, bondosa, até de mente bem aberta, e me ocorreu que, com Alice como esposa, eu poderia fugir do meu status de minoria. Eu teria acesso ao respeito fácil. Teria alguém para cuidar de mim, sem muitas exigências. Que talvez até entendesse caso eu sofresse de algum lapso... E eu gostava dela. Muitos casamentos, eu bem sabia, eram baseados em muito menos do que isso. Até que Michael e eu nos apaixonamos. Coitada da Alice. Acho que ela sabia o que – ou melhor, quem – me tirou dela, mas ela nunca fez escândalo. Escândalos não combinavam com Alice, uma das coisas que eu gostava nela.

– Estou planejando me casar – disse meu policial.

– Planejando? – perguntei, e respirei fundo. – Você está noivo?

– Não. Mas estou pensando nisso.

Abaixei o copo.

– Não seria o primeiro – falei, e tentei rir.

Se eu não levasse aquilo a sério, pensei, podíamos mudar de assunto. E, quanto mais rápido mudássemos de assunto, mais rápido poderíamos esquecer essa besteira toda e ir para a cama. Eu sabia o que ele estava fazendo. Eu já vira aquilo algumas vezes. A postura correta pós-consumação. "Não sou bicha. Você sabe disso, não sabe? Tenho esposa e filhos. Isso nunca me aconteceu antes."

– Pensar nisso e fazer isso são coisas completamente diferentes – falei, estendendo a mão até o joelho dele.

Mas ele não estava ouvindo. Ele queria falar.

– Outro dia, me chamaram para conversar com o chefe. E sabe o que ele me perguntou? "Quando você vai escolher uma boa garota para ser uma esposa respeitável de policial?"

– Que atrevimento!

– Não é a primeira vez que ele diz disso... "Alguns homens solteiros", ele diz... "Alguns homens solteiros acham difícil avançar a carreira neste departamento."

– O que você disse?

– Nada de mais. Claro que estão pressionando muito a gente, já que o chefe está sendo julgado... Todo mundo tem que estar imaculado.

Eu sabia que aquela história não ia nos fazer bem.

– Você podia dizer que ainda é jovem para se casar e para ele não meter o bedelho.

Ele riu.

– Quem diz isso? *Bedelho*.

– Qual é o problema de "bedelho"?

Ele sacudiu a cabeça.

– Muitos se casam bem mais novos do que eu.

– E olha o estado deles.

Ele deu de ombros. Então, me olhou de esguelha.

– Não seria tão ruim, não é? – perguntou.

O tom dele era tão deliberadamente casual que eu sabia que ele tinha alguém em mente. Que ele já estava planejando. E supus que era a professora que ele mencionara, no dia que eu mostrara o Ícaro. Por que mais ele falaria dela? Eu tinha sido tão estúpido.

Por isso falei, o mais alegre que pude:

– É aquela moça de quem você falou, não é?

Ele engoliu em seco.

– Somos só amigos, por enquanto. Nada sério, sabe.

Ele estava mentindo.

– Bom. Eu já disse. Gostaria de conhecê-la.

Não tenho escolha. Sei disso. Posso fingir que ela não existe e correr o risco de perdê-lo, ou aguentar a situação e ficar com as migalhas.

Eu posso até tentar convencê-lo a largá-la.

Então combinamos que ela irá ao museu, em breve. De modo intencional, evitei marcar uma data específica, na esperança patética de que ele deixe isso tudo para lá.

E ele aceitou posar para eu finalizar o retrato. Vou registrá-lo no papel, custe o que custar.

24 DE NOVEMBRO DE 1957

É domingo de manhã e eu montei um piquenique para a gente. Olha isso. *A gente*.

Ontem, comprei língua de boi na Brampton's, duas cervejas para ele, um pedação de Roquefort, um pote de azeitonas e dois pães doces. Escolhi tudo pensando no que meu policial gostaria de comer, mas também no que eu gostaria que ele provasse. Hesitei em relação a escolher guardanapos e uma garrafa de champanhe. No fim, decidi incluir as duas coisas. Por que não tentar impressioná-lo, afinal?

Tudo isso é meio ridículo, inclusive porque é a manhã mais fria do ano até agora. O sol se recolheu, uma névoa úmida cobre a praia, e deu para ver minha respiração no banheiro quando acordei. Mas ele chega ao meio-dia e vou levá-lo de Fiat a Cuckmere Haven. Na verdade, eu devia levar uma garrafa térmica de chá e uns cobertores quentinhos. Talvez eu leve isso também, caso a gente não consiga sair do carro.

Ainda assim, o dia sombrio é bom sinal para nossa privacidade. Nada estraga um passeio mais do que olhares desconfiados. Espero que ele vista roupas adequadas para a caminhada, para pelo menos não destoar do ambiente. Michael sempre se recusava a vestir qualquer tipo de lã e não tinha nenhum par de sapatos para caminhada – um dos motivos para ficarmos sempre em casa. É claro que há lugares no interior onde quase ninguém aparece, mas quem aparece costuma ser bem conservador, do tipo que encara com olhos exaustos todo mundo diferente. Eu já aprendi a ignorar, em certa medida, mas não aguento pensar no meu policial afetado por olhares furiosos.

Preciso conferir se o Fiat está em ordem.

Ele chegou na hora. Jeans, camiseta, botas, como de costume. Com o sobretudo cinza para completar.

– O que foi? – perguntou, quando o olhei de cima a baixo.

– Nada – respondi, sorrindo. – Nada.

Dirigi sem cuidado algum. Olhando para ele sempre que podia. Fazendo curvas fechadas. Meu pé no acelerador me fez sentir tanto poder que eu quase gargalhei.

– Você dirige muito rápido – observou ele, na estrada costeira que sai da cidade.

– Você vai me prender?

Ele riu.

– Só não achei que era do seu feitio.

– As aparências enganam – falei.

Pedi que me contasse tudo sobre ele.

– Comece do começo – falei. – Quero saber tudo sobre você.

Ele deu de ombros.

– Não tenho muito pra contar.

– Eu *sei* que não é verdade – implorei, olhando para ele com adoração.

Ele olhou pela janela. Suspirou.

– Você já sabe quase tudo. Já te contei. Escola. Um lixo. Exército. Uma chatice. Polícia. Até que não é ruim. E natação...

– E sua família? Seus pais? Irmãos?

– O que tem?

– Como eles são?

– São... Sabe... Legais. Normais.

Tentei outro caminho:

– O que você quer da vida?

Ele ficou um tempo sem responder, e enfim disse:

– O que eu quero, agora, é saber de você. É o que quero.

Então eu falei. Dava quase para *sentir* a atenção dele, de tanto que ele queria ouvir o que eu dizia. É claro que esse é o maior dos elogios: um ouvido atento. Então falei e falei, sobre a vida em Oxford, os anos que passei tentando viver de pintura, o trabalho no museu, minhas crenças em relação à arte. Prometi levá-lo à ópera, a um concerto no Royal Festival Hall, a todas as principais galerias de Londres. Ele já fora à National Gallery, me disse. Em um passeio da escola. Perguntei o que ele lembrava e ele mencionou *A Ceia em Emaús*, do Caravaggio: o Cristo barbeado.

– Eu não consegui parar de olhar pra ele – contou. – Jesus sem barba. Foi muito estranho.

– Estranho de um jeito incrível?

– Talvez. Não parecia o certo, mas era mais verdadeiro do que todo o restante. Concordei. Combinamos de ir à galeria juntos no fim de semana que vem.

A névoa piorou em Seaford, e quando chegamos a Cuckmere Haven a estrada parecia ter desaparecido por completo. O Fiat era o único carro no estacionamento. Falei que não podíamos andar: podíamos só conversar. Comer. Fazer o que quiséssemos. Mas ele estava determinado.

– Viemos até aqui – falou, saindo do carro.

Foi uma enorme decepção vê-lo fugir de mim dessa forma, livre.

O rio, que serpenteia lentamente até o mar, se perdeu de nós no nevoeiro. Eu só via a trilha de cal cinzenta, e o sopé, mas não o cume, das colinas de um dos lados. Através da bruma, de vez em quando vislumbrava o formato de uma ovelha. Mais nada.

Meu policial caminhou um pouco à minha frente, com as mãos nos bolsos. Andando, caímos em um silêncio confortável. Era como se fôssemos acolhidos pela névoa silenciosa e clemente. Não vimos vivalma. Não ouvimos nada além de nossos passos na trilha. Falei que devíamos voltar – era inútil: não víamos nada do rio, das colinas, nem do céu. E eu estava com fome, tinha preparado um piquenique e queria comer. Ele se virou para mim.

– Precisamos chegar ao mar, antes de voltar – falou.

Depois de um tempo, consegui ouvir o ir e vir do canal, mesmo sem ver o mar. Meu policial apertou o passo e eu o segui. Ao chegarmos, paramos lado a lado na margem íngreme e pedregosa, olhando para o nevoeiro cinzento. Ele inspirou profundamente.

– Seria bom nadar aqui – falou.

– A gente pode voltar. Na primavera.

Ele olhou para mim. Aquele sorrisinho no rosto.
– Ou antes disso. Podemos vir à noite.
– Vai estar frio – falei.
– Vai ser secreto.
Toquei o ombro dele.
– Vamos voltar quando fizer sol – insisti. – Quando fizer calor. Poderemos nadar juntos.
– Mas eu gosto assim. Só nós dois e a névoa.
Eu ri.
– Para um policial, você é muito romântico.
– Para um artista, você é muito medroso.
Minha resposta foi beijá-lo com força na boca.

13 DE DEZEMBRO DE 1957

Nós temos nos encontrado às vezes, na hora do almoço, quando ele tem mais tempo. Mas ele não esqueceu a professora. Ontem, pela primeira vez, ele a levou para me ver.

Que esforço eu fiz para ser charmoso e acolhedor. Eles são tão obviamente inadequados como par que sorri ao vê-los. Ela é quase da altura dele, nem tentou disfarçar (estava de salto), e não é nem de perto tão bonita quanto o meu policial. Mas acho que é o que eu pensaria de qualquer modo.

Tendo dito isso, havia algo de intrigante nela. Talvez seja o cabelo ruivo. A cor de cobre é tão forte que qualquer um notaria. Ou talvez seja porque, diferentemente de tantas moças, ela não desvia o rosto quando a olhamos nos olhos.

Depois de encontrá-los no museu, eu os levei ao Clock Tower Café, que se tornou o lugar preferido para ir com meu policial quando sinto o desejo de refeições simples e fartas. De qualquer forma, é sempre uma delícia sentir o ar abafado e gorduroso do café depois do silêncio seco do museu, e eu estava determinado a não fazer esforço algum para impressionar a srta. Marion Taylor. Eu sabia que ela esperava talheres de prata e toalhas de mesa, então ofereci o Clock Tower. Não é o tipo de lugar que professoras gostam de frequentar. Dá para notar, só pelos saltos, que ela quer subir de classe e arrastar meu policial junto. Ela vai mapear o futuro dele em cozinhas projetadas, televisores e máquinas de lavar.

Estou sendo injusto. Tenho que continuar me lembrando de dar uma chance a ela. Minha melhor tática é trazê-la para o meu lado. Se ela confiar em mim, será mais fácil continuar a encontrá-lo. E por que ela não confiaria? Afinal, nós dois queremos o melhor para meu policial. Tenho certeza de que ela quer vê-lo feliz. Eu também.

Não sou convincente nem para mim mesmo. A verdade é que estou com certo medo de aquele cabelo ruivo e aqueles modos confiantes terem distraído ele. De ela oferecer algo que eu não posso oferecer. Segurança, por exemplo. Respeitabilidade (o que ela tem de sobra, apesar de talvez não notar). Quem sabe até uma promoção no trabalho.

Ela parece uma rival digna. Eu vi a firmeza dela (ou talvez teimosia?) no modo como esperou que meu policial segurasse a porta do café para ela, e como observava o rosto dele com cuidado quando ele falava, como se tentasse desvendar o sentido real. A srta. Taylor é uma moça muito determinada, não tenho dúvida. E muito séria.

Voltando ao museu, ela não soltou o braço do meu policial, guiando o caminho.

– Terça à noite, como sempre? – perguntei para ele.

Ela olhou para ele, a boca grande parada em uma linha reta.

– Claro – respondeu ele.

Levei a mão ao ombro do meu policial.

– E quero que vocês dois venham à ópera comigo ano que vem. *Carmen*, em Covent Garden. Eu convido.

Ele sorriu, mas a srta. Taylor interveio:

– Não podemos aceitar. É muito...

– Claro que podem. Diga para ela que tudo bem.

Assentindo na direção dela, ele falou:

– Tudo bem, Marion. A gente pode pagar um pouco.

– De jeito nenhum – insisti, antes de dar as costas para ela e olhá-lo de frente. – Terça-feira a gente combina os detalhes.

Eu me despedi e desci a rua Bond, esperando que ela notasse o balançar dos meus braços.

16 DE DEZEMBRO DE 1957

Ontem à noite, muito tarde, ele veio ao meu apartamento.

– Você gostou dela, não é?

Eu estava zonzo de sono e saíra da cama só de pijama, ainda meio sonhando com ele, e lá estava ele: rosto tenso, cabelo úmido da noite. Parado na porta. Pedindo minha opinião.

– Pelo amor de Deus, entre logo – sibilei. – Você vai acordar os vizinhos.

Levei ele escada acima, até a sala. Ao acender uma luminária, vi a hora: quinze para as duas da manhã.

– Quer uma bebida? – ofereci, apontando para o armário. – Ou chá, talvez?

Ele estava parado no meu tapete, como na primeira visita – ereto, nervoso –, e me olhava diretamente, com uma intensidade que eu nunca vira.

Esfreguei os olhos.

– O que foi?

– Eu fiz uma pergunta.

Isso de novo, não, pensei. Essa ceninha de suspeito e interrogador.

– Está meio tarde, não acha? – falei, sem me incomodar por soar irritado.

Ele não disse nada. Esperou.

– Olha. Podemos tomar um chá? Não estou muito desperto.

Sem dar tempo para ele discutir, peguei o roupão e fui à cozinha colocar a chaleira no fogo.

Ele me seguiu.

– Você não gostou dela.

– Vai se sentar, por favor? Eu preciso de chá. Depois podemos conversar.
– Por que não quer me dizer?
– Eu vou dizer! – Ri e avancei na direção dele, mas algo na postura dele, firme e empertigado, como se pronto para pular, me impediu de tocá-lo. – Eu só preciso de um momento para organizar os pensamentos...

O apito da chaleira nos interrompeu e eu me ocupei medindo, despejando água e misturando o chá, o tempo todo atento à recusa dele de se mexer.

– Vamos nos sentar.

Ofereci a ele uma xícara.

– Não quero chá, Patrick.

– Eu estava sonhando com você – falei. – Se você quer saber. E agora você está aqui. É um pouco estranho. E gostoso. E tarde. Por favor. Vamos nos sentar.

Ele cedeu, e nos sentamos em pontas opostas do sofá. Ao vê-lo tão nervoso e insistente, eu sabia o que devia fazer. Portanto, respondi:

– Ela é uma ótima garota. E sortuda.

De imediato, o rosto dele se iluminou e ele relaxou os ombros.

– Você acha mesmo?

– Acho.

– Achei que talvez você não tivesse, sabe, gostado dela.

Suspirei.

– Não é da minha conta, não acha? A decisão é sua...

– Eu detestaria pensar que vocês dois poderiam não se dar bem.

– Nos demos bem, não?

– *Ela* gostou de você. Ela me disse. Ela achou você um verdadeiro cavalheiro.

– Jura?

– É sério.

Talvez por causa do horário, ou talvez em reação àquela declaração sobre o apreço da srta. Taylor, não fui mais capaz de esconder minha irritação.

– Olha – falei, de modo abrupto –, não posso impedir você de sair com ela. Eu sei disso. Mas não espere que vá mudar nada.

– Mudar o quê?

– Nada entre nós.

Nós nos entreolhamos por um bom momento.

Finalmente, ele sorriu.

– Você estava mesmo sonhando comigo?

Depois da minha aprovação, fui enormemente recompensado. Pela primeira vez, ele foi para a cama comigo e passou a noite toda.

Eu tinha quase esquecido a alegria de acordar e, antes de abrir os olhos, saber, pelo formato do colchão sob meu corpo e pelo calor dos lençóis, que ele ainda estava lá.

A primeira coisa que vi foram aqueles ombros lindos. Ele tem as costas mais bonitas. Fortes da natação, com um tufinho de pelo bem embaixo da coluna, como se fosse o princípio de um rabo. O peito e as pernas dele são cobertos de pelinhos grossos e loiros. Ontem à noite, levei a boca à barriga dele, mordi de leve os pelos dali, me surpreendi com a firmeza entre meus dentes.

Eu observei o movimento de seus ombros enquanto ele respirava, a pele clareando conforme o sol entrava pelas cortinas. Quando encostei em seu pescoço, ele acordou de um pulo, se sentou e olhou ao redor.

– Bom dia – falei.

– Jesus Cristo.

– Não – falei, sorrindo. – É só o Patrick.

– Jesus Cristo – repetiu ele. – Que horas são?

Ele se levantou da cama, mal me dando tempo de apreciar a maravilha escultural que é o corpo dele, nu, antes de enfiar a cueca e as calças.

– Acho que umas oito e pouco.

– Jesus Cristo! – disse de novo, mais alto. – Meu turno começa às seis horas. Jesus!

Enquanto ele pulava de um lado para outro, procurando as várias peças de roupa abandonadas à noite, vesti um roupão. Estava óbvio que qualquer tentativa de conversa, ou de retomar a intimidade, seria inútil.

– Café? – ofereci, quando ele seguiu para a porta.

– Vou levar um esporro do cacete.

Eu o segui até a sala, onde ele pegou o sobretudo.

– Espera.

Ele parou e olhou para mim, e eu estendi a mão para ajeitar uma mecha do cabelo dele.

– Tenho que ir...

Eu o atrasei com um beijo firme na boca. Depois, abri a porta e conferi se tinha alguém por perto.

– Vai logo, então – sussurrei. – Comporte-se. E não deixe ninguém te ver na escada.

Foi um descuido completo, honestamente, deixar ele ir embora numa hora daquelas. Mas eu estava de novo naquele estado. O estado em que qualquer coisa parece possível. Quando ele foi embora, botei *Quando me'n vo' soletta per la via* no toca-discos. Aumentei o volume ao máximo. Valsei pelo apartamento, sozinho, até ficar tonto de alegria. É como minha mãe diz: "Fiquei até tonta". É uma sensação maravilhosa.

Foi uma manhã tranquila, ainda bem. Consegui passar a maior parte do tempo trancado no escritório, olhando pela janela, lembrando os toques do meu policial.

Foi o bastante para ocupar as horas até as duas, quando de repente notei que não fazia ideia de quando o veria de novo. Talvez, pensei, nossa única noite juntos seria a última. Talvez a pressa dele para ir trabalhar fosse só uma desculpa. Um jeito de fugir do meu apartamento, de mim, do que acontecera, o mais rápido possível. Eu precisava vê-lo, nem que fosse por um minuto. Tudo aquilo, já quase onírico de tão improvável, desmoronaria se eu não o visse. Eu não podia permitir que isso acontecesse.

Então, quando Jackie foi me oferecer chá, eu falei que estava a caminho de uma reunião urgente e não voltaria ao escritório.

– Aviso ao sr. Houghton? – perguntou, com um sorrisinho de canto de boca.

– Não precisa – falei, passando por ela antes que ela pudesse fazer mais perguntas.

Lá fora, a tarde estava seca e fria. A intensidade do sol me convenceu de que era a decisão correta. O pavilhão brilhava em um tom vivo de creme. As fontes cintilavam na Steine.

No ar fresco, um pouco da urgência me deixou. Caminhei rápido pela orla, gostando da brisa gelada no rosto. Admirei o branco ofuscante das sacadas da época da regência. Refleti, pela milésima vez, sobre minha sorte de morar nesta cidade. Brighton é a beira da Inglaterra, e há a sensação de que estamos quase em outro lugar. Longe da tristeza cercada de Surrey, das ruas fundas e úmidas de Oxford. Aqui, podem acontecer coisas que não aconteceriam em outro lugar, mesmo que sejam passageiras. Aqui, não só posso tocar meu policial, como ele pode passar a noite comigo, a coxa pesada prendendo a minha contra o colchão. Pensar nisso foi tão absurdo, tão ridículo e tão real que soltei uma gargalhada, bem ali na Marine Parade. Uma mulher andando na direção contrária sorriu para mim, como quem apazigua um louco. Ainda rindo, entrei na rua Burlington e segui até a praça Bloomsbury.

Ali estava a guarita, do tamanho de um banheiro externo, a luz azul enfraquecida pelo sol. Para minha alegria, não havia bicicleta parada na frente. Quando tem uma bicicleta na frente, é porque o sargento foi visitar, pelo que ele me disse. Ainda assim, parei e olhei de um lado para o outro da rua. Não vi ninguém. Ao longe, ouvi as ondas suaves do mar. Os vidros opacos da guarita não mostravam nada, mas eu confiei que ele estaria lá. Esperando por mim.

Que lugar perfeito, pensei, para um encontro. Lá dentro estaríamos escondidos, mas em público. Guaritas da polícia oferecem tanto privacidade quanto excitação. O que mais eu poderia querer? Amor na guarita. Daria um daqueles livrinhos baratos sensacionais que só se compra por encomenda postal.

Tonto. E tudo parecia possível.

Bati com força à porta. TUM-ta, meu coração. TUM-ta. TUM-ta. TUM-ta.

POLÍCIA, dizia a placa. EM CASO DE EMERGÊNCIA, PEÇA AJUDA AQUI.

De certo modo, era uma emergência.

Assim que a porta se abriu, eu falei:

– Perdão.

De repente, me senti como um menino católico implorando confissão.

Fez-se uma pausa quando ele registrou o que acontecia. Então, depois de conferir que a barra estava limpa, ele agarrou a lapela do meu paletó, me puxou para dentro e bateu a porta.

– Que porra você está fazendo? – sibilou.

Eu ajeitei o paletó.

– Eu sei, eu sei...

– Já não basta eu levar esporro pelo atraso? Você tem que piorar as coisas?

Ele bufou, levou a mão à testa.

Eu me desculpei, ainda sorrindo. Para dar o tempo necessário para ele superar o choque de me ver, olhei ao redor do ambiente. Era bem desanimador, mas tinha um aquecedor elétrico no canto e, na prateleira, uma marmita e uma garrafa térmica. De repente pensei na mãe dele, cortando sanduíches de pão de forma com patê de carne, e senti uma onda de amor por ele.

– Não vai me oferecer chá? – perguntei.

– Estou trabalhando.

– Ah – falei –, eu também. Quer dizer, era para eu estar. Escapuli do escritório.

– É completamente diferente. Você pode quebrar as regras. Eu não posso.

Ao dizer isso, ele baixou um pouco a cabeça, que nem um menino manhoso.

– Eu sei – falei. – Desculpe.

Estendi a mão para tocá-lo, mas ele se afastou.

Uma pausa.

– Eu vim trazer isto – falei.

Ofereci um molho de chaves do meu apartamento. Eu guardo cópias no escritório. Um impulso. Uma desculpa. Um jeito de conquistá-lo.

– Para você poder ir sempre que quiser – expliquei. – Mesmo se eu não estiver em casa.

Ele olhou para as chaves, mas não as pegou. Eu as deixei na prateleira, ao lado da garrafa térmica.

– Já vou – suspirei. – Eu não devia ter vindo. Desculpe.

Mas, em vez de me voltar para a porta, peguei o botão de cima da jaqueta dele. Segurei com força, sentindo o toque gelado entre os dedos. Eu não o abri. Só segurei até esquentar na minha mão.

– É só que – falei, passando para o botão seguinte, que segurei da mesma forma. – Eu não consigo...

Ele não se mexeu, nem emitiu som, então eu passei para o botão seguinte.

– ...parar de pensar...

Mais um botão.

– ...na sua beleza.

Ele foi ficando ofegante conforme eu abaixava a mão e, quando cheguei ao último botão, a mão dele cobriu a minha. Devagar, ele levou dois dos meus dedos para dentro da boca aberta. Lábios tão quentes, naquele dia frio. Ele chupou e chupou, me fazendo suspirar. Ele tem fome de mim, eu sei. A mesma fome que eu tenho por ele.

Finalmente, ele tirou meus dedos da boca e, pressionando-os contra a virilha, perguntou:

– Você pode dividir?

– Dividir?

– Você pode me dividir?

Eu o senti endurecer, e assenti.

– Se for preciso. Sim. Eu posso dividir.

E caí de joelhos à frente dele.

III

II

PEACEHAVEN, NOVEMBRO DE 1999

Vendo você olhar para a chuva pela janela, me pergunto se você se lembra do dia em que me casei com Tom, quando a chuva pareceu que não ia acabar nunca. Aquele dia provavelmente parece a você mais concreto do que este, uma quarta-feira de novembro em Peacehaven no fim do século XX, onde não há alívio do céu cinzento e do uivo do vento contra as janelas. Certamente me parece assim.

Dia 29 de março de 1958. Meu casamento, e chovia e chovia. Não uma chuvinha primaveril que molharia os vestidos e refrescaria os rostos, mas um verdadeiro aguaceiro. Acordei com o barulho da chuva martelando o telhado, ecoando pela calha. Na hora, pareceu sinal de sorte, uma espécie de batismo da nova vida. Fiquei deitada na cama, imaginando torrentes purificadoras, pensando em heroínas shakespearianas isoladas em terras distantes, as vidas passadas mandadas embora, enfrentando admiráveis mundos novos.

Nosso noivado durou pouquíssimo: menos de um mês. Tom queria fazer tudo o mais rápido possível, então eu também quis. Em retrospecto, penso muito naquela pressa. Na época, era emocionante, uma corrida atordoante até o casamento, e também lisonjeiro. Agora, contudo, suspeito que ele quisesse acabar logo com aquilo, antes que mudasse de ideia.

Na frente da igreja, o chão sob meus sapatos de cetim era traiçoeiro, e meu chapeuzinho e véu curto não me protegiam da água. Os narcisos estavam todos amassados e destruídos, mas andei com a cabeça erguida, me demorando, apesar da impaciência do meu pai para chegar à relativa segurança do telhado. Quando chegamos, esperei que ele dissesse alguma coisa, confessasse orgulho ou temores, mas ele ficou em silêncio e, quando ajustou meu véu, sua mão tremeu. Agora penso: eu deveria ter sentido o significado do momento. Era a última vez que meu pai poderia alegar ser o homem mais importante da minha vida. Ele não foi um pai ruim. Nunca bateu em mim, quase nunca erguia a voz. Quando minha mãe chorou sem parar porque eu ia continuar meus estudos, meu pai me respondeu com uma piscadela. Ele nunca disse que eu era boa, ruim, nem nada entre isso. Acho, acima de tudo, que eu o confundia; mas ele não me puniu por isso. Eu deveria ser capaz de dizer alguma coisa ao meu pai naquele momento, à entrada da minha nova vida com outro homem. Mas, claro, Tom me esperava, e eu só pensava nele.

Quando entrei na igreja, todo mundo olhou e sorriu, menos você. Mas isso não me importou. Meus sapatos estavam encharcados, minhas meias, sujas de lama, e você era padrinho, em vez de Roy, o que causara certa briga, mas nada importava. Mal me atentei ao fato de que Tom vestia o terno que você tinha comprado para ele (igual ao seu, mas cinza, em vez de marrom-escuro) no lugar do uniforme. Porque, quando cheguei, você passou a ele a aliança que me tornou a sra. Tom Burgess.

A cerimônia foi seguida por cerveja e sanduíches no salão da igreja, que tinha um cheiro parecido com o da St. Luke's: tênis de criança e bife bem passado. Sylvie, grávida de verdade, estava de vestido xadrez e ficou fumando no canto, de olho em Roy, que parecia bêbado antes mesmo da festa. Eu tinha convidado Julia, que eu acreditava estar se tornando uma boa amiga, e ela chegou vestindo um conjunto verde-jade e com um sorriso enorme. Você conversou com ela, Patrick? Não lembro. Só lembro que ela tentou conversar com meu irmão Harry, que não parava de olhar para os peitos da Sylvie. Os pais de Tom estavam lá, claro; o pai dele batia no ombro de todo mundo, com força demais (de repente entendi que era com ele que Tom aprendera a fazer aquilo). Os seios da mãe dele estavam maiores do que nunca, enfiados em uma blusa florida. Depois da cerimônia, ela me deu um beijo na bochecha e eu senti o cheiro levemente rançoso do batom quando ela secou os olhos e falou:

– Bem-vinda à família.

Eu só queria sair dali com o meu novo marido.

O que você falou no discurso? No começo, ninguém prestou atenção; estavam todos animados para comer os sanduíches de carne e beber cerveja.

Ainda assim, você se postou na frente do salão e continuou, enquanto Tom olhava ao redor, ansioso. Depois de um tempo, sua voz cheia e aveludada, com o sotaque elegante, chamou a atenção, devido à novidade. Tom franziu a testa enquanto você explicava a história de conhecê-lo; foi a primeira vez que ouvi falar da senhora ciclista, e você se divertiu contando a história, parando para efeito cômico antes de contar que Tom a chamara de doida, o que fez meu pai cair na gargalhada. Você falou que Tom e eu éramos o casal civilizado perfeito: o policial e a professora. Ninguém poderia nos acusar de não pagar a dívida para com a sociedade, e os cidadãos de Brighton podiam dormir tranquilos, sabendo que Tom patrulhava as ruas e eu cuidava da educação dos filhos. Eu não sabia se você estava falando sério, mesmo na hora, mas senti uma pontada de orgulho ao ouvir aquilo. Em seguida, você levantou o copo, fez um brinde, bebeu sua cerveja em poucos goles, falou alguma coisa que não ouvi para Tom, deu um tapinha no braço dele, um beijo firme na minha mão, e foi embora.

Na noite antes do casamento, fui ao apartamento de Sylvie. Acho que é o que hoje chamariam de "despedida de solteira", e Tom saíra com uns amigos do trabalho.

Sylvie e Roy enfim tinham conseguido sair da casa da mãe de Roy em Portslade, e o apartamento deles era em um prédio novo, com elevadores e janelas grandes, de frente para o mercado municipal. O lugar só estava ocupado havia poucos meses; os corredores cheiravam a cimento e tinta fresca. Quando eu entrei no elevador reluzente, as portas se abriram com suavidade.

O papel de parede e as cortinas da sala eram estampados com íris, lembro bem: um azul bem escuro com manchinhas amarelas. Todo o restante era moderno: o sofá, baixo com braços finos, era coberto por um tecido escorregadio e frio que provavelmente era feito de plástico, em sua maior parte.

– Papai sentiu pena da gente e investiu – disse ela, me vendo olhar para o relógio de madeira no formato de um sol acima do fogão a gás. – Foi o peso na consciência.

Ele se recusara a falar com Sylvie por meses depois do casamento.

– Quer uma cerveja? Pode se sentar.

Ela já estava bem grande. Os contornos da Sylvie pequena e frágil estavam perdendo definição.

– Não engravide rápido como eu, está bem? É horrível – falou, me entregando o copo e se sentando devagar no sofá. – O mais irritante é que eu nem precisei mentir para o Roy, pois engravidei assim que a gente se casou. Ele acha que já estou de seis meses, mas sei que esse bebê vai chegar atrasado – continuou, me dando um cutucão e rindo. – Estou animada, na verdade. Minha coisinha para apertar.

Lembrei o que ela dissera no dia do casamento, sobre fazer o que quisesse, e me perguntei o que acontecera para ela ter mudado de ideia, mas tudo o que respondi foi:

– É bonito o apartamento.

Ela assentiu.

– Não é ruim, não é? A gente se mudou antes de acabar a obra, o papel de parede ainda estava úmido, mas é gostoso estar tão alto. Moramos nas nuvens.

O quarto andar não chegava às nuvens, mas sorri.

– Bem onde você deve morar, Sylvie.

– E você também deve estar nas nuvens, já que se casa amanhã. Mesmo que seja com o besta do meu irmão.

Ela apertou meu joelho e eu me senti corar de alegria.

– Você ama ele mesmo, não é? – perguntou.

Assenti.

Sylvie suspirou.

– Ele nunca veio me visitar, sabia? Sei que ele e Roy brigaram feio por causa dessa história de padrinho, mas ele podia vir quando o Roy não estivesse, não acha? – perguntou, virando-se para mim, os olhos arregalados e límpidos. – Você pode pedir a ele, Marion? Diga para ele não sumir.

Eu disse que pediria. Não sabia que a briga deles tinha sido tão feia.

Bebemos a cerveja e Sylvie começou a falar de roupinhas de bebê e da preocupação que tinha em secar as fraldas dentro do apartamento. Enquanto ela pegava mais bebida e continuava a falar, me permiti pensar nos eventos do dia seguinte, me imaginar de braço dado com Tom, meu cabelo ruivo reluzente ao sol. Seríamos cobertos de confete enquanto ele me olhava com intensidade, como se me visse pela primeira vez. *Radiante*. Seria essa a palavra que ocorreria a ele.

– Marion, você se recorda daquilo que falei para você, alguns anos atrás, a respeito do Tom?

Sylvie já estava na terceira cerveja e sentada bem perto de mim.

Respirei fundo e deixei meu copo no braço do sofá, só para poder desviar o olhar.

– O quê? – perguntei, meu coração batendo mais rápido.

Eu sabia exatamente a que ela se referia.

– Aquilo que eu falei, sobre Tom não ser, sabe, como todos os homens...

Não fora bem isso o que ela dissera, pensei. Ela não dissera aquilo. Não exatamente.

– Lembra, Marion? – insistiu Sylvie.

Fiquei olhando para as portas de vidro da cristaleira. Lá dentro, só tinha um jarro azul com a inscrição "Saudações de Camber Sands" do lado, e uma foto de Sylvie e Roy, sem moldura, no casamento, os olhos abaixados de Sylvie fazendo-a parecer ainda mais jovem do que era.

– Não lembro – menti.

– Bom. Que bom. Porque quero que você esqueça. Quer dizer, ninguém achou que ele se casaria algum dia, mas aqui estão vocês...

Fez-se um breve silêncio. Conseguindo acalmar o coração, me concentrando na foto do casamento de Sylvie, falei:

– É. Aqui estamos.

Sylvie suspirou.

– Ele deve ter mudado, ou estávamos errados, não sei, mas, de qualquer jeito, quero que você esqueça isso. Eu me sinto horrível por ter dito aquilo.

Olhei para ela. Apesar de o rosto estar rosado e rechonchudo, ela ainda era bonita, e voltei para o banco daquela ocasião, ouvindo-a contar que Roy a tocara e que eu deveria desistir da esperança de tentar conquistar Tom.

– Eu nem lembro o que você falou, Sylvie – declarei. – Então deixa para lá, está bem?

Ficamos em silêncio por um tempo. Por fim, ela falou:

– Daqui a pouco seremos as duas mulheres casadas, passeando com carrinhos de bebê à beira-mar.

Por algum motivo, aquilo me irritou ainda mais.

Eu me levantei.

– Na verdade, eu planejo continuar trabalhando na escola, então é provável que demoremos um pouco para ter filhos.

A verdade era que filhos nunca tinham sido parte dos meus sonhos de casamento com Tom. Eu nem considerara engravidar. Nunca me imaginara empurrando um carrinho. Apenas nos braços dele.

Dei alguma desculpa sobre precisar acordar cedo para me arrumar para o casamento e peguei meu casaco. Sylvie não disse nada. Ela me acompanhou até o corredor frio do prédio e esperou o elevador comigo, em silêncio.

Quando as portas do elevador se abriram, eu não me virei para me despedir, mas Sylvie falou:

– Diga ao Tom que venha me ver, tá?

Sem olhar, resmunguei em assentimento.

– Marion? – chamou ela.

Não tive escolha: segurei o elevador e esperei.

– Sim? – perguntei, encarando o botão que indicava "Térreo".

– Boa sorte.

Nossa "lua de mel" foi uma noite no hotel Old Ship. Tínhamos conversado vagamente sobre passar uns dias em Weymouth em outro momento, mas, visto que Tom não teria férias tão cedo, ainda demoraria.

O Ship, apesar de não ser no nível do Grand, tinha o tipo de glamour discreto que na época eu achava muito impressionante. Nós dois nos calamos ao passar pelas portas giratórias de vidro que levavam ao saguão. O chão rangia e estalava, mesmo sob o carpete espesso, e reprimi a vontade de comentar que o lugar tinha até o *som* de um velho navio, como o nome indica. O pai de Tom pagara pelo quarto e pelo jantar como presente de casamento. Era a primeira vez que passaríamos a noite em um hotel, e acho que nós dois sentimos certo pânico por não saber a etiqueta daquele tipo de lugar. Nos filmes que eu vira, havia sempre carregadores de malas e recepcionistas que pediam as informações, mas naquela tarde no Ship estava tudo parado. Eu levava uma malinha, onde guardara uma camisola nova, de bordas de renda e tecido alaranjado bem clarinho, comprado especialmente para a ocasião. Eu já trocara o vestido de casamento por um conjuntinho de saia turquesa e jaquetinha de lã, e me sentia razoavelmente elegante. Meus sapatos não eram novos, e estavam bem gastos na ponta, mas tentei não pensar no assunto. Tom só levara uma sacola de lona e eu desejei que ele tivesse levado uma mala também, para combinar. Mas, pensei, os homens eram assim. Não carregavam muita coisa. Não exageravam.

– Não devia ter alguém aqui? – perguntou Tom, procurando algum sinal de vida.

Ele se aproximou do balcão e apoiou as duas mãos na superfície reluzente. Havia um sino dourado bem perto da mão dele, mas ele não encostou. Em vez disso, esperou, tamborilando os dedos na madeira e olhando para a porta de vidro atrás do balcão.

Eu dei uma volta atrás dele, lendo o cardápio da noite (*sole au vin blanc*, torta de limão) e a lista de conferências e bailes na semana seguinte. Não tive coragem de me sentar em uma das poltronas de couro e espaldar alto, com receio de que alguém surgisse e me oferecesse uma bebida. Em vez disso, dei mais uma volta. Tom continuou esperando. Ninguém apareceu.

Sem querer continuar dando voltas, parei perto do balcão e bati com força no sino. O tilintar claro ecoou pelo saguão, assustando Tom.

– Eu podia ter feito isso – sibilou.

De imediato, um homem de cabelo preto arrumado e paletó branco engomado apareceu. Ele olhou de Tom para mim, e para Tom de novo, e abriu um sorriso.

– Perdão pela demora, senhor e senhora...

– Burgess – disse Tom, antes que eu pudesse responder. – Senhor e senhora Thomas Burgess.

O orçamento do pai de Tom não permitia a vista para o mar. Nosso quarto era nos fundos do hotel, com vista para um pátio onde os funcionários fofocavam e fumavam. Quando entramos, Tom não quis se sentar. Ele andou de um lado para outro, puxando as cortinas vermelhas pesadas que cobriam a janela, acariciando o edredom cor de fígado, exclamando sobre os luxos ("Tem água quente na torneira!"), assim como fizera na sua casa, Patrick. Depois de se debater com o ferrolho e causar um barulho horrível de madeira arrastada, ele conseguiu abrir a janela, deixando entrar as lamúrias das gaivotas da tarde.

– Está tudo bem? – perguntei.

Não era o que eu queria dizer. Eu queria dizer: "Se afaste da janela e venha me beijar". Cheguei até a pensar, por um momento, em não dizer nada, só me despir. Ainda estava cedo, nem cinco da tarde, mas éramos recém-casados. Em um hotel. Em Brighton. Onde coisas assim acontecem o tempo todo.

Ele abriu aquele sorriso lindo.

– Nunca estive melhor.

Ele se aproximou e beijou meu rosto. Levei a mão ao cabelo dele, mas ele se afastou e voltou para a janela, puxando as cortinas para olhar lá fora.

– Eu estava pensando que a gente devia se divertir – falou ele. – É nossa lua de mel, afinal.

– Ah, é?

– A gente pode fingir estar de férias – sugeriu, vestindo o paletó. – Tem muito tempo até o jantar. Vamos ao píer.

Ainda estava chovendo. Ir ao píer, e até sair, de modo geral, era a última coisa que eu queria. Eu tinha imaginado uma hora de intimidade – *carícias*, como eu chamaria na época, e conversas melosas sobre sermos recém-casados – seguidas por jantar, seguido, imediatamente, pela cama.

Pode parecer a você, Patrick, que eu só tinha um interesse. Você pode até se surpreender ao pensar que, em 1958, eu, uma moça de vinte e um anos, mal podia esperar para perder a virgindade. Hoje, essas coisas são comuns em idades bem menores; mas, para ser sincera, acho que até para 1958 eu demorei. Eu me lembro de sentir que devia ter algum medo, no mínimo, de dormir com Tom. Não era como se eu tivesse alguma experiência, ou soubesse muito sobre o ato, exceto pelo que Sylvie e eu tínhamos visto, anos antes, em um livro popular sobre o assunto, *Married Love*, que ela roubara de algum lugar. Mas eu tinha lido muitos romances e esperava sem dúvida que uma névoa romântica caísse assim que Tom e eu entrássemos debaixo do lençol, seguida por um estado misterioso e místico chamado de "êxtase". Dor e constrangimento não entravam na minha cabeça. Eu confiava que ele saberia o que fazer e eu seria transportada em corpo e alma.

Quando Tom sorriu e me ofereceu a mão, eu sabia que devia fingir nervosismo, contudo. Uma noiva boa e virginal seria tímida; ficaria aliviada pelo noivo levá-la para passear, em vez de pular na cama imediatamente.

Assim, minutos depois, estávamos andando de braços dados na direção do som e das luzes do píer Palace.

Minha jaqueta de lã era bem fina, e me agarrei ao braço de Tom, nos protegendo sob um guarda-chuva do hotel. Fiquei feliz por só ter um guarda-chuva disponível, pois fomos obrigados a dividir. Atravessamos correndo King's Road, um ônibus nos encharcou ao passar em uma poça, e Tom pagou para passarmos pela catraca. O vento ameaçou jogar nosso guarda-chuva no mar, mas Tom o segurou com firmeza, apesar das ondas espumando ao redor das pernas de ferro do píer e espalhando pedrinhas pela praia. Passamos com esforço pelas cadeiras encharcadas, pelas barracas de cartomantes e rosquinhas, meu cabelo se emaranhando ao vento, e minha mão, agarrada ao guarda-chuva acima da de tom, ficando dormente. O rosto e o corpo de Tom pareciam fixos em uma careta determinada contra o clima.

– Vamos voltar... – comecei.

O vento deve ter roubado minha voz, pois Tom avançou e gritou:

– Tobogã? Casa mal-assombrada? Trem-fantasma?

Foi então que comecei a rir. O que mais faria, Patrick? Ali estava eu, na minha lua de mel, encharcada pelo vento chuvoso do píer Palace, enquanto nosso quarto quentinho de hotel – a cama ainda imaculada – estava a poucos metros, e meu novo marido me pedia que escolhesse entre brinquedos de parque de diversões.

– Quero o tobogã – respondi, e comecei a correr na direção da torre listrada em azul e vermelho.

O brinquedo, que ali chamavam de "Escorrega da Alegria", me era muito conhecido, mas eu nunca tinha de fato descido por ele. De repente, me pareceu uma boa ideia. Meus pés estavam encharcados e gelados, e mexê-los pelo menos me esquentou um pouco. (Tom nunca sente frio, você já notou? Um pouco mais adiante, no nosso casamento, me perguntei se nadar tanto no mar desenvolvera uma camada protetora de gordura, que nem a das focas, bem abaixo da pele dele. E se isso explicava por que ele não respondia ao meu toque. Minha criatura marinha dura e linda.)

A menina dos ingressos – de maria-chiquinha preta e batom rosa-clarinho – pegou nosso dinheiro e nos entregou dois colchonetes.

– Um de cada vez – instruiu. – Nada de dividir o colchonete.

Foi um alívio entrar na torre de madeira, sair do vento. Tom me seguiu escada acima. A cada dez passos, por aí, vislumbrávamos o céu cinzento lá fora. Quanto mais alto subíamos, mais alto uivava o vento. No meio do caminho, algo me fez parar e dizer:

– Dane-se ela. Podemos dividir o colchonete. Somos recém-casados.

Joguei meu colchonete escada abaixo. Caiu com um baque, quase esbarrando na cara chocada de Tom. Ele riu, nervoso.

– Cabe nós dois? – perguntou, mas eu o ignorei e corri até em cima, sem parar.

A plataforma estreita de madeira vibrava no vento. Respirei fundo o ar salgado. Dali, eu via as luzes acesas em todos os quartos do Ship, e pensei de novo na nossa cama, o edredom grosso e os lençóis passados para deslizarem perfeitamente.

– Depressa – falei. – Não posso descer sem você.

Quando ele apareceu, estava muito pálido e, antes de pensar no assunto, avancei, peguei o rosto dele com as duas mãos e beijei sua boca fria. Foi um beijo breve, mas a boca dele não enrijeceu e, depois, como que para se recompor, ele apoiou a cabeça no meu ombro. Ele estava tremendo um pouco, e suspirei de alívio. Finalmente. Uma resposta a mim.

– Marion – disse ele. – Você vai me achar covarde, mas acho que não gosto muito da altura.

Olhei para o mar revolto e tentei processar a informação. Tom Burgess, nadador marítimo e policial, tinha medo de subir no tobogã. Até aquele momento, ele me parecera bastante capaz, até impassível. E ali estava uma fraqueza. E ali estava minha oportunidade de cuidar dele. Eu o abracei, sentindo o cheiro novo do terno, e o calor dele me surpreendeu, mesmo naquele lugar frio e exposto. Eu poderia ter sugerido que voltássemos pela escada, mas sabia que o orgulho dele ficaria ferido, e também não queria abrir mão da oportunidade de dividir o colchonete com meu novo marido, nós dois agarrados na descida rápida pelo escorrega.

– É melhor descermos logo, então, não é? – propus. – Eu vou na frente, você, atrás.

Ele estava se segurando firme na grade, o olhar concentrado no meu rosto, e eu sabia que só precisava sugerir uma ação para que ele a fizesse; se eu continuasse falando na minha melhor voz de professora, firme, mas tranquilizadora, ele faria o que eu pedisse. Assentindo, atordoado, ele me viu sentar no colchonete desconfortável.

– Vem – chamei. – A gente logo chega lá embaixo.

Ele se sentou atrás de mim e me abraçou pela cintura. Eu me encostei nele, sentindo a fivela do cinto contra a lombar. O vento nos fustigava e, mais de trinta metros abaixo de nós, o mar espumava.

– Pronto?

As coxas dele me apertavam tanto que eu estava sem ar. Ouvi um grunhido, aceitei como "sim" e dei o impulso mais forte de que fui capaz. Assim que nos mexemos, Tom me abraçou com mais força. Pegamos velocidade depois da primeira curva e, na seguinte, estávamos tão rápidos que até eu achei que pularíamos da borda e voaríamos para dentro do mar. A música alta, vinda dos alto-falantes do píer, ondulava distorcida no caminho, e o dia cinzento de repente se transformou em uma lufada de vento refrescante, um vislumbre emocionante das ondas. Por um momento, parecia que não havia nada entre a gente e as profundezas, exceto por um colchonete minúsculo de palha. Gritei de deleite, as coxas de Tom tornando meu grito mais agudo, e só quando chegamos quase ao fim notei que não era apenas eu gritando; Tom também estava uivando.

Passamos muito do fim do tobogã e batemos na grade que cercava os colchonetes. Estávamos embolados um no outro em uma posição impossível, mas Tom não soltou minha cintura. Comecei a rir desesperada, meu rosto molhado grudado no dele, a respiração dele aquecendo meu pescoço. Naquele momento, tudo em mim relaxou, e pensei: vai dar tudo certo. Tom precisa de mim. Estamos casados e vai dar tudo certo.

Tom se soltou de mim e espanou o terno.

– Vamos de novo? – perguntei, dando um pulo.

Ele esfregou o rosto.

– Meu Deus, não... – gemeu ele. – Por favor, não me obrigue.

– Sou sua esposa. É nossa lua de mel. Quero ir de novo – falei, rindo e puxando a mão dele.

Os dedos dele, notei, estavam molhados de suor.

– A gente não pode só ir tomar um chá?

– De jeito nenhum.

Tom me encarou, em dúvida, sem saber se era brincadeira.

– Que tal você ir de novo, e eu fico aqui olhando? – sugeriu, pegando o guarda-chuva do suporte perto da entrada.

– Mas sem você não tem graça – resmunguei.

Eu estava gostando daquela sensação nova, de flerte relaxado, mas Tom mais uma vez não sabia como reagir. Depois de um instante, ele disse:

– Como seu marido, ordeno que você volte ao hotel comigo.

E me abraçou pela cintura.

Nos beijamos uma vez, com suavidade, e, sem uma palavra, eu deixei ele me levar de volta ao Ship.

Eu não parei de sorrir e rir por qualquer bobeira durante o jantar. Talvez fosse o alívio de o casamento ter passado, talvez a empolgação do tobogã, talvez a expectativa do que viria. Qualquer que fosse o motivo, eu perdi o fôlego, como se corresse na direção de algo, de cabeça, irrestrita.

Tom sorriu, assentiu, riu quando acabei um enorme monólogo sobre a semelhança do hotel e de um velho navio (os chãos que rangiam, as portas que batiam, o vento que batia nas janelas, os funcionários que pareciam estar com náuseas), mas senti que ele estava apenas esperando que meu humor um pouco histérico passasse. Ainda assim, continuei, quase sem comer, bebendo vinho demais, e rindo abertamente dos passos cambaleantes do garçom.

No quarto, Tom acendeu a luminária da mesa de cabeceira e pendurou o paletó e eu caí na cama, às gargalhadas. Ele pediu dois copos de uísque; quando o funcionário apareceu à porta com uma bandejinha, Tom o agradeceu na voz mais grã-fina que eu já o ouvira usar (ele deve ter aprendido com você) e eu só fiz gargalhar mais.

Ele se sentou na beira da cama, virou o uísque e perguntou:

– Por que você está rindo?

– Acho que estou feliz – respondi, tomando um gole ardido da bebida.

– Que bom – falou. – Vamos nos arrumar para deitar? Já está tarde.

Eu gostei do começo da frase: ele usara a palavra *deitar*; mas não gostei do restante, do tom de praticidade, da sugestão de sono.

– Quer usar o banheiro? – perguntou.

Ele ainda falava em tom grave, arrastado, levemente classe alta, que experimentara com o funcionário à porta. Eu me endireitei, um pouco tonta. Não, eu queria dizer. Não, não quero usar o banheiro. Quero que você me dispa, aqui na cama. Quero que puxe o zíper da minha saia e o fecho do meu sutiã de renda, e ofegue de surpresa ao ver a beleza dos meus seios nus.

É claro que não falei nada disso. Levantei, fui ao banheiro, bati a porta, me sentei na beirada da banheira e contive a vontade de rir. Respirei fundo várias vezes. Será que Tom estava se despindo do outro lado da porta? Será que eu deveria surpreendê-lo, entrar no quarto só de camisola? Eu me olhei no espelho. Meu rosto estava avermelhado e o vinho manchara minha boca de marrom. Minha aparência tinha mudado com o casamento? Teria mudado de manhã?

Ao chegar ao hotel, eu tinha tirado a camisola de viscose alaranjada da mala e pendurado atrás da porta do banheiro, na esperança de que Tom a visse e se excitasse com o decote fundo, a fenda comprida na lateral. Larguei a saia, a blusa e a jaqueta no chão, enfiei a camisola pela cabeça e penteei o cabelo até estalar. Por fim, escovei os dentes e abri a porta.

O quarto estava escuro. Tom tinha apagado todas as luzes, exceto pela luminária ao lado da cama. Entre as cobertas e o travesseiro, os ombros dele, vestidos pelo pijama, estavam retos e imóveis. O olhar dele me acompanhou quando me aproximei da cama, puxei a coberta e entrei ao lado dele. Naquele momento, meu coração estava se debatendo no peito e a vontade de rir se fora por completo. O que eu faria se ele simplesmente apagasse a luz, dissesse "boa noite" e me desse as costas? O que, Patrick, eu poderia fazer? Deitada ali, sem me mexer, meus dentes começaram a bater. Eu não podia tocá-lo primeiro. Estávamos enfim casados, mas eu sentia que não tinha direito a exigir nada. Pelo que eu sabia, exigências físicas não podiam ser feitas pelas esposas. Mulheres que pediam contato sexual eram aberrações da natureza.

– Você está bonita – disse Tom, e eu me virei para sorrir para ele, mas ele já tinha apagado a luz.

Meu corpo enrijeceu. Era isso, então. Só o sono nos esperava. Fez-se um longo silêncio. Finalmente, a mão dele acariciou meu rosto.

– Tudo bem? – perguntou, baixinho, e eu não respondi. – Marion? Está tudo bem?

Eu assenti. Ele deve ter sentido o movimento, porque aproximou o corpo enorme do meu e levou a boca à minha. Que boca quente. Eu queria me perder. Eu queria que o beijo me transportasse, como os romances tinham sugerido. Aconteceu, um pouco; abri a boca para deixar Tom entrar melhor. Em seguida, ele começou a puxar minha camisola, levantando o tecido até minha cintura. Tentei me mexer para ajudar, mas foi difícil, porque, com a outra mão, ele pressionava meu quadril contra a cama. Fiquei ofegante. Acariciei o rosto dele.

– Ah, Tom – sussurrei, e falar isso me fez sentir que tudo estava mesmo acontecendo comigo, ali mesmo, naquela cama impecável do hotel Old Ship: meu novo marido fazia amor comigo.

Tom apoiou os cotovelos ao lado dos meus ombros e cobriu o corpo todo com o meu. Levei as mãos à sombra dele e reparei que ele tirara a calça do pijama. Desci as mãos até o traseiro dele, mais macio do que eu era capaz de imaginar. Ele fez algumas investidas na minha direção. Eu sabia que ele não estava nem perto do alvo, mas não podia dizer nada. Primeiro, porque estava prendendo a respiração. Segundo, porque não queria estragar as coisas ao dizer algo inadequado.

Depois de um tempo, ele parou, um pouco ofegante, e perguntou:

– Você pode... Abrir um pouco mais as pernas?

Fiz o que ele pediu, aliviada de descer um pouco e envolver o quadril dele com as coxas. Ele não fez som algum quando conseguiu me penetrar. Senti uma dor aguda, mas disse para mim mesma que ia passar. Já estávamos ali. O êxtase não estaria longe.

E foi maravilhoso, me agarrar a Tom enquanto ele se mexia dentro de mim, sentir o suor nos meus dedos, a respiração quente no meu pescoço. Só estar tão impossivelmente próxima dele já era uma certa maravilha.

Mas, Patrick, eu sabia mesmo ali – apesar de duvidar que tenha admitido isso à época – que a delicadeza com que ele me tocava durante as aulas de nado não estava presente. Nas investidas dele, eu me peguei imaginando aquela cena de novo, como eu tinha afundado e Tom tinha me encontrado, como ele me segurara pela cintura enquanto eu flutuava na água salgada, como ele me carregara até a margem.

De repente, Tom prendeu a respiração, investiu mais uma vez, me fazendo quase gemer de dor, e caiu ao meu lado.

Eu acariciei o cabelo dele.

– Foi bom? – perguntou ele, baixinho, quando recuperou o fôlego, mas eu não pude responder porque estava chorando, usando todos os meus músculos para fazer isso de modo silencioso e sem me mexer.

Era o alívio, a maravilha e a decepção. Fingi não ouvir a pergunta, então ele beijou minha mão, se virou e dormiu.

Eu conto isso tudo, Patrick, para você saber como as coisas eram comigo e com Tom. Para você saber que havia ternura, assim como dor. Para você saber como fracassamos, os dois, mas também como tentamos.

Hoje, estamos cansados. Passei a maior parte da noite escrevendo e agora, às onze e meia da manhã, acabei de me sentar para tomar um café depois de dar banho em você, de vesti-lo, de lhe dar café da manhã e de ajeitar seu corpo para você olhar pela janela, mesmo sabendo que você dormirá de novo na próxima hora. Parou de chover, mas está ventando e eu liguei o aquecedor, que dá à casa um cheiro seco e poeirento que me reconforta.

Eu me pergunto quanto tempo ainda temos, para ser sincera, para continuar essa história. Também me pergunto quanto tempo tenho para persuadir Tom a falar com você. Ontem à noite, ele também não dormiu bem – eu o ouvi se levantar pelo menos três vezes. Não será surpresa saber que faz anos que dormimos em quartos separados. Durante o dia, ele sai, e eu não pergunto mais como ele passa as horas. Parei de perguntar faz pelo menos vinte anos, depois de receber a resposta que eu sabia que viria. Tom estava a caminho do trabalho, lembro, usando o uniforme de segurança. Era todo brilhante, aquele uniforme: botões prateados, ombreiras, uma fivela enorme na cintura. Uma imitação fajuta do uniforme de polícia, mas Tom ficava lindo nele mesmo assim. Na época, ele trabalhava no turno da noite. Quando perguntei como ele passava o dia enquanto eu trabalhava, ele me olhou de frente e respondeu:

– Eu conheço pessoas. Às vezes, bebemos. Às vezes, transamos. É isso o que eu faço, Marion. Por favor, não me pergunte de novo.

Ao ouvir aquilo, parte de mim sentiu alívio, porque eu soube que não tinha destruído meu marido por completo.

Talvez ele ainda conheça pessoas. Não sei. Sei que quase todo dia ele leva Walter para dar uma longa caminhada pelas colinas. Eu fazia trabalho voluntário na escola local às terças-feiras, ajudava as crianças pequenas na alfabetização, e naquele dia Tom ficava em casa. Mas, desde que você chegou, avisei à escola que não estou disponível, então Tom sai todos os dias da semana. Ele é um homem ocupado. Sempre foi bom em se ocupar. Nada toda manhã, até hoje. Só quinze minutos, mas ainda vai de carro até Telscombe Cliffs e entra na água gelada. Não preciso nem dizer, Patrick, que, para um homem de 63 anos, ele está muito bem. Ele nunca deixou de lado o cuidado com a aparência. Monitora o peso, quase nunca bebe, passeia com o cachorro e vê documentários à noite. Tudo que envolve crimes de verdade o interessa, o que sempre me surpreende, considerando o que aconteceu. E ele não fala com ninguém. Muito menos comigo.

Sabe, a verdade é que ele não queria que você viesse. Foi ideia minha. Na verdade, eu insisti. Você não vai acreditar, mas, em mais de quarenta anos de casamento, nunca insisti em nada como insisti na sua vinda.

Todas as manhãs, espero que meu marido não saia. Mas, desde o dia em que tentei que você se sentasse conosco, ao que a enfermeira Pamela chama de "mesa da família", Tom nem toma mais café da manhã na nossa companhia. Eu achava a ausência dele um certo alívio, depois de tudo pelo que tínhamos passado, mas agora quero ele ao meu lado. E quero ele ao seu lado, também. Espero que ele se junte a nós no seu quarto, nem que seja por um tempo. Espero que venha e pelo menos olhe para você – olhe de verdade – e veja o que eu vejo: que, apesar de tudo, você ainda o ama. Espero que isso acabe com o silêncio dele.

Em vez dos quatro dias em Weymouth, você nos ofereceu seu chalé na ilha de Wight durante as férias.

Mesmo com o pé atrás, eu estava tão desesperada para escapar dos quartos separados na casa dos pais do Tom, para onde tínhamos nos mudado na espera por uma casa da polícia, que aceitei. (Não tinha espaço, segundo Tom, para uma cama de casal no quarto dele, então eu acabei no quarto antigo de Sylvie.) Tom e eu teríamos quatro noites sozinhos, e você nos encontraria para as outras três, para "nos mostrar a área". Seria uma semana toda fora, a maior parte do tempo só com Tom, então aceitei.

O chalé não era nada do que eu imaginara. Quando você falou em chalé, supus que era por modéstia, e que na verdade se referia a uma "pequena mansão", ou no mínimo a um "casarão bem localizado à beira-mar".

Não. Chalé era a descrição mais adequada. Ficava em uma ruazinha estreita e sombria em Bonchurch, não longe do mar, mas não perto o suficiente para ter vista da orla. O lugar todo era úmido e apertado. Havia dois quartos, o maior com o teto inclinado e uma cama velha. Na frente, ficava um jardim mal-cuidado e, atrás, um banheiro externo. Tinha uma cozinha pequena, sem eletricidade, mas o chalé tinha gás. As janelas eram todas pequenas e estavam meio engorduradas.

Andando na rua, o fedor frutado de alho-selvagem era insuportável. Até dentro do chalé eu sentia o cheiro, misturado ao odor de tapetes úmidos e gás. Eu me perguntei como alguém conseguia comer uma substância tão fedorenta. Para mim, o cheiro só me lembrava suor desagradável. Agora, gosto bastante de alho, mas, na época, só andar pela rua, com seus canteiros de folhas verdes e flores brancas, cujo cheiro subia no calor, chegava a me dar vontade de vomitar.

Ainda assim, foi uma semana ensolarada e, nos dias que estivemos sozinhos, Tom e eu aproveitamos as atividades costumeiras de veranistas. Caminhamos por Blackgang Chine, vimos um teatro de marionetes em Ventnor (Tom riu muito quando apareceu o policial), visitamos a cidade em miniatura de Godshill. Tom comprou um colar de coral para mim, em tons pêssego e creme. Todo dia, de manhã, ele fazia bacon com ovos e, enquanto eu comia, ele propunha uma atividade para o dia, com a qual eu sempre concordava. À noite, eu ficava feliz pela cama velha, que afundava e nos fazia rolar para o meio, tendo que dormir bem grudados. Passei horas acordada, aproveitando a sensação do meu corpo preso inevitavelmente ao dele, minha barriga enchendo a curva das costas dele, meus seios esmagados contra os ombros dele. Às vezes, eu soprava de leve na nuca dele, para acordá-lo. Conseguimos repetir o desempenho da noite de núpcias quando chegamos, e lembro que doeu menos, mas acabou muito rápido. Ainda assim, eu nos acreditava capazes de melhorar. Eu achava que, se conseguisse encorajar Tom, guiá-lo sem dar instruções, talvez nossas atividades íntimas se tornassem mais agradáveis. Era o começo do casamento, afinal, e Tom não me dissera, naquela noite no seu apartamento, que ele era inexperiente?

Aí você chegou. Quase ri quando te vi parar o Fiat esportivo verde, do qual saiu com um pulo e tirou o conjunto de malas. Você vestia um terno marrom-claro e tinha um lenço vermelho amarrado no pescoço, e sua aparência era exatamente a de um cavalheiro inglês nas férias de primavera. Da janela do quarto, vi sua expressão séria se dissolver em um sorriso quando Tom saiu da casa para recebê-lo.

Na cozinha, arrumei as caixas de coisas que você levara: azeite, garrafas de vinho tinto, um monte de aspargos, comprados, você disse, de uma barraquinha charmosa no caminho.

– Eu sinto muitíssimo pela cama – você anunciou, depois de nós tomarmos um chá. – É uma velharia horrível, não é? Acho que é que nem dormir em areia movediça.

Eu segurei a mão de Tom.

– A gente não se incomoda nada – falei.

Você acariciou o bigode e olhou para a mesa antes de anunciar que gostaria de esticar as pernas e caminhar até a praia. Tom levantou de um pulo e disse que iria junto. Vocês dois, ele informou, voltariam a tempo do almoço.

Você deve ter visto minha expressão de choque, porque levou uma mão ao ombro de Tom e falou, olhando para mim:

– Na verdade, eu trouxe um piquenique. Vamos todos juntos passar o dia lá, que tal? É uma pena desperdiçar um dia bonito como este, não acha, Marion?

Senti gratidão pela sua gentileza.

Ao longo dos dias seguintes, você nos mostrou as trilhas costeiras ao sul da ilha. Caminhando, você dava um jeito de eu ficar entre vocês dois sempre que a trilha permitia, me levando ao seu lado com a mão firme, nunca permitindo que eu ficasse para trás. Você parecia um pouco obcecado com o rochedo que formava a costa, nos contando como era formado todo tipo de pedra, cascalho e areia, apontando os tamanhos, as cores e os formatos diferentes. Você se referia à paisagem como *escultural*, falava da *paleta da natureza*, da textura dos *materiais*.

Durante uma caminhada especialmente longa, quando meus sapatos começaram a apertar, comentei:

– É tudo uma obra de arte, para você, não é?

Você parou e olhou para mim com seriedade.

– Claro. É a maior obra de arte. Aquela que todos tentamos imitar.

Tom demonstrou estar muito impressionado com a resposta e, para minha irritação, não consegui pensar em réplica alguma.

Toda noite, você fazia jantar para a gente, passava horas na cozinha preparando os pratos. Ainda lembro o que comemos: bife *bourguignon* uma noite, frango *chasseur* na seguinte e, na última, salmão com molho holandês. A ideia de que era possível preparar e comer molhos daquele tipo em casa, em vez de em um restaurante chique, me era novidade. Tom ficava sentado à mesa da cozinha, conversando contigo enquanto você cozinhava, mas eu em geral não me metia, aproveitava para sumir com um livro. Eu sempre achei cansativo socializar e, apesar de ainda estar em um estágio em que gostava da sua companhia, eu precisava escapar de vez em quando.

Depois de acabar de comer as refeições sempre deliciosas, bebíamos vinho à luz de velas. Até Tom aprendeu a gostar dos seus vinhos tintos. Você falava de arte e literatura, claro, o que Tom e eu recebíamos com avidez, mas você também me encorajou a falar do ensino, da família, das minhas opiniões sobre "a posição das mulheres na sociedade", como descrevia. Na segunda noite, depois do frango e de muitas taças de Beaujolais, você perguntou minha opinião sobre mães que trabalhavam. Que efeito eu achava que tinham na vida familiar? Eram as mães que trabalhavam responsáveis pelos delinquentes juvenis? Eu sabia que houvera um enorme debate a respeito daquilo nos jornais recentemente. Uma mulher – professora, na verdade – fora culpada pela morte do filho, por pneumonia. Fora dito que, se ela passasse mais tempo em casa, teria notado a seriedade da doença do filho muito antes, e a vida dele teria sido poupada.

Apesar de eu ter lido sobre o caso com certo interesse, em especial porque envolvia uma professora, eu não me sentia pronta para dar opinião sobre o assunto. Na época, eu só podia me basear no que sentia. Não tinha as palavras, naquele momento, para falar do assunto. Ainda assim, encorajada pelo vinho e por seu rosto atento e interessado, admiti que eu não gostaria de abandonar o trabalho, mesmo se tivesse filhos.

Vi um sorrisinho debaixo do seu bigode.

Tom, que estivera ocupado brincando com uma poça de cera derretida das velas durante a conversa, ergueu o olhar.

– Quê?

– Marion disse que gostaria de continuar a trabalhar depois de ter filhos – você informou, observando meu rosto enquanto falava.

Tom não disse nada por um momento.

– Eu não tomei nenhuma decisão – falei. – Teríamos que conversar a respeito.

– Por que você quer continuar a trabalhar? – perguntou Tom, com aquela voz propositalmente tranquila que mais tarde eu aprenderia a entender como perigosa.

Na hora, contudo, não entendi o aviso.

– Acho que Marion está certíssima – você concordou, enchendo a taça de Tom até a borda. – Por que mães não podem trabalhar? Especialmente se os filhos estão na escola. Faria bem para minha mãe ter uma profissão, um *propósito*.

– Mas você tinha babá, não tinha? E passou a maior parte da vida no internato – disse Tom, afastando a taça. – Foi bem diferente.

– Infelizmente, sim – você concordou, sorrindo para mim.

– Nenhum filho meu... – começou Tom, hesitante. – Filhos precisam das mães – recomeçou. – Não precisaríamos que você trabalhasse, Marion. Eu poderia ser o provedor da família. É o trabalho do pai.

Naquele momento, a insistência da opinião de Tom sobre a questão me surpreendeu. Agora, em retrospecto, entendo melhor. Tom sempre foi muito próximo da mãe. Quando ela morreu, mais de dez anos atrás, ele passou duas semanas de cama. Até então, ele a via toda semana, sem falta, normalmente sozinho. No começo do nosso casamento, se eu entrasse na casa da minha sogra, ficava praticamente quieta, enquanto Tom a atualizava de seus últimos triunfos na polícia. Às vezes era mentira, eu sabia, mas nunca o confrontava. Ela sentia enorme orgulho dele; a casa era toda decorada com fotos do filho de uniforme, e ele retribuía o elogio, levando catálogos de roupas de tamanho maior e sugerindo as que achava mais bonitas. Mais para o fim, ele próprio escolhia e encomendava as roupas dela.

– Ninguém está discutindo sua capacidade como pai, Tom – você disse, a voz suave e conciliadora. – Mas e o que Marion quer?

– Não é tudo meio teórico? – perguntei, tentando rir. – A gente talvez nem tenha a sorte de ter filhos...

– É claro que teremos – declarou Tom, cobrindo minha mão com a dele, que estava quente.

– Não é isso que estamos discutindo – você falou, rápido. – Estamos discutindo se mães devem trabalhar...

– Não devem – disse Tom.

Você riu.

– Que opinião categórica, Tom. Eu não te imaginaria tão... Bom, tão *suburbano*.

Você riu de novo, mas Tom continuou sério.

– E o que você sabe? – perguntou ele, falando baixo.

– Estamos só debatendo, não estamos? Jogando conversa fora.

– Mas você não sabe nada desse assunto, não é?

Eu me levantei e comecei a tirar a mesa, percebendo uma tensão crescente que não entendia bem. Tom continuou a falar, levantando a voz:

– Você não sabe nada de filhos, de paternidade. E não sabe nada de casamento.

Apesar de você ter conseguido continuar a sorrir, seu rosto foi tomado por uma sombra quando você murmurou:

– E que continue assim.

Eu decidi ir buscar sobremesa, falando sem parar sobre a torta maravilhosa de maçã com ruibarbo que você fizera (suas massas sempre foram melhores do que as minhas – derretiam na boca), dando tempo para vocês se recomporem. Eu sabia que os humores ruins de Tom passavam rápido e, se eu conseguisse me manter matraqueando sobre creme, colheres e frutas, ficaria tudo bem.

Você pode ter se perguntado, mesmo na hora, por que eu fiz aquilo. Por que não deixei a briga chegar ao clímax, fiz as malas e fomos embora? Por que fiquei em cima do muro, incapaz de defender meu marido, ou de encorajá-lo na denúncia? Apesar de eu ainda não ter admitido para mim mesma a verdade sobre você e Tom, eu não aguentava ver a facilidade com que você atiçava a paixão dele, a obviedade de quanto ele se preocupava com o que você pensava. Eu não queria pensar no que aquilo podia significar.

Além disso, eu concordava com você. Eu achava que mulheres que trabalhavam podiam ser boas mães. Eu sabia que você estava certo, e que Tom estava errado. E não era a última vez que eu me sentiria assim, embora, toda vez que acontecesse, eu insistisse em negar.

No nosso último dia na ilha, eu insisti em um passeio à casa Osborne. Nunca me interessei muito pela realeza, mas sempre gostei de fuçar casas antigas, e me parecia que uma visita à ilha de Wight não estaria completa se não visitássemos a casa de férias da rainha Victoria. Na época, o lugar só ficava aberto em certas tardes, e muitos dos cômodos eram fechados para visitas. Não havia loja de suvenires, café, nem muita informação; tudo tinha um ar meio secreto e proibido. Era como se espiássemos um mundo particular, mesmo que fosse um mundo que acabara muitos anos antes, e era exatamente disso que eu gostava.

Você demonstrou leve objeção à ideia, mas, após a discussão da noite anterior, Tom ficou do meu lado, e ignoramos os seus protestos sorridentes quanto ao gosto horrível dos monarcas, aos móveis de segunda classe e a ser pastoreado com um bando de turistas (o que nos diferenciava deles, não perguntei). Enfim você cedeu e nos levou até lá de carro.

Ninguém o obriga a ir, pensei. Tom e eu podíamos ir sozinhos. Mas você entrou conosco na fila dos ingressos e até conseguiu, ao fim da visita, parar de revirar os olhos para tudo o que o guia dizia.

A parte mais impressionante da casa era o quarto Durbar, que parecia ter sido completamente decorado em marfim e era de uma brancura quase ofuscante. Todas as superfícies eram adornadas: o teto com caixotões, as paredes entalhadas em detalhes de marfim. Até você parou de falar ao entrar. As janelas compridas tinham vista para o reluzente estreito de Solent, mas ali dentro era a pura colônia britânica na Índia. O guia nos contou sobre o tapete de Agra, sobre a lareira e a chaminé, na forma de um pavão e, ainda mais maravilhosa, a miniatura de um palácio de marajá, entalhada em osso. Quando olhei lá dentro, vi os próprios marajás, os sapatinhos brilhantes com pontas curvadas. O guia falou que o quarto era a tentativa da rainha de criar um pedacinho da Índia na ilha de Wight. Ela nunca tinha ido ao país, mas ficara fascinada pelas histórias do príncipe Albert das visitas ao subcontinente, e chegou a contratar um garoto indiano específico, de quem se tornou bem próxima, como secretário pessoal, mesmo que ele, como toda a criadagem, tivesse ordens de desviar o olhar ao falar com a soberana. Havia uma foto do garoto no quarto, vestindo o turbante que a rainha aparentemente insistira para bordar em ouro, apesar de não ser do costume dele. Os olhos do garoto eram grandes e sérios, e a pele brilhava. Eu o imaginei desenrolando o turbante, revelando o cabelo preto e serpenteante, e Victoria – com cinquenta e muitos anos, enfiada em corpetes, o cabelo em um penteado tão apertado que dava dor de cabeça – observando, desejando tocá-lo. Ele parecia uma menina linda. Por isso eles usavam barbas e espadas, pensei.

Apesar de o quarto me parecer incrivelmente frívolo e praticamente imoral – todas aquelas presas de elefante, só para divertir uma rainha intrigada pelo exotismo –, eu sabia o que você queria dizer quando elogiou a ousadia, a "beleza fabulosamente inútil", como você descreveu. Na verdade, o cômodo prendeu tanto minha atenção que não notei quando você e Tom saíram. Quando acabei de analisar mais um bordado de milhões de fios dourados, vocês dois não estavam em lugar algum.

    Finalmente, vislumbrei seu lenço vermelho, lá fora, entre o topiário. O guia começava a preparar o grupo para seguir em frente, mas eu me demorei, próxima à janela. Tom estava de pé, com as mãos nos bolsos, meio escondido por um arbusto alto. Você estava de frente para ele. Nenhum de vocês␣sorria, nem dizia nada; só se olhavam, com a mesma intensidade com que eu olhara para a foto do garoto indiano. Os corpos de vocês estavam próximos, os olhares, penetrantes e, quando você levou a mão ao braço de Tom, tive certeza de ver, por um mero momento, meu marido fechar os olhos e abrir a boca.

❧○❧

Ontem à noite, depois de você dormir, fiquei acordada, na esperança de conversar com Tom. Isso envolveu perturbar nossa rotina de costume, que foi estabelecida quando nos aposentamos: toda noite, preparo um jantar sem graça, muito diferente dos banquetes que você fazia para nós – lasanha pré-pronta, torta de frango ou linguiças do açougueiro de Peacehaven, que consegue ser ao mesmo tempo grosseiro e prestativo. Comemos à mesa da cozinha, às vezes conversamos um pouco sobre o cachorro ou as notícias, e em seguida lavo a louça enquanto Tom leva Walter para um último passeio, uma volta na quadra. Depois, vemos televisão por mais ou menos uma hora. Tom compra o *Radio Times* toda semana e destaca os programas que não quer perder com um marca-texto amarelo. Temos uma antena parabólica, então ele tem acesso ao History Channel e ao National Geographic.

Enquanto Tom vê mais um documentário sobre ursos-polares, como César construiu o império ou Al Capone, em geral eu leio o jornal ou faço palavras cruzadas, e vou dormir antes das dez, deixando-o livre para pelo menos mais duas horas de televisão.

Como você deve ter notado, há algo nessa rotina que inibe conversas de verdade, ou qualquer tipo de desvio. Também há algo, eu acho, que tanto eu quanto Tom achamos confortável.

Desde que você chegou, eu faço seu jantar, que dou para você de colher, para evitar problemas, antes de me sentar para comer com Tom. Apesar de você estar na cama, no quarto no fim do corredor, não falamos da sua presença.

Ultimamente, contudo, eu desenvolvi o hábito de me sentar com você enquanto meu marido vê televisão, e Tom não falou nada a respeito disso.

Então, em vez de me juntar a ele na sala, eu me sento à sua cabeceira e leio em voz alta. No momento, estamos lendo *Anna Karênina*. Embora você ainda não consiga falar, sei que entende todas as palavras que leio, Patrick, e não só porque com certeza conhece bem o romance. Vejo que você fecha os olhos e se envolve no ritmo das frases. Seu rosto e seus ombros relaxam, e o único som, além da minha voz, é o zumbido regular da televisão na sala. Sempre achei impressionante a compreensão que Tolstói tem da mente feminina. Ontem à noite, li uma das minhas partes preferidas – as reflexões de Dolly sobre o sofrimento da gravidez e do parto –, e fiquei com os olhos marejados, porque muitas vezes, ao longo dos anos, desejei tais sofrimentos, imaginando que ter filhos me aproximaria de Tom (apesar de tudo, tenho convicção de que ele queria filhos) e, mesmo quando soube que isso não aconteceria, imaginei que filhos talvez me aproximassem de mim mesma.

Enquanto eu chorava, você olhou para mim. Seus olhos, que nos últimos dias parecem perturbados, estavam suaves. Escolhi interpretar pena em seu olhar.

– Desculpe – falei.

Você fez um leve movimento de cabeça. Não chegou a ser um aceno, mas talvez estivesse próximo disso.

Quando saí do seu quarto, me senti estranhamente alegre, e talvez fosse esse o motivo para eu me sentar, ainda vestida, na beira da cama até depois de uma da manhã, esperando Tom ir se deitar.

Ouvi, então, os passos leves dele no tapete do corredor, o bocejo alto.

– Está indo dormir tarde – falei, parada à porta, em voz baixa.

Ele levou um susto, mas logo o rosto voltou à expressão de cansaço.

– Podemos conversar?

Deixei a porta do meu quarto aberta, como convite, me sentindo de novo como a diretora que fui no fim do meu trabalho na St. Luke's, quando eu tinha que ter uma "conversinha" com uma nova professora sobre levar a sério as responsabilidades do recreio, ou os perigos de se aproximar demais de crianças mais carentes.

Ele olhou para o relógio. Abri um pouco mais a porta.

– Por favor – acrescentei.

Meu marido não se sentou no meu quarto. Em vez disso, andou de um lado para outro, como se aquele fosse um lugar desconhecido por inteiro (o que, de certa forma, suponho ser verdade). Lembrei-me da nossa primeira noite juntos no Ship. Meu quarto é muito diferente do hotel, entretanto: em vez de cortinas, tenho uma prática veneziana de madeira; em vez do edredom bordado, tenho uma manta que não precisa ser passada. Os itens foram comprados, juntamente com os móveis do quarto, na IKEA, assim que nos mudamos. Não pensei muito na tarefa, e a IKEA me ajudou, como eles disseram, a "me livrar dos excessos". Assim se foram as coisinhas que eu tinha herdado dos meus pais – não que fossem muitas: uma luminária de pé com franjas no abajur, um espelho de parede com prateleiras ornamentais, uma mesa de carvalho arranhada – e veio a decoração IKEA. Eu queria simplicidade, suponho. Mais do que uma tentativa de um novo começo, era uma recusa de me envolver com o processo. Talvez um desejo de me anular do lugar como um todo. Para isso, as paredes foram pintadas de um tom de biscoito, e os móveis são todos feitos de madeira artificial, em uma cor que chamam de "loira". A palavra me faz sorrir: é tão engraçada quando aplicada a um armário. *Loira*. Tão glamorosa, voluptuosa. Gostosas são loiras. E sereias. E Tom, claro, foi loiro, apesar de agora ter cabelo grisalho – ainda grosso, mas sem o brilho da juventude.

Minha única extravagância no quarto é a estante que mandei fazer, cobrindo uma parede toda, do chão ao teto. Sempre admirei as suas estantes, Patrick, em Chichester Terrace. É claro que as minhas não são impressionantes como as suas, que eram feitas de mogno e cheias de exemplares encapados em couro e livros de arte enormes. Eu me pergunto o que aconteceu com aqueles livros. Não vi nem sinal deles na sua casa em Surrey, aonde fui por volta de um mês atrás, primeiro para tentar encontrá-lo antes de saber que você estava no hospital, e depois para buscar algumas coisas suas para trazer para cá. Aquela casa é muito diferente do seu apartamento em Chichester Terrace. Quanto tempo você deve ter vivido sozinho lá, depois da morte da sua mãe? Mais de trinta anos, eu sei. O que você fez durante esse tempo, não faço ideia. O vizinho que me contou sobre o seu derrame disse que você se mantinha recolhido, mas sempre o cumprimentava e fazia perguntas muito atentas sobre a saúde dele quando o via na rua, o que me fez sorrir. Foi assim que soube que tinha definitivamente encontrado o Patrick Hazlewood certo.

Tom parou, depois de uma volta completa no quarto, na frente da janela, com os braços cruzados.

– É sobre o Patrick – falei.

Ele soltou um grunhido.

– Marion. Está tarde...

– Ele perguntou por você. Outro dia. Ele falou seu nome.

Tom olhou para o carpete bege.

– Não. Não falou – respondeu ele.

– Como você sabe?

– Ele não falou meu nome.

– Eu ouvi, Tom. Ele pediu por você.

Tom suspirou, sacudiu a cabeça.

– Ele teve dois derrames graves, Marion. O médico disse que é só questão de tempo até um terceiro. Ele não fala. Nunca vai voltar a falar. Você está imaginando coisas.

– Ele melhorou consideravelmente – argumentei, sabendo que estava exagerando, pois você não dissera mais nada desde o dia em que pronunciara o nome de Tom. – Ele só precisa ser encorajado. Precisa ser encorajado por você.

– Ele tem quase oitenta anos.

– Tem setenta e seis.

Tom me olhou nos olhos, enfim.

– Já falamos disso tudo. Eu nem sei por que você trouxe ele para cá. Não sei que tipo de estratagema esquisito tem em mente – falou, e soltou uma gargalhada. – Se quer brincar de enfermeira, fique à vontade. Mas não espere que eu me envolva nisso.

– Ele não tem ninguém – falei.

Fez-se um longo silêncio. Tom descruzou os braços e passou a mão no rosto cansado.

– Vou deitar agora – disse, baixinho.

– Ele está sofrendo – insisti, em tom de súplica. – Ele precisa de você.

Tom parou na porta e se voltou para mim, o olhar ardendo de raiva.

– Ele precisava de mim anos atrás, Marion.

Com isso, ele saiu.

Começo do verão de 1958. Já estava quente; na escola, o cheiro de leite morno era fortíssimo, e a hora do cochilo das crianças era agradável e relaxante, até para mim. Por isso, quando Julia sugeriu que levássemos nossas duas turmas a um passeio em Woodingdean, para ver a natureza, achei uma ótima ideia. A diretora liberou uma sexta-feira à tarde. Deveríamos pegar o ônibus e andar até Castle Hill. Como a maior parte das crianças, eu nunca estivera lá, e pensar em uma folga da rotina da escola era tão empolgante para mim quanto para elas. Passamos a semana desenhando as plantas e os animais que esperávamos ver – lebres, cotovias, juncos – e fiz todas as crianças aprenderem a escrever "consolda", "orquídea" e "prímula". Devo admitir, Patrick, que fui inspirada sobretudo pelas coisas que você mostrou para mim e para Tom nos nossos passeios pela ilha de Wight.

Saímos da escola às onze e meia, as crianças agarradas às lancheiras, andando em fila, Julia na frente, eu atrás. Era um dia lindo, com vento, mas quente, e as castanheiras silvestres em flor apontavam seus botões para a estrada ao longo do caminho pelo hipódromo até Woodingdean. Milly Oliver, a menina quieta e magricela com cachos pretos enormes de quem eu achara difícil desviar o olhar no meu primeiro dia de trabalho, vomitou antes mesmo de chegarmos às colinas. Bobby Blakemore, o menino com o cabelo de pegada de bota, ficou no fundo do ônibus, mostrando a língua para os carros que passavam. Alice Rumbold passou o caminho todo falando da nova moto que o irmão comprara, apesar de Julia ter várias vezes pedido a ela que se calasse. A maioria das crianças, contudo, ficou quieta, em expectativa, olhando pela janela conforme abandonávamos a cidade e nos aproximávamos das colinas e do mar.

Paramos nos limites da vila e Julia nos conduziu pelas colinas. Ela era sempre tão cheia de energia. Na época, eu achava essa energia sem limites um pouco intimidante, mas hoje sinto saudade. Ela teria dado banho em você com uma rapidez incrível, Patrick. Naquele dia, ela vestia uma calça de sarja, um suéter leve e sapatos grossos, com um colar de contas laranja-vivo e óculos grandes com armação de casco de tartaruga. Um monte de crianças a seguia e ela aproveitava todas as oportunidades de manter contato por meio de toques, notei. Dava tapinhas nos ombros, as guiava com a mão firme nas costas, e se ajoelhava para falar com elas, segurando seus cotovelos. Eu prometi a mim mesma que seria mais como ela. Eu raramente me permitia encostar nas crianças, mas, diferentemente de alguns outros professores, não tinha o hábito de bater nelas e, conforme progredi na carreira, não senti necessidade desse tipo de castigo. Lembro que precisei bater com a régua em Alice Rumbold, no começo. Ela me olhou de frente quando bati com a madeira na palma dela, os olhos firmes e pretos; quase derrubei a régua, de tanto que minha mão tremia. Minha própria timidez, o suor dos meus dedos hesitantes e a intensidade do olhar de Alice me fizeram bater na mão dela com mais força do que devia e, pelas semanas seguintes, me arrependi do castigo como um todo.

Foi um alívio descer para longe do alcance do vento e olhar para o vale profundo. Apesar de sempre ter vivido em Brighton, eu nunca tinha de fato entendido que uma paisagem daquelas cercava minha cidade. As colinas eram desprovidas de árvores, mas isso só parecia enaltecer a beleza das curvas, e as cores – do marrom arroxeado ao verde dos grilos – brilhavam no ar fresco. As cotovias cantavam de modo insistente no céu, assim como na ilha de Wight, e florzinhas amarelas pontilhavam a grama. Dava para ver o mar, que soltava faíscas brancas. Parei e observei, deixando o sol esquentar meus braços nus. Eu não tinha me preparado para a força do vento ali no alto, e tinha deixado o casaquinho na cadeira da sala de aula, ficando só com a blusa cor-de-rosa.

Julia disse para as crianças que elas podiam comer, e nós duas nos sentamos atrás do grupo, um pouco afastadas, para ficar de olho nelas. Juncos grossos e espinhentos nos cercavam, exalando um cheiro de coco que dava à cena uma sensação de férias.

Quando acabei meus sanduíches de ovo com agrião, Julia me ofereceu um sanduíche dela.

– Pode comer – ofereceu, levantando os óculos até o cabelo. – É de salmão defumado. Uma amiga consegue comprar barato.

Eu não sabia se gostava de salmão defumado, porque nunca tinha provado, mas peguei um sanduíche e mordi. O sabor era intenso: salgado, como o mar, mas com uma suavidade oleosa. Amei na mesma hora.

Bobby Blakemore se levantou e eu o mandei sentar até todos acabarem de comer. Para minha surpresa, ele logo obedeceu.

– Você está melhorando nisso – murmurou Julia, com uma risadinha, e eu corei, lisonjeada. – Então... Você não me contou sobre a lua de mel. Foi na ilha de Wight, não é?

– Foi – respondi. – Foi... Bom... – tentei, e uma risada nervosa escapou. – Foi ótimo.

Julia ergueu as sobrancelhas e analisou meu rosto com tanto interesse que eu fui obrigada a continuar.

– Ficamos no chalé do Patrick, amigo do Tom. Ele foi nosso padrinho de casamento.

– Eu lembro – disse Julia, com uma pausa para morder e mastigar um pedaço de maçã. – Generoso da parte dele, não é?

Olhei para as unhas. Eu não contara para ninguém que ele tinha ficado lá conosco, nem mesmo para meus pais, e definitivamente não para Sylvie.

– Então vocês se divertiram? – perguntou ela.

Algo naquele dia, a claridade quente, tornou a confissão irresistível. Por isso, falei:

– Ah, sim, Tom e eu nos divertimos muito. Mas ele também foi.

– Quem?

– O amigo do Tom. Patrick. Só nos últimos dias.

Dei mais uma mordida no sanduíche e desviei o olhar de Julia. Assim que as palavras saíram, reparei como eram horríveis. Quem suportaria estar em trio numa lua de mel? Só uma idiota.

– Entendi – disse Julia, acabando a maçã e jogando o miolo em meio aos juncos. – Você se incomodou?

Não fui capaz de falar a verdade.

– Não muito. Ele é um ótimo amigo. De nós dois. – Julia assentiu e eu continuei: – Ele é um homem interessante, na verdade. É curador no museu. Sempre nos leva a peças e concertos, paga por tudo.

Julia sorriu.

– Eu gostei dele. Ele é *comme ça*, não é?

Eu não fazia ideia do que ela queria dizer. Estava me olhando com certa esperança, um brilho nos olhos, e eu queria entender o sentido daquilo, mas não consegui.

Vendo minha confusão, ela se aproximou e falou, em uma voz que não considerei nem perto de baixa o bastante:

– Ele é homossexual, não é?

O salmão defumado se transformou em um óleo rançoso na minha boca. Eu mal acreditava que ela tinha pronunciado aquela palavra com tanta tranquilidade, como se perguntasse o signo ou o número do sapato dele.

Ela deve ter notado meu pânico, porque acrescentou:

– Quer dizer... Achei que ele fosse. Quando o conheci... Mas talvez eu esteja errada?

Tentei engolir, mas minha barriga protestou e minha boca ficou seca.

– Ah, querida – disse Julia, levando a mão ao meu braço, assim como fazia ao se ajoelhar para conversar com os alunos. – Eu choquei você.

Consegui rir.

– Não, não...

– Desculpe, Marion. Talvez eu não devesse ter dito isso.

Bobby Blakemore se levantou de novo, e gritei para ele se sentar. O garoto me olhou, chocado, e se ajoelhou.

Julia ainda estava com a mão no meu braço, e eu a ouvi falar:

– Ai, que idiota que eu sou... Sempre me intrometo demais. Eu só achei que talvez... Quer dizer, eu supus...

– Não importa – falei, me levantando. É melhor andarmos, senão vamos desperdiçar a tarde.

Bati palmas e mandei as crianças se levantarem.

Julia assentiu, talvez um pouco aliviada, e tomou a dianteira, guiando as crianças colina abaixo, apontando para pássaros e plantas, nomeando tudo o que via. Mas eu não conseguia olhar para ela. Não conseguia olhar para nada além dos meus pés, pisando pesados na grama.

Não posso dizer, Patrick, que não tinha pensado naquilo antes. Entretanto, até aquele momento em Castle Hill, ninguém tinha pronunciado a palavra para mim, e eu tinha feito meu melhor para enterrá-la no meu cérebro, em um lugar que nunca pudesse ser avaliada. Como eu poderia começar a admitir uma coisa dessas? Na época, era inadmissível. Eu não sabia nada sobre a vida gay, como eu diria hoje. Só sabia das manchetes dos jornais: o caso Montagu foi o mais famoso, mas eram mais frequentes as notícias menores do *Argus*, normalmente na página dez, entre os divórcios e as violações de leis do trânsito. "Diretor acusado de atentado ao pudor" ou "Empresário cometeu atos invertidos". Eu mal olhava. Eram tão recorrentes que me pareciam quase comuns; era o que se esperava ver no jornal, junto da previsão do tempo e da programação do rádio.

Pensando em retrospecto, ao escrever isto, é óbvio que eu sabia, em algum nível, desde o começo – talvez desde que Sylvie me dissera que Tom "não era desses", e decerto desde o momento que eu vi vocês juntos na frente da casa Osborne. Na época, contudo, não me pareceu óbvio – ou, pelo menos, *admissível* – de maneira alguma, e agora acho impossível identificar o momento exato em que eu permiti a verdade toda me atingir. A visita a Castle Hill, entretanto, com certeza foi decisiva. Dali em diante, eu não conseguia mais parar de pensar em você, e portanto em Tom, dessa nova forma. A palavra fora dita, e não havia como voltar atrás.

Quando voltei para casa – tínhamos nos mudado para uma casinha de dois andares na rua Islingword, não uma casa da polícia, como esperávamos, mas uma que ficara disponível por meio da influência de um dos colegas de trabalho de Tom –, estava determinada a falar com meu marido. De modo consciente, eu me disse que só estava dando a ele a oportunidade de negar. A situação se resolveria rápido e seguiríamos em frente.

Eu só conseguia pensar nas palavras com que começaria: "Hoje a Julia falou uma coisa horrível sobre o Patrick". Fora isso, eu não sabia o que diria, ou até onde chegaria. Não conseguia ver além da primeira frase, e a continuei repetindo na minha cabeça, durante o caminho para casa, tentando me convencer que aquelas palavras sairiam da minha boca, pouco importava qual rumo a conversa tomasse.

Tom estava trabalhando nos turnos da manhã naquela semana, então chegou em casa antes de mim. Eu tinha esperança de ele não estar, para me dar tempo de me acalmar e me preparar de alguma forma para a discussão que viria, mas, assim que passei pela porta, senti o cheiro de sabonete. A casa tinha um banheiro no segundo andar e um lavabo no corredor do térreo, mas Tom gostava de tirar a roupa e se lavar na pia da cozinha depois do trabalho. Ele enchia a pia, botava a chaleira no fogo e, quando tinha acabado de lavar o rosto, o pescoço e as axilas, a água já tinha fervido e ele estava pronto para tomar um chá. Eu nunca desencorajara o hábito; na verdade, sempre gostava de vê-lo se lavar assim.

Entrei na cozinha, larguei a cesta de livros e vi as costas nuas dele. *Hoje a Julia falou uma coisa horrível sobre o Patrick*. Ainda não tinha me acostumado a ver a pele do meu marido e, em vez de falar logo, parei para admirá-lo, observando o movimento dos ombros musculosos quando ele esfregou o pescoço com uma toalha. A chaleira estava apitando, enchendo a pequena cozinha de vapor, e eu desliguei o fogo.

Tom se virou.

– Chegou cedo hoje – falou, sorrindo. – Como foi o passeio?

Apesar do seu entusiasmo por caminhar, Patrick, Tom sempre se sentia mais à vontade na água e achava caminhadas uma certa perda de tempo.

Para ele, isso não era exercício – não cansava o suficiente, não era arriscado o suficiente. Agora, é claro, ele passa muito tempo caminhando pelas colinas com Walter, mas, naquela época, que eu soubesse, ele nunca andava sem um destino específico.

– Foi bom – respondi, dando as costas para ele e começando a preparar o chá.

Hoje a Julia falou uma coisa horrível sobre o Patrick. Vê-lo – tão glorioso na luz da tarde que entrava pela janelinha da nossa cozinha – tinha me confundido. Seria tão mais fácil, pensei, não dizer nada. Eu podia enterrar aquela palavra de Julia no mesmo canto da minha cabeça em que eu guardava os comentários de Sylvie e a imagem de você e Tom na frente da casa Osborne. Ali estava meu marido, o homem por quem eu esperara tanto, seminu na minha frente, na nossa cozinha. Eu não podia enfiar uma palavra daquelas na nossa vida.

Tom me deu um tapinha no ombro.

– Vou vestir uma camisa limpa, depois podemos tomar um chá.

Levei o chá à sala de estar e o deixei na mesa em frente à janela, onde comíamos. Tínhamos herdado uma toalha de mesa da mãe de Tom: era feita de um tecido aveludado espesso amarelo mostarda, e eu a odiava. Lembrava casas de velhos e funerárias. Era a toalha de mesa perfeita para um vaso de planta feio, talvez uma aspidistra. Larguei minha xícara sem cuidado, querendo derramar chá e manchar o tecido. Então me sentei e esperei por Tom, olhando ao redor da sala, pulando de um pensamento para outro. *Hoje a Julia falou uma coisa horrível sobre o Patrick.* Eu precisava falar. Encarei o piso de linóleo, imaginando as traças que eu sabia que viviam lá embaixo, metálicas e rastejantes. Nosso quarto, de frente para a rua, era arejado e iluminado, com duas janelas grandes e as paredes pintadas, em vez de revestidas com papel de parede, mas a sala ainda era sombria e meio úmida. Eu precisava dar um jeito nisso, pensei. *Hoje a Julia falou uma coisa horrível sobre o Patrick.* Eu podia comprar uma luminária nova em um dos bazares da rua Tidy. Podia arriscar me livrar daquela toalha de mesa horrível. *Hoje a Julia falou uma coisa horrível sobre o Patrick.* Eu devia ter falado assim que entrei pela porta. Não devia ter me dado tempo para pensar. *Hoje a Julia falou uma coisa horrível sobre o Patrick.*

Tom voltou e se sentou à minha frente. Ele se serviu de chá e bebeu um gole longo. Quando acabou, serviu mais uma xícara e bebeu ávido de novo. Eu vi que ele contraiu a garganta e fechou os olhos ao engolir, e de repente me dei conta de que nunca via o rosto de Tom quando fazíamos amor. Tínhamos entrado em um certo padrão àquela altura, e as noites de sábado, a cada duas semanas, eram, eu me dizia, um pouco melhores. Eu começara a procurar, todo mês, sinais de gravidez e, se minha menstruação atrasava um dia sequer, me sentia tonta de alegria. No entanto, Tom sempre apagava as luzes, e costumava enfiar a cabeça no meu ombro, então era impossível que eu visse a expressão dele nos nossos momentos mais íntimos.

Eu me agarrei à raiva que senti diante daquela injustiça. Assim que Tom pegou um biscoito, deixei as palavras saírem:

– Hoje a Julia falou uma coisa sobre o Patrick.

Eu não consegui falar "horrível". Foi que nem no meu primeiro dia na St. Luke's, quando minha voz parecia completamente desconectada do meu corpo. Eu devia soar trêmula, porque Tom largou o biscoito e observou meu rosto. Eu pisquei, tentando me controlar, e ele perguntou, calmo:

– Ela conhece ele?

Ele estava tão calmo, Patrick. Não era a resposta que eu esperava, se é que esperava alguma coisa. Eu imaginara, vagamente, negações imediatas, ou pelo menos uma atitude defensiva de Tom. Em vez disso, ele pegou uma colher e começou a mexer o chá, esperando que eu respondesse.

– Ela foi apresentada a ele. No casamento.

Tom assentiu.

– Então eles não se conhecem.

Eu não podia discordar. Era como se ele tivesse me jogado, com cuidado, mas com firmeza, de lado. Sem saber como proceder, olhei para a rua pela janela. Se desviasse o olhar do meu marido, eu podia sustentar a raiva. Podia até soltar aquele temperamento ruivo. A briga que eu queria podia chegar.

Depois de um momento, Tom deixou a colherzinha bater contra o pires e perguntou:

– O que ela falou, afinal?

Ainda olhando pela janela, erguendo um pouco a voz, falei:

– Que ele é... *Comme ça*.

Tom soltou um barulhinho de desprezo, um som que eu nunca ouvira dele. Era o tipo de som que você faria, Patrick, diante de um comentário especialmente imbecil. Contudo, quando olhei para meu marido, vi no rosto dele a expressão de quando estávamos no alto do tobogã: as faces pálidas, a boca torta, os olhos arregalados e concentrados em mim. Por um momento, ele pareceu tão fraco que eu queria não ter dito nada; queria pegar a mão dele, dizer que era uma brincadeira boba, um erro. Mas ele engoliu em seco e, de uma vez, alinhou a expressão. Ele se levantou e perguntou, em voz alta e firme:

– O que isso quer dizer?

– Você sabe – respondi.

– Não. Não sei.

Sustentei o olhar dele. Eu me senti como uma suspeita sendo interrogada. Sabia que Tom estava participando de interrogatórios na polícia.

– Diga, Marion. O que isso quer dizer?

A frieza da voz de Tom fez minhas mãos tremerem, meu maxilar travar. Eu vi tudo se esvaindo, tudo o que eu tinha: meu marido, minha casa, minha chance de ter uma família. Eu sabia que ele podia tirar tudo aquilo de mim, em um instante.

– O que quer dizer, Marion?

Concentrando o olhar na toalha mostarda detestável, consegui falar:

– Que ele é... Um invertido sexual.

Eu me preparei para uma explosão, para Tom jogar a xícara na parede, virar a mesa. Em vez disso, ele riu. Não foi uma das gargalhadas típicas dele, altas e gostosas. Foi um som mais cansado, como se soltasse uma amargura reprimida.

– Ridículo – falou. – Completamente ridículo. – Não olhei para ele, e Tom continuou: – Ela nem conhece ele. Como pode dizer uma coisa dessas?

Não tive resposta.

– Se quiser conhecer invertidos sexuais, como você descreveu, posso te mostrar, Marion. Eles chegam na delegacia toda semana. Usam coisas... Rouge e tal... No rosto. E joias. É patético. E tem o jeito de andar. Dá para notar de longe. O pessoal prende os mesmos o tempo todo. O novo chefe quer que a gente tire esse pessoal da rua. Ele não para de falar nisso. A gente pega eles no banheiro da Plummers Roddis, sabia?

– Tudo bem – falei. – Já entendi...

Mas Tom tinha entrado no embalo, e se envolveu no assunto.

– Patrick não é assim, é? Um boiola de punho frouxo. Acha que ele seria assim? – insistiu ele, e riu de novo, um pouco mais baixo. – Ele tem um emprego respeitável. Você acha que ele estaria onde está se fosse... O que você falou? E ele nos trata muito bem. Olha como ele ajudou no casamento.

Era verdade que você tinha comprado o terno de Tom.

– Acho que você precisa corrigir essa sua amiga. Ela pode causar muitos problemas, dizendo essas coisas.

Sem querer ouvir uma palavra a mais naquela voz suave de policial, me levantei para tirar a mesa. No entanto, quando levei a bandeja à cozinha, Tom veio atrás de mim.

– Marion – insistiu. – Você sabe que é ridículo isso que ela disse, não sabe?

Eu o ignorei, colocando as xícaras na pia, pegando o bacon da geladeira.

– Marion? Quero que você me prometa que vai corrigi-la.

Naquele momento, eu estava perto de jogar alguma coisa. De bater a porta da geladeira e gritar para ele calar a boca. De informar que eu podia fazer vista grossa, mas que não aceitaria, de maneira alguma, ser tratada como criança.

Até que Tom levou as mãos aos meus ombros e os apertou. Sob o toque dele, suspirei. Ele beijou meu pescoço.

– Promete?

A voz dele era gentil e ele me virou e beijou meu rosto. A briga se esvaíra de mim, deixando só exaustão. Era o que eu via no rosto dele, também: um cansaço ao redor dos olhos.

Assenti, concordando. E, apesar de ele sorrir e propor "Vamos comer batata frita? Você sabe que é o que mais gosto. Especialmente quando você faz", eu sabia que não diríamos mais nada a noite toda. Contudo, eu não esperava a ferocidade com que Tom fez amor comigo naquela noite. Eu ainda lembro. Foi a única vez que ele me despiu. Ele puxou minha saia para baixo com uma mão e me empurrou para a cama. O corpo dele se movia com nova intenção. Eu senti, Patrick, que ele queria aquilo de verdade. Esqueci as palavras de Julia, pelo menos durante a noite, e depois dormi de modo profundo no peito de Tom, sem sonhar com nada.

Semanas se passavam. Em julho, Tom anunciou que se organizara para passar a tarde de sábado, a cada duas semanas, com você, assim como toda noite de terça-feira, porque você estava finalizando o retrato. Não protestei. Às vezes, você vinha nos ver nas noites de quinta e sempre trazia vinho e falava com alegria sobre peças e filmes. Certa noite, enquanto comíamos minha torta de carne meio borrachuda, você disse que enfim convencera seu chefe a organizar uma série de visitas para crianças no museu, e perguntou se minha turma queria ser a primeira. Aceitei. Em grande parte para agradar Tom, para convencê-lo de que eu tinha esquecido o que Julia dissera, mas também, acho, para ter a oportunidade de ver você sozinha. Eu sabia que não podia discutir o assunto com você, mas, sem a presença de Tom, achei que talvez pudesse avaliá-lo por conta própria.

A tarde da visita foi ensolarada e, no ônibus para o centro da cidade, me arrependi de ter concordado com seu plano. Era quase o fim do semestre. As crianças estavam cansadas e dispersas por causa do calor, e eu estava ansiosa porque teria que demonstrar minhas competências de ensino na sua frente, com medo de Bobby Blakemore ou Alice Rumbold me desafiarem na sua presença, ou de Milly Oliver decidir desaparecer, nos obrigando a procurar pelo museu inteiro.

Quando entrei, no entanto, saindo da luz ofuscante da rua, foi um certo alívio estar naquele lugar tranquilo e frio, o silêncio aquietando o agito das crianças. Foi muito diferente dessa vez: não tão proibido ou escondido como antes, talvez porque eu estivesse determinada a afirmar meu direito de estar ali. O lindo chão de mosaico desenhava uma espiral à minha frente, e por todos os lados estavam bordas arredondadas e decorações de madeira – ao redor das janelas, das portas – na forma de torrezinhas, ecoando o pavilhão lá fora.

As crianças também pararam para admirar, mas não tivemos muito tempo, porque, para minha surpresa, você apareceu quase de imediato para nos cumprimentar. Foi como se estivesse de olho de uma janela lá no alto, esperando que chegássemos. Você avançou na minha direção, sorrindo, estendendo as mãos, dizendo como estava feliz e honrado por estarmos ali. Você vestia um terno claro e cheirava, como sempre, a perfume caro; quando suas mãos pegaram as minhas, seus dedos estavam frios e secos. Você parecia perfeitamente em casa ali, em total controle do ambiente. Seus passos, notei, eram ainda mais altos que os meus nos azulejos, e você não hesitava em erguer a voz ou bater palmas com vigor ao guiar as crianças pelo corredor, dizendo que tinha algo mágico para mostrar. Era, claro, o gato do dinheiro, que você demonstrou, usando uma moedinha reluzente. As crianças se empurraram e puxaram para chegar à frente do grupo, para ver a barriga do gato acender, e você usou várias moedas, garantindo que todas as crianças vissem a maravilha. Milly Oliver, contudo, se afastou, com medo daqueles olhos demoníacos, e eu a achei a menina mais sensata de todas.

Conforme a tarde avançou, eu vi que você estava sinceramente feliz pela presença das crianças ali e, em resposta, elas gostaram de você. Na verdade, você chegava a resplandecer, as guiando pelas obras que tinha selecionado, o que incluía uma máscara de madeira da Costa do Marfim, decorada com ossos de pássaros e dentes de animais, e um vestido preto de veludo da era vitoriana com anquinha traseira, que fazia o panejamento avolumar-se em cascatas, e todas as meninas apertaram o rosto contra a vitrine para poder ver melhor.

Depois da visita, você nos levou a uma salinha com janelas arqueadas enormes, onde tinham sido instaladas mesas e cadeiras, além de aventais, potes de tinta e cola e caixas de tesouros: canudos, plumas, conchas, estrelas de papel douradas. Você pediu às crianças que fizessem as próprias máscaras, usando os moldes de papelão oferecidos e, juntos, nós as supervisionamos, enquanto elas colavam e pintavam todo tipo de coisa, nas máscaras e nelas próprias. Às vezes, eu ouvia você rir alto e, ao olhar, via que experimentava uma das máscaras, ou dava instruções para torná-la mais assustadora, ou, como eu o ouvi dizer, "um tiquinho mais cinematográfica". Tive que esconder um sorriso quando Alice Rumbold o encarou, incrédula, quando você falou que a criação dela era "um verdadeiro primor". Era provável que ela nunca ouvira aquela palavra e, se tivesse ouvido, certamente não se referia a nada que ela fizera. Você deu um tapinha na cabeça dela, acariciou o bigode e sorriu, e ela me olhou, ainda sem saber como interpretar a reação. Alice acabou demonstrando um verdadeiro talento para artes. Eu fora incapaz de notar, mas você viu com clareza. Lembrei o que Tom falara sobre você, logo no começo: "Ele não faz suposições apenas pela aparência". Naquele momento, eu soube que era verdade, e senti certa vergonha.

Na saída, você tocou meu cotovelo e disse:

– Obrigado, Marion, pela tarde maravilhosa.

Estávamos na sombra do saguão, as crianças aglomeradas ao meu redor, todas agarradas às máscaras e olhando para as portas de vidro, querendo voltar para casa. Já estava bem tarde; eu estava me divertindo tanto que me esqueci de prestar atenção ao relógio.

Tinha sido uma tarde maravilhosa. Eu não podia negar.

– É muito gentil da sua parte deixar Tom ir a Veneza – você disse. – Sei que ele ficou feliz.

Quando você disse aquilo, não desviou o olhar de mim. Não havia toque de vergonha, ou malícia, em seu tom. Você só declarava os fatos. Seus olhos estavam sérios, mas você abriu um sorriso maior.

– Ele mencionou, não?

– Tia, a Milly está chorando.

Ouvi a voz de Caroline Mears, mas não entendi exatamente o que ela dizia. Eu ainda estava tentando entender você. *Gentil. Tom. Veneza.*

– Acho que ela se molhou, tia.

Olhei para Milly, que, cercada por umas cinco crianças, estava sentada no chão de mosaico, aos prantos. Os cachos pretos caíam ao redor da face dela em mechas bagunçadas, havia uma peninha branca colada ao rosto e ela tinha jogado a máscara de lado. Eu estava acostumada com o odor avinagrado da urina infantil. Na escola, era fácil lidar: se a criança tinha vergonha de chamar a atenção para o fato e não tinha molhado demais o chão ou a cadeira, eu costumava fazer vista grossa. Se reclamasse, ou se o cheiro fosse insuportável, eu a mandava para a enfermeira, que dava uma bronca eficiente e bondosa sobre os perigos de não ir ao banheiro no intervalo, e tinha sempre uma pilha de roupas de baixo limpas, mesmo que velhas.

Mas ali não tinha enfermeira e o fedor era inconfundível, assim como a poça amarelada embaixo de Milly.

– Ah, minha nossa – você disse. – Posso ajudar de alguma forma?

Olhei para você.

– Sim – respondi, alto o bastante para as crianças ouvirem. – Você pode levar essa menina ao banheiro, limpar a bunda molhada dela e tirar uma calcinha limpa do ar. Seria uma boa ajuda.

Seu bigode tremeu.

– Acho que não tenho como fazer isso...

– Não? Então vamos embora – falei, levantando Milly pelo braço. – Está tudo bem – declarei, pulando a poça escorregadia no mosaico. – O sr. Hazlewood vai cuidar da sujeira. Pode parar de chorar. Crianças, agradeçam ao sr. Hazlewood.

Elas fizeram um coro fraco de agradecimentos, e você sorriu.

– Obrigado a *vocês*, crianças...

– Vá na frente, Caroline – interrompi. – Já passou da nossa hora.

Guiei as crianças porta afora e não olhei para trás, mesmo sabendo que você ainda estava ao lado da mancha de urina de Milly, estendendo uma mão imaculada para mim.

Cheguei em casa e Tom não estava, então arremessei um pires na cozinha. Foi uma especial alegria escolher um que a mãe dele nos tinha dado de presente de casamento, louça fina decorada com pontinhos vermelho-sangue. O som delicioso do estilhaçar e a força que descobri ter ao arremessá-lo contra a porta dos fundos foram tão bons que imediatamente joguei outro, e depois mais outro, vendo o último prato errar por pouco a janela, causando uma explosão e não duas, como eu esperava. Essa decepção me acalmou um pouco, e respirei melhor. Eu estava, notei, suando profusamente, com as costas da blusa encharcadas e a cintura da saia arranhando minha pele. Tirei os sapatos com um chute, desabotoei a blusa e andei pela casa, escancarando todas as janelas para sentir na pele a brisa do início de noite, como se pudesse extravasar a raiva assim. No quarto, remexi a parte de Tom no armário, arrancando as camisas, as calças e os paletós dos cabides, procurando alguma coisa que pudesse me deixar com mais raiva do que já sentia. Até sacudi os sapatos dele e desfiz as bolas de meia. Não achei nada, exceto alguns recibos e ingressos de cinema antigos, só um dos quais para um filme que eu não tinha visto com ele. Enfiei o ingresso no bolso, para o caso de precisar depois, para o caso de não encontrar provas melhores, e passei para a mesa de cabeceira de Tom, onde encontrei um romance de John Galsworthy lido até a metade, uma pulseira velha de relógio, um par de óculos de sol, um recorte do *Argus* sobre o clube de natação e uma foto de Tom na frente da prefeitura quando foi contratado pela polícia, entre a mãe, de vestido florido, e o pai, que, uma vez na vida, não estava fazendo cara feia.

Não sei o que eu estava esperando encontrar. Ou rezando para não encontrar. Um exemplar de alguma revista pornográfica? Uma carta de amor sua? As duas coisas eram ridículas; Tom nunca se arriscaria assim. Mesmo assim, tirei tudo dali e, ao olhar para as coisas de Tom ao meu redor no tapete, vi que não era muito. Ainda assim, insisti, revirando debaixo da cama, afastando meias esquecidas e uma caixa de lenços, com a blusa grudando no peito, as mãos cinza de poeira, sem encontrar nada para alimentar a raiva.

Finalmente, ouvi as chaves de Tom na porta de casa. Parei de procurar, mas continuei ajoelhada próximo à cama, incapaz de me mexer, ouvindo-o me chamar. Ouvi os passos pararem perto da porta da cozinha, imaginei o choque dele ao notar os pires estilhaçados no chão. A voz dele se tornou mais urgente:

– Marion? Marion?

Olhei para a destruição que causara ao meu redor. Camisas, calças, meias, livros, fotos, tudo jogado pelo quarto. Janelas escancaradas. Nosso armário esvaziado. As coisas da mesa de cabeceira de Tom espalhadas pelo chão.

Ele ainda estava me chamando, mas subindo devagar, como se temesse o que encontraria.

– Marion? – chamou. – O que aconteceu?

Não respondi. Esperei, incapaz de pensar. Não me ocorria uma desculpa para o que fizera e, ouvindo a voz incerta de Tom, toda a minha raiva pareceu se encolher em uma bolinha.

Quando ele entrou no quarto, o ouvi ofegar. Continuei no chão, olhando para o tapete, segurando a blusa desabotoada, para que ficasse bem fechada. Eu devia estar horrível, porque a voz dele se suavizou e ele falou:

– Cacete. Está tudo bem?

Pensei em mentir. Eu podia dizer que a casa tinha sido invadida. Que eu tinha sido ameaçada por um bandido que estilhaçara nossa louça e jogara as coisas de Tom pelo quarto.

– Marion? O que aconteceu?

Ele se ajoelhou ao meu lado, com um olhar tão gentil que eu não fui capaz de formular palavra alguma. Em vez disso, comecei a chorar. Foi um alívio tão grande, Patrick, essa saída feminina. Tom me ajudou a subir na cama e eu me sentei, engasgando em soluços altos, a boca escancarada, sem nem cobrir meu rosto. Tom me abraçou e eu me permiti o luxo de apoiar o rosto molhado no peito dele. Era tudo o que eu queria no momento: me perder nas lágrimas choradas na camisa do meu marido. Ele não disse nada, só apoiou o queixo na minha cabeça e acariciou meu ombro devagar.

Depois que eu me acalmei um pouco, ele tentou de novo:

– O que houve, afinal? – perguntou, a voz bondosa, mas firme.

– Você vai a Veneza com o Patrick – falei no peito dele, a cabeça abaixada, sabendo que eu soava como uma criança petulante, como Milly Oliver, sentada na poça de urina. – Por que não me contou?

A mão dele no meu ombro parou e seguiu-se uma longa pausa. Engoli em seco, esperando – desejando, até – que a raiva dele me atingisse como uma lufada de calor.

– É esse o problema?

Ele estava usando a voz de policial de novo. Eu reconheci da nossa última discussão sobre você. Ele contivera a musicalidade, o toque de risada que costumava vir por trás de tudo o que dizia. Ele tem um talento, não é, Patrick? O dom de se remover por completo das próprias palavras. O dom de estar fisicamente presente, falando e respondendo, sem estar de fato, emocionalmente, presente. Na época, achei que fosse parte do treinamento de policial, e depois disse a mim mesma que Tom precisava fazer aquilo, que não conseguia evitar. A separação emocional era necessária para o trabalho, e acabava afetando a vida íntima. Agora, no entanto, me pergunto se não foi sempre parte dele.

Eu me empertiguei.

– Por que não me contou?

– Marion. Você precisa parar com isso.

– Por que não me contou?

– É destrutivo. Muito destrutivo – continuou ele, olhando para a frente, em uma voz calma e monótona. – Tenho que te contar tudo imediatamente? É isso que você espera?

– Não, mas... Somos casados... – murmurei.

– E a liberdade, Marion? Hein? Achei que a gente tinha, sabe, um *acordo*. Achei que a gente tinha... Bom, um casamento moderno. Você tem a liberdade de trabalhar, não? Eu deveria ter a liberdade de sair com quem quiser. Achei que fôssemos diferentes dos nossos pais – falou, e se levantou. – Eu ia te contar hoje. Patrick só me convidou ontem. Ele tem que ir a Veneza a trabalho. Uma conferência, parece. São só uns dias. E ele quer companhia – continuou, pegando as roupas do chão e as dobrando em pilhas na cama. – Não vejo o problema. São só uns dias de viagem com um amigo. Não achei que você fosse me negar a oportunidade de conhecer um pouco do mundo. Não achei mesmo – insistiu ele, pegando o conteúdo da mesinha de cabeceira do chão e guardando no lugar. – Não é preciso esse... Nem sei do que chamar. Comportamento histérico. Ciúme. É isso? É assim que você descreveria?

Esperando minha resposta, ele continuou a arrumar o quarto, fechando as janelas, pendurando os paletós e as calças no armário, evitando meu olhar.

Ouvindo aquele tom perfeitamente tranquilo, vendo ele arrumar todo sinal da minha raiva, comecei a tremer. A frieza dele me apavorava e, a cada item que ele tirava do chão, minha vergonha por ter destroçado a casa como uma louca aumentava. Eu não era uma louca. Eu era uma professora, casada com um policial. Eu não era histérica.

– Você sabe o que é, Tom... – consegui dizer. – Foi aquilo que a Julia disse...

Tom espanou as mangas do melhor paletó, aquele que você comprou para ele vestir no casamento. Segurando a barra, ele falou:

– Achei que tínhamos resolvido isso.

– Tínhamos... Resolvemos...

– Então por que mencionar de novo? – perguntou ele, enfim se virando para mim e, apesar de a voz se manter igual, o rosto dele estava vermelho de ultraje. – Estou começando a achar, Marion, que você tem a mente suja.

Ele bateu as portas do armário, empurrou a gaveta da mesinha de cabeceira, ajeitou o tapete. Avançou até a porta e parou.

– Vamos concordar em não falar mais disso – declarou. – Vou descer. Quero que você se arrume. Vamos jantar e esquecer isso tudo. Tudo bem?

Não pude dizer nada. Nada mesmo.

Agora você deve ter entendido que passei meses tentando não ver o que acontecia entre você e Tom. No entanto, depois de Julia nomear sua inclinação, o relacionamento do meu marido com você começou a entrar em foco, nítido e apavorante. *Comme ça*: as palavras em si me assustavam, conjurando um conhecimento casual que me excluía por completo. A verdade me atordoou tanto que eu só conseguia seguir os dias aos tropeços, do modo mais normal possível, tentando não olhar diretamente para a imagem de vocês dois que estava sempre lá, por mais que eu quisesse desviar o rosto.

Eu era, decidi, insuficiente, da forma exata como a srta. Monkton descrevera na escola, tantos anos antes. Ela estava certa. "Enorme dedicação e firmeza considerável" eram qualidades que eu não tinha. Nem no meu casamento. Assim, aceitei a solução covarde. Embora não pudesse mais negar a verdade a respeito de Tom, preferi o silêncio à confrontação.

Foi Julia quem tentou me resgatar.

Certa tarde, na última semana de aulas, depois que as crianças foram embora, eu estava na sala de aula, lavando potes de tinta e pendurando as pinturas em um barbante que tinha esticado na janela especialmente para isso. Eu sentia a satisfação que imaginava que mães sentissem no dia de lavar roupa, ao ver o varal de fraldinhas brancas limpas ao sol. Uma tarefa bem feita. Crianças bem cuidadas. E as provas expostas para todos verem.

Sem uma palavra, Julia entrou e se sentou em uma carteira, de maneira imediatamente ridícula, devido às pernas compridas – ela era quase da minha altura. Levando a mão à testa, como se tentasse conter uma dor de cabeça, ela perguntou:

– Está tudo bem?

Julia não era de preâmbulos. Não era evasiva. Eu devia agradecer. Em vez disso, falei, meio surpresa:

– Está tudo certo.

Ela sorriu, dando tapinhas leves na testa.

– Porque eu tive a impressão boba de que você está me evitando – falou, me encarando com os olhos azuis. – Mal conversamos desde que levamos as crianças a Castle Hill, não é? Espero que você tenha perdoado minha falta de jeito...

Prendendo mais uma pintura para não ter que olhar para o rosto dela, respondi:

– É claro que perdoei.

Depois de uma pausa, Julia se levantou e parou ao meu lado.

– São bonitas – comentou, pegando o canto de uma pintura e examinando de perto. – O diretor me falou que sua visita ao museu foi um enorme sucesso. Estou pensando em levar minha turma no semestre que vem.

Quando o diretor me perguntou sobre a visita, me ocorreu falar que você era um besta incompetente cheio de pretensões artísticas, mas sem nenhuma noção de como cuidar de crianças. Entretanto, eu não fui capaz de mentir, Patrick, apesar do que acontecera no fim do dia. Portanto, dei um relato positivo, se breve, das suas atividades, e mostrei alguns dos trabalhos criativos das crianças. Ele admirou a máscara de Alice, em particular. Não é preciso dizer que não mencionei a poça de Milly para ninguém. Mas, naquele momento com Julia, relutei em dar qualquer outro crédito a você.

– Foi bom – falei. – Nada de extraordinário.

– Vamos dar um pulo no bar? – perguntou Julia. – Parece que você merece uma bebida. Venha. Vamos sair daqui – sugeriu, com um sorriso, apontando para a porta. – Não sei você, mas estou pronta para um gole caprichado.

Nós nos sentamos no fundo do Queen's Park Tavern. O copo de vinho do porto com limão de Julia parecia de certa forma errado na mão dela. Achei que ela fosse tomar um chope, ou um destilado em copinho de dose, mas ela se declarou entregue àquela bebida doce e comprou um copo para mim também, prometendo que eu adoraria se provasse.

Havia algo de incrivelmente ilícito em me sentar no pub escuro e meio sombrio, com cortinas verdes pesadas e madeira quase preta, em uma tarde tão iluminada. Escolhemos uma mesinha deprimente na área quase vazia, e não havia outras mulheres no lugar. Vários dos homens de meia-idade enfileirados no bar nos encararam quando pedimos as bebidas, mas não liguei. Julia acendeu meu cigarro, depois o dela, e nós duas exalamos e demos risada. Era como voltar à adolescência, no quarto de Sylvie, mas na época eu não fumava.

– Foi divertido ir a Castle Hill – comentou ela. – Bom sair da sala de aula.

Concordei e bebi vários goles de vinho do porto com limão, superando a doçura enjoativa e gostando da fraqueza que trazia aos meus joelhos, do calor que criava na minha garganta.

– Tento levar os alunos para passear sempre que posso – continuou. – Temos uma paisagem incrível ao nosso redor, mas a maioria deles nunca viu nada além do parque Preston.

Eu sabia que podia confiar nela para admitir:

– Nem eu.

Ela apenas ergueu as sobrancelhas.

– Achei que *talvez* não tivesse visto. Se não se ofender pelo comentário.

Sacudi a cabeça.

– Não sei bem por quê...

– Seu marido não gosta de natureza?

Eu ri.

– Na verdade, Tom nada no mar. Ele vai ao clube toda manhã, a não ser que pegue o primeiro turno no trabalho, então ele vai à tarde.

– Ele parece muito disciplinado.

– Ele é, sim.

Ela me olhou de lado.

– Você não vai com ele? – perguntou.

Pensei em Tom me segurando entre as ondas e me carregando de volta à orla. Pensei em como me sentia leve nos braços dele. Depois pensei nas posses dele espalhadas ao meu redor no chão do quarto, minha blusa aberta, minhas mãos sujas. Bebi mais um gole.

– Não nado bem – falei.

– Você não deve ser pior que eu. Só sei nadar cachorrinho. – Abaixando o copo, Julia levantou as duas mãos, relaxou os punhos e fingiu que se debatia na água, fazendo uma careta horrível. – Se eu tivesse orelhas maiores e um rabo, chegariam a jogar gravetos – continuou. – Quer mais um copo?

Olhei para o relógio amarelado acima do bar. Cinco e meia. Tom já estaria em casa, se perguntando por mim. Que ele esperasse, decidi.

– Quero – aceitei. – Por que não?

No bar, Julia apoiou um pé no trilho de bronze que corria perto do chão, esperando para ser servida. Um homem com pouquíssimos dentes a encarou, e ela acenou com a cabeça para ele, o que o fez desviar o rosto. Em seguida, ela olhou para mim e sorriu, e eu me impressionei com a força que ela demonstrava, parada no bar como se pronta para qualquer coisa, qualquer pessoa. O cabelo preto liso e o batom vermelho chamavam atenção em qualquer lugar, mas ali ela era como um farol. A voz dela, quando fez o pedido, era nítida e alta o bastante para todo mundo por perto ouvir, mas ela não falou mais baixo. Eu me perguntei o que ela de fato pensava sobre aquele lugar, que visivelmente não era seu habitat natural. Julia não pertencia a pubs sujos, pensei; pelo menos não era o mundo no qual ela nascera. Eu a imaginei sendo criada com passeios a cavalo no fim de semana, indo a acampamentos de escoteiros, passando as férias com a família nas ilhas ao oeste da Escócia. O engraçado era que a diferença nas nossas origens não me incomodou em nada. Eu descobri que a aparente independência dela, o fato de que ela não tinha medo de se mostrar diferente, era algo que eu também queria.

Trazendo nossas bebidas até a mesa, ela me perguntou, alegre:

– Então, Marion. Qual é sua posição política?

Quase cuspi um gole de vinho do porto com limão no colo dela.

– Desculpe – disse ela. – É uma pergunta inadequada? Talvez eu devesse ter esperado até termos bebido um pouco mais.

Ela estava sorrindo, mas senti que era uma espécie de teste, um teste no qual queria muito passar. Lembrando nossa conversa durante o jantar na ilha de Wight, Patrick, declarei, depois de beber metade do meu copo:

– Bom... Acho que mães devem poder trabalhar, para começo de conversa. Sou a favor da igualdade. Entre os sexos, quero dizer. – Julia assentiu e murmurou em concordância, mas era óbvio que esperava mais revelações. – E acho essa história de testes de bomba atômica horrível. Assustadora. Estou considerando me juntar à campanha contra isso.

Não era muito bem verdade. Pelo menos, não era verdade até eu falar.

Julia acendeu outro cigarro.

– Eu fui ao protesto na Páscoa. Tem reuniões regulares sobre isso na cidade, também. Você devia ir. A gente precisa de ajuda para espalhar a informação. É um desastre esperando para acontecer, e a maioria das pessoas só se preocupa com o que a merda da realeza veste.

Ela desviou o rosto de mim, olhando para o bar, e soprou fumaça para cima.

– Quando é a próxima? – perguntei.

– Sábado.

Eu não disse nada por um momento. Tom prometera me levar para sair na tarde de sábado, apesar de ser sua vez de vê-lo. Foi sugestão dele; uma forma, eu sei, de se desculpar por ir a Veneza com você. A viagem fora marcada para meados de agosto, e Tom dissera que até lá passaria todos os sábados comigo.

– É claro – disse Julia – que só deixam entrar quem usa suéter de lã e fuma cachimbo.

– Então vou ter que arranjar um suéter e um cachimbo – falei.

Sorrimos e erguemos os copos em um brinde.

– À resistência – disse Julia.

Quando Tom me perguntou onde eu estivera naquela noite, falei a verdade: tinha sido um dia difícil e eu e Julia tínhamos saído para beber e conversar. Ele pareceu quase aliviado ao ouvir isso, apesar do que Julia dissera de você.

– Fico feliz por você encontrar amigas – falou. – Sair. Você devia ver Sylvie mais, também.

Não falei nada para Tom sobre meus planos para sábado. Sabia que ele não gostaria que eu fosse a uma reunião política. Não era o tipo de coisa que esposas de policiais deveriam fazer. Quando eu descrevera meu horror ao anúncio recente da diretoria de que todos os professores deveriam dar aula sobre como sobreviver a um ataque nuclear, ele só perguntara "Por que não preparar os alunos?" e passara do pão com manteiga para o bolo que eu servira à mesa na tentativa de me provar uma boa esposa fiel.

Você vê, Patrick, que eu estava muito confusa com tudo naquele momento. A única coisa que eu sabia com certeza era que queria ser mais parecida com Julia. Na escola, almoçamos juntas e ela me contou sobre o protesto a que fora. Ela chegou a corar ao descrever como todo tipo de gente – cristãos, beatniks, estudantes, professores, operários, anarquistas – tinha se juntado para se fazer ouvir. Naquele dia frio de primavera, tinham se juntado e andado de Londres até o centro de pesquisa nuclear em Aldermaston. Ela mencionou uma amiga, Rita, que tinha ido com ela. Elas tinham feito a caminhada toda, apesar do tempo horrível e do fato de que, no final, estivessem preferindo ir ao pub. Ela riu um pouco e falou:

– Algumas das pessoas são meio, sabe, carrancudas. Mas é maravilhoso. No protesto, dá a sensação de estar fazendo alguma coisa. Estamos todos juntos.

Aquilo me parecia mágico. Como um mundo inteiro novo, no qual eu mal podia esperar para entrar.

Chegou o sábado e insisti que Tom deveria ir ver você afinal, dizendo que ele não devia decepcioná-lo, e que podia compensar comigo no fim de semana seguinte. Ele se mostrou confuso, mas aceitou. Na porta, beijou minha bochecha.

– Obrigada, Marion, por ser tão gentil com tudo.

Ele estava atento ao meu rosto, mas era óbvio que ainda nem sabia se deveria ou não aproveitar minha aparente generosidade. Eu me despedi com um sorriso.

Depois que ele se foi, subi e tentei descobrir qual seria a roupa adequada para vestir para uma reunião do grupo local da campanha pelo desarmamento nuclear. Era um dia quente de julho, mas meu melhor vestido de verão – de cor tangerina clara, com uma estampa geométrica creme – seria, eu sabia, inadequado. Nada no meu armário parecia sério o suficiente para a ocasião. Eu vira fotos no jornal do protesto de Aldermaston, e sabia que Julia só estava brincando em parte ao mencionar o suéter e o cachimbo. Óculos, cachecóis compridos e casacões de lã pareciam o uniforme dos ativistas, homens e mulheres. Olhei para as cores pastel e estampas floridas do meu armário e senti nojo. Por que eu não tinha pelo menos uma calça? No fim, escolhi uma das roupas que usava com frequência na escola: uma saia azul-marinho simples e uma blusa cor-de-rosa clara. Peguei meu casaquinho creme com botões azuis e saí para encontrar Julia.

Quando cheguei à casa de reunião Quaker, soube que não devia ter me preocupado com me misturar ao grupo. Julia nem pensava nisso: o vestido verde-jade e o colar laranja se destacavam na multidão. Digo "multidão", mas não passavam de trinta pessoas no salão da casa. O ambiente tinha paredes brancas e janelas compridas em um dos lados, que o enchiam de luz solar e calor. No fundo, havia uma mesa de piquenique com copos e uma chaleira em cima de uma toalha de mesa de papel. Na frente da sala, tinham pendurado uma faixa com as palavras CDN BRIGHTON em letras coladas. Quando cheguei, um homem de barba curta e camisa branca engomada, as mangas dobradas até os cotovelos, estava se levantando para falar. Julia me notou e me chamou para me sentar no banco ao lado dela. Andei o mais silenciosamente possível, feliz por não estar usando meus sapatinhos de salto. Ela sorriu, me deu um tapinha no braço, e se voltou para a frente da sala, séria.

O lugar não tinha aparência religiosa, mas havia uma impressão de silêncio naquela tarde de sábado. O homem que falava não tinha plataforma na qual subir, muito menos altar para pregar, mas estava dramaticamente iluminado pelas janelas às costas dele, e todo mundo se calou antes mesmo de o discurso começar.

– Amigos. Obrigado por virem hoje. Fico ainda mais feliz de ver novos rostos... – começou, olhando para mim, e sorri de volta. – Como vocês sabem, estamos aqui juntos na luta pela paz...

Enquanto falava, notei como a voz dele era gentil, mas firme, e que ele conseguia soar ao mesmo tempo casual e urgente. Tinha a ver com a postura dele, inclinando-se um pouco para trás ao falar, sorrindo para a sala, deixando as palavras falarem por si, sem os gestos drásticos ou os gritos que eu esperava. Em vez disso, ele tinha uma confiança discreta, assim como, me parecia, a maioria das pessoas naquela sala. O que ele disse era tão sensato que achei difícil entender por que alguém discordaria. É claro que sobrevivência era mais importante do que democracia, ou liberdade. É claro que não adiantava discutir política quando encarávamos a destruição que um ataque nuclear traria. É claro que os testes de bomba atômica, que podiam causar câncer, deveriam ser imediatamente interrompidos. Era óbvio. Ele explicou que a Grã-Bretanha podia dar o exemplo para o mundo.

– Afinal, aonde vamos, outros seguem – declarou, e todos aplaudiram. – Somos apoiados por muitos grandes e bons homens e mulheres. Benjamin Britten, E. M. Forster e Barbara Hepworth são apenas alguns dos nomes que me orgulho de dizer que somaram as vozes à nossa campanha. Mas este movimento não pode se permitir ser complacente. Dependemos do apoio de base de homens e mulheres como vocês. Então, por favor, peguem quantos folhetos puderem e os espalhem o mais longe possível. Deixem eles em bares, salas de aula e igrejas. Sem vocês, nada pode ser feito. Com vocês, muito é possível. A mudança é possível, e virá. Baniremos a bomba!

Enquanto ele falava, havia gestos vigorosos de aprovação, e murmúrios de concordância, mas só uma mulher gritava, e em momentos estranhos.

– Peguem os folhetos de Pamela, na mesa de chá...

– Isso aí! – interrompeu a mulher, e vi uma expressão de dor tomar o rosto do homem que falava.

Pamela acenou e ajeitou os cachos.

– Depois do chá, claro – acrescentou, e todos riram.

Pensei, por um momento, em como você teria gostado de saber que eu estava participando de um movimento que envolvia um grupo tão estimado de escritores e artistas. Você apresentara o trabalho das pessoas mencionadas para mim e para Tom, e ficaria orgulhoso, eu sabia, de me ver sentada ali, ouvindo aquele discurso. Ficaria orgulhoso por eu ter, do meu jeito discreto, me posicionado a favor do que acreditava. Você talvez até me ajudasse, pensei, a convencer Tom de que ele também deveria se orgulhar.

Eu sabia, contudo, que tais trocas e compreensões entre nós dois seriam impossíveis. Eu nunca contaria para você sobre aquele dia. Seria meu segredo. Você e Tom tinham seus segredos, e eu também tinha o meu. Era um segredo pequeno, bastante inofensivo, mas era meu.

Depois de pegarmos os folhetos, Julia sugeriu que caminhássemos pela orla. Quando nos aproximamos do mar, fomos cercadas por vendedores oferecendo seus produtos para os grupos de veranistas: sanduíches, ostras, moluscos, caramujos, cartões-postais pornográficos, sorvetes, chapéus de praia, balas, porta-papel higiênico com palavras indecentes. Ao chegar ao píer, nos apoiamos na grade e olhamos para a praia abaixo de nós. O sol alto era como um tapa na cara, lembro, depois da luz suave da reunião. Atrás dos quebra-ventos, famílias comiam sanduíches e bolinhos; crianças choravam para ir ao mar, e choravam para sair; homens jovens de camisas coloridas se sentavam em grupos, bebendo cerveja, e mulheres jovens de roupa preta tentavam ler romances sob a luz ofuscante; menininhas gritavam na beira da água, as saias enfiadas na calcinha; senhoras de lenço na cabeça, sentadas em silêncio nas espreguiçadeiras, se enfileiravam pela calçada, de olho naquilo tudo.

Era muito diferente da cena que me recebera na manhã após minha primeira aula de nado com Tom. Naquela nova manhã, o barulho era sem fim: o tilintar de moedas no fliperama, disparos na galeria de tiros, gargalhadas e música do bar do Chatfield, gritos do tobogã. A imagem do rosto de Tom no alto da escada, pálido e infantil, me voltou. Fora a única vez, notei, que ele me mostrara qualquer fraqueza. Olhei para Julia, que protegia os olhos do sol com a mão, sorrindo para o caos da praia, e tive uma vontade repentina de contar tudo para ela. Meu marido tem medo de altura. E ele também é sexualmente anormal. Achei que pudesse falar isso para ela sem que ela ficasse em choque ou tivesse medo; talvez até pudesse falar sem temer acabar com nossa amizade.

– Vamos entrar no mar – propôs Julia, pendurando a bolsa de folhetos no ombro. – Meus pés estão tão quentes que parecem que vão explodir.

Deixando a luz forte distorcer minha visão, eu a segui nas pedrinhas. Andamos aos tropeços até a beirada da água, nos segurando nos cotovelos uma da outra para nos equilibrar. Julia tirou as sandálias e eu olhei para o brilho duro das ondas.

Eu queria, notei, ir até o fundo da água, submergir e deixar o mar me segurar de novo, lavar todo o barulho da praia, deixar o frio entorpecer minha pele ardente e desacelerar meus pensamentos, até pararem. Tirei os sapatos e, sem pensar, soltei as meias da cinta-liga por baixo da saia. Julia já estava na água, e ela olhou de volta para mim e soltou um grito.

– Que indecência! E se um aluno vir?

Eu a ignorei. Então me concentrei no reluzir do mar, e a cacofonia da praia diminuiu conforme eu avancei na água. Não tropecei nas pedras, nem hesitei, como fizera com Tom. Só segui andando, mal sentindo o choque do toque frio do mar, a barra da minha saia encharcando até eu afundar a cintura. Continuei avançando, de olho no horizonte.

– Marion?

A voz de Julia parecia muito distante. Quando fui chegando mais fundo, pensei que o mar podia me jogar de um lado para outro, ou me afundar. A correnteza brincava com minhas pernas, me balançando. Mas, daquela vez, não me pareceu uma ameaça. Pareceu um jogo. Deixei o corpo relaxar e ondulei com a água. O corpo de Tom era tão flexível naquele dia, lembrei. Ele se movia com o mar. Talvez eu pudesse fazer o mesmo.

Soltando os pés do chão, pensei: ele me ensinou a nadar, mas do que adianta? Teria sido melhor nunca ter entrado na água.

Ouvi a voz de Julia de novo.

– Marion! O que você está fazendo? Marion! Volte!

Meus pés tocaram o chão e eu a vi na parte rasa, com a mão na testa.

– Volte! – gritou, rindo de nervoso. – Você está me assustando.

Ela estendeu a mão. Eu andei até ela, a saia molhada grudando nas coxas, água escorrendo dos meus dedos quando encostei nos dela. Quando ela segurou minha mão, me puxou com certa força, e me abraçou com os braços quentes. Senti o cheiro de chá doce em sua boca quando ela falou:

– Se quiser nadar, precisa de maiô. Senão, vão chamar o salva-vidas.

Tentei sorrir, mas não consegui. Ao mesmo tempo ofegando e estremecendo, apoiei a cabeça no ombro dela.

– Está tudo bem – disse Julia. – Eu peguei você.

Vocês mandaram um cartão de Veneza. A imagem não era uma vista clássica da Praça de São Marcos ou da ponte Rialto. Não havia canais, nem gondoleiros. Em vez disso, vocês me mandaram uma reprodução de uma cena da série *Histórias de Santa Úrsula*, de Carpaccio: a *Chegada dos embaixadores britânicos*. O cartão mostrava dois homens de calças justas vermelho-tomate e casacos de gola de pele encostados em uma grade, o cabelo extravagante descendo em cachos aos ombros. Um deles tinha um falcão peregrino no braço. Notei que o par era ao mesmo tempo de espectadores e *poseurs*, vendo e sem dúvida cientes de estarem sendo vistos. Atrás, você escreveu: "Este pintor deu o nome às fatias de carne fria que comem aqui. Cruas, deliciosamente vermelhas; finas como a pele. Veneza é linda demais para ser descrita. Patrick". Embaixo, Tom escreveu: "Viagem longa, mas ok. Belo lugar. Saudades. Tom". Você tinha feito um trabalho maravilhoso de dizer tudo, e Tom não dissera nada. Quase ri com o contraste.

Chegou dias depois de vocês, e eu queimei o cartão imediatamente.

Vocês viajaram em uma manhã de sexta-feira em meados de agosto. Tom pegou emprestado uma das suas malas e passou a semana arrumando, tirando coisas, colocando de volta. Ele levou o terno do casamento, mas deve tê-lo feito em segredo, no último minuto, porque só notei que não estava no armário depois que ele foi embora, quando toquei o cabide de madeira vazio, no qual a roupa estivera pendurada desde março. Ele também pegou um guia da Itália emprestado na biblioteca. Eu falei que seria inútil, já que você já estivera lá várias vezes e agiria, eu sabia, como o guia de Tom. Você já não nos contara várias vezes sobre as maravilhas dos *vaporetti* e das obras essenciais na Galleria Accademia?

Contudo, eu olhei a seção de Veneza do livro. Tom me disse que não sabia onde vocês ficariam hospedados, ou o que fariam ao chegar. Isso, claro, era decisão sua. Ele sorriu e disse:

– Acho que vou ter que passear um pouco sozinho. Patrick vai precisar trabalhar.

Eu sabia, entretanto, que você nunca deixaria isso acontecer. Folheando o guia, imaginei que você faria questão de mostrar os principais pontos turísticos no primeiro dia, talvez até na fila de Campanile para ver a vista, que o livro dizia valer a pena; vocês tomariam café no Florian's e você saberia, sem consultar o guia, que não deveria pedir capuccino depois das onze da manhã; você tiraria uma foto de Tom na ponte Rialto; talvez até acabassem em um passeio de gôndola, vocês dois flutuando, lado a lado, pelo que o guia chamava de "canais gloriosos da cidade". "Nenhuma viagem", dizia o guia, "está completa sem um passeio de gôndola, em especial para casais em lua de mel".

Desde então, eu também fui a Veneza. Fui em setembro, na verdade, em uma viagem organizada para a ópera em Verona, com um monte de desconhecidos, em geral da minha idade, e em geral viajando sozinhos, como eu. Já há muitos anos, Tom e eu tiramos férias separadamente, e sempre cuido para rir e ignorar perguntas sobre o paradeiro do meu marido nas viagens. Ah, digo, ele odeia ópera. Ou jardins. Ou casas históricas. O que for relevante na situação.

Nunca mencionei a Tom que a visita a Verona incluía um passeio em Veneza. "Veneza" é uma das muitas palavras que não mencionamos desde que você o levou. Imaginei muitas vezes, mas nada poderia me preparar para os *detalhes* do lugar, a beleza de tudo, até dos canos, dos becos e dos ônibus aquáticos. Tudo. Andando pela cidade, sozinha, minha cabeça se encheu de imagens de vocês. Vi vocês chegarem à estação Santa Lucia, saindo do trem sob o sol, como estrelas do cinema. Vi vocês cruzando pontes juntos, os reflexos tremeluzentes na água. Vi que vocês parariam juntinhos no cais, esperando o *vaporetto*. Em cada *calle* e *sotoportego* imaginei vocês dois, de costas para mim, as cabeças próximas. Você teria olhado para Tom com uma nova intensidade nessa cidade estranha e magnífica, amando que o cabelo loiro e os braços grossos o destacariam em meio aos venezianos esguios, de cabelo escuro. Em determinado momento, quis chorar ao me sentar nos degraus frios da Santa Maria della Salute, vendo dois rapazes de verdade lerem um guia juntos, cada um deles segurando com cuidado a borda de uma página, dividindo a informação. Pensei, pela centésima vez, aonde você estaria e o que teria acontecido com você. Fui até atrás dos Carpaccios na Accademia e passei muito tempo olhando os dois homens na pintura dos embaixadores. Quase escutei sua voz explicando tudo para Tom; imaginei a expressão de seriedade dele ao ouvir com atenção. Andando pela cidade, suando e com os pés doendo, me perguntei o que, exatamente, estava fazendo. Ali estava eu, uma mulher sozinha de sessenta e poucos anos, tentando percorrer os passos do marido e do amante dele em uma cidade desconhecida. Seria uma espécie de peregrinação? Ou talvez um ato de expurgo, me livrando para sempre dos fantasmas de 1958?

Acabou não sendo nenhuma das duas coisas. Foi, na verdade, um catalisador. Muito atrasado, talvez tarde demais, mas ainda assim um catalisador. Pouco depois, fiz o que queria fazer havia anos: eu procurei você. Eu trouxe você de volta.

No sábado seguinte à viagem de vocês, passei a maior parte do dia na cama, depois de uma noite em claro, a cabeça cheia de frases e imagens do guia. *A tranquilidade de uma cidade inteiramente construída sobre a água deve ser vivida para ser acreditada.* No meu sono inquieto, sonhei que estava em uma gôndola, adentrando o mar enquanto vocês dois acenavam da margem. Eu não podia alcançar vocês, porque no sonho tinha voltado à estaca zero: não sabia nadar, e tinha medo de entrar na água.

Por volta das seis da tarde, me obriguei a me levantar e me vestir. Tentei não olhar para o espaço vazio do armário onde ficava o terno de Tom, nem o lugar perto da porta onde ele deixava os sapatos. Por um esforço enorme de determinação – ou talvez mera exaustão –, só pensei no copo de vinho do porto com limão que me aguardava. O primeiro gole enjoativo, o gosto ardido que ficava. Eu tinha marcado de encontrar Julia no Queen's Park Tavern, e convidado Sylvie também. Ela tinha ficado animada com o convite; seria a primeira vez que deixaria a filhinha, Kathleen, que só tinha poucas semanas, sozinha com a sogra durante a noite. Kathleen tinha o cabelo preto e os olhos meio saltados de Roy e, quando eu a visitara, notei que Sylvie já estava decepcionada com a filha. Ela tinha o hábito de falar sobre a bebê como se fosse uma personalidade já formada por inteiro, capaz de desafiar de propósito as intenções da mãe.

– Ah – dissera Sylvie, quando eu pegara Kathleen no colo e ela chorara –, ela gosta de chamar a atenção.

Desde o começo, estabeleceu-se uma batalha entre Sylvie e a filha.

Cheguei ao pub cedo de propósito, para beber antes de enfrentar as perguntas de Sylvie quanto ao paradeiro de Tom, mesmo que, para isso, tivesse que me sentar sozinha, aguentando os olhares dos clientes regulares. Escolhi a mesinha onde Julia e eu tínhamos nos sentado naquela noite depois da escola, e me sentei no canto. Depois do primeiro gole, me permiti pensar de novo em vocês dois, que, imaginei, estariam comendo espaguete em algum terraço ensolarado. Eu deixara Tom ir, pensei. Eu deixara. E teria que viver com aquilo.

Sylvie entrou. Vi que ela tinha feito escova especialmente para a ocasião – não tinha um fio fora do lugar – e usava muita maquiagem: manchas azuis metálicas nas pálpebras, um tom pêssego perolado na boca. Supus que fosse uma tentativa de esconder o cansaço. Ela vestia uma capa de chuva branca, com cinto, apesar de a noite estar quente, e um suéter justo amarelo. Ao vê-la se aproximar, me dei conta, de repente, de como ela era diferente de Julia, e senti uma pontada de ansiedade, com medo de elas não se darem nada bem.

– O que você está bebendo? – perguntou Sylvie, olhando desconfiada para meu copo.

Eu contei, e ela riu.

– Acho que minha tia Gert adora vinho do porto com limão – falou. – Mas dane-se. Vou provar!

Ela se sentou na minha frente e brindou com o copo.

– À... Fuga.

– Fuga – concordei. – Como vai a Kathleen?

– Está recebendo toda a atenção que quer da mãe do Roy. Que, na verdade, tem gostado de mim desde que a bebê nasceu. A única coisa que seria melhor para ela era se eu tivesse um filho menino. Mas, visto que a Kath é a cara do Roy, não é tão grave – explicou, e ergueu o copo em mais um brinde.

– E às garotas, não é?

– Às garotas.

Bebemos.

– Essa tal de Julia – disse Sylvie. – Qual é a dela? Não conheço muitas professoras. Além de você, quer dizer.

– Vai ser tranquilo, Sylvie – falei, ignorando a pergunta e acabando minha bebida. – Quer mais um?

– Estou longe de acabar este aqui. E é horrível. Depois vou querer uma cerveja.

Quando me levantei para ir ao bar, Sylvie segurou meu punho.

– Tudo bem? – perguntou. – Soube que o Tom viajou com aquele... Com Patrick. – Eu a encarei e ela explicou: – Meu pai mencionou.

– O que tem?

– Só perguntei. Parece meio besta, só isso. Deixar você sozinha, no caso.

– O cara não pode viajar uns dias com um amigo?

– Não falei nada. É que você parece... Nervosa.

Naquele momento, Julia chegou. Suspirei ao vê-la se aproximar, balançando os braços de leve, sorrindo. Ela tocou meu braço e estendeu a mão para Sylvie.

– Você deve ser a Sylvie – falou. – Prazer.

Sylvie olhou por um segundo para a mão de Julia, antes de segurá-la, desajeitada.

– Tudo bem? – perguntou.

Julia se virou para mim.

– Vamos pedir?

– Vou querer um chope – disse Sylvie. – Esse troço é péssimo.

Quando todas nos sentamos com as devidas bebidas, Julia perguntou de Kathleen para Sylvie, e Sylvie pareceu gostar de reclamar de como a filha dava trabalho.

– Mas é claro – acrescentou, no fim – que ela nem se compara ao meu marido...

E lá foi ela de novo, listando todos os defeitos de Roy, cujos detalhes ela tinha ensaiado comigo muitas vezes. Ele era perigoso. Bebia demais. Não ajudava com a bebê. Não fazia nada para progredir no trabalho. Só sabia falar de carro. Era apegado demais à mãe. Como toda vez que Sylvie atacava Roy, contudo, ela contou isso tudo com tanta animação, e um sorriso tão grande, que eu sabia que ela o amava exatamente por causa disso.

Julia ouviu tudo, de vez em quando assentindo para encorajar. Quando Sylvie acabou, Julia perguntou, em uma voz que eu sabia não ser tão inocente quanto soou:

– Então por que você se casou com ele, Sylvie?

Sylvie encarou Julia, sem expressão. Em seguida, ela acabou a bebida, ajeitou uma mecha de cabelo no pescoço e falou, bem baixo:

– Quer saber a verdade?

Julia disse que sim, e nós duas nos aproximamos, Sylvie nos chamando com um dedo.

– Ele é muito, muito generoso – falou – na cama.

A princípio, Julia pareceu um pouco chocada, mas, quando comecei a rir e Sylvie cobriu a boca para conter o próprio riso, Julia gargalhou tão alto que várias pessoas no pub se viraram para nos olhar.

– Ele é irresistível, não é, Marion? – disse Sylvie, olhando para o copo, com certa tristeza. – Você sabe como é. Quando eles te pegam, não tem volta.

Julia se empertigou.

– Acha mesmo? – perguntou Julia. – Mesmo se notar que não presta?

– Estou dizendo. Não tem volta – disse Sylvie, olhando fixo para mim.

Pouco antes de o bar fechar, Roy apareceu. Eu o vi antes de Sylvie, e notei a expressão dele se fechar quando processou a cena: três mulheres bêbadas numa mesinha, rindo, cercadas de copos vazios.

– Que festinha e tanto aqui, hein? – disse ele, deixando a mão pesar no ombro de Sylvie.

Sylvie levou um susto.

– Sylvie. Marion – disse Roy, com um aceno de cabeça. – E quem é essa?

Ele olhou para Julia, curioso. Quando ela estendeu a mão para ele, notei que estava um pouco trêmula. Contudo, a voz dela estava perfeitamente estável quando falou:

– Julia Harcourt. Prazer. E você é...

– O marido da Sylvie.

– Ah! – disse Julia, em falsa surpresa. – Ela falou muito de você.

Roy ignorou o comentário e se virou para Sylvie.

– Venha. Vou te levar para casa.

– Não quer uma cerveja? – perguntou Sylvie, arrastando um pouco a fala.

– Normalmente você quer.

– Como vai você, Roy? – perguntei, tentando aliviar o clima.

– Sensacional, obrigado, Marion – disse Roy, ainda olhando para a esposa.

– E a Kathleen? – continuei.
– Ela é o nosso tesouro. Não é, Sylvie?
Sylvie tomou um gole grande e falou:
– O bar ainda nem fechou.
Roy abriu as mãos em um gesto de quem não podia fazer nada.
– Mas estou aqui de qualquer forma. Venha, vista o casaco. Sua filha está esperando.
Sylvie corou, o rosto rosa-choque.
– Por que você não bebe uma cerveja com a gente, Roy? – ofereci de novo. – Só a saideira.
– Eu posso pedir – disse Julia, levantando-se. – O que você quer, Roy?
Roy deu um passo para o lado, bloqueando a passagem de Julia.
– Não precisa, querida. Mas obrigado.
Julia e Roy se entreolharam. Ela era tão mais alta que ele que precisei conter a gargalhada. Pode tentar se meter, pensei. Vou gostar de ver.
Sylvie baixou o copo, com estrondo.
– Desculpem, meninas – murmurou, e começou a vestir a capa.
Ela levou um tempo para achar a manga, e ninguém a ajudou. Quando ela se virou para mim, os olhos estavam tão perdidos que achei que ela ia começar a chorar.
Roy pegou o braço da esposa, se virou para mim e disse:
– Soube que Tom está em Veneza. Deve ser bom ter um amigo desses. Alguém que te leve pra viajar.
Sylvie empurrou o ombro de Roy.
– Vamos – disse ela. – Se a gente vai embora, vamos logo.
Da porta, ela acenou, resignada, para mim e para Julia.

Depois que eles se foram, Julia olhou para o copo e riu baixinho.
– Ele é um pouco... rude, não é?
– Ele não sabe nada dela – falei, surpresa com o veneno em minha voz.
De repente, fiquei ultrajada com o comportamento de Roy. Queria correr atrás dos dois e gritar: *ela te deu um golpe! Ela nem estava grávida quando vocês casaram! Como você foi tão idiota?*
Mas Julia levou uma mão ao meu cotovelo e falou:
– Não sei. Eles parecem combinar. E ele é *irresistível*, afinal.

Tentei rir, mas notei que estava prestes a chorar, e não consegui nem sorrir. Julia deve ter visto minha angústia, porque falou:

– Vamos continuar lá em casa? Podemos ir andando pelo parque.

Lá fora, a noite estava quente e silenciosa. Minhas pernas me carregaram colina abaixo com pouco esforço, depois de tanto vinho, e, atravessando o pórtico elaborado, Julia cruzou o braço no com o meu. As gaivotas gritavam vez ou outra dos telhados, conforme avançávamos pelas trilhas escuras do Queen's Park. Senti o cheiro impossivelmente doce de madressilvas e flor de laranjeira, misturado à comida velha e à cerveja nas lixeiras do parque. Andamos em silêncio pela grama seca do verão e paramos no rosário. O brilho suave de uma das poucas luzes do parque dava às flores um tom de carmesim profundo, e me ocorreu que era a cor das entranhas humanas. Das minhas próprias, talvez. Misteriosas e em transformação. Julia aproximou uma flor do rosto e cheirou; eu vi as pétalas tocarem a pele pálida, a boca quase encostando na rosa.

– Julia – falei, me aproximando. – Não sei o que fazer em relação ao Tom.

Nós nos entreolhamos. Julia sacudiu a cabeça e riu um pouquinho.

– Ele também não sabe nada de você, não é? – falou, baixinho.

– O que você falou... – comecei. – Sobre o Patrick...

Não consegui dizer mais nada, e fez-se um breve silêncio.

– A gente não precisa falar disso se você não quiser, Marion.

– O que você disse... – tentei de novo, fechando os olhos e respirando fundo. – É verdade, e acho que também se aplica ao Tom.

– Você não precisa me contar.

– Eles estão em Veneza. Juntos.

– Você falou – suspirou Julia. – Homens têm tanta liberdade. Até os casados.

Olhei para o chão.

– Vamos nos sentar – disse ela, e me conduziu a uma área do gramado escuro, sob um salgueiro.

Eu não estava chorando, Patrick. Eu me sentia, por mais estranho que pareça, leve. O fato de ter falado me tornara leve. E, tendo começado, tendo deixado as palavras saírem, não consegui parar. Sentadas na grama, contei tudo para ela: como eu conhecera Tom, como ele me ensinara a nadar, o pedido no seu apartamento, que eu vira vocês juntos na ilha de Wight. Os avisos de Sylvie. Saiu tudo. No meio da história, Julia deitou e esticou os braços, e eu fiz o mesmo, mas não parei. Minhas palavras escaparam na escuridão. Foi tão bom falar, deixar tudo flutuar, subir aos galhos da árvore. Não olhei para Julia enquanto falava, sabendo que, se o fizesse, acabaria hesitando, mentindo. Em vez disso, olhei para o luar tremeluzente entre as folhas. E continuei falando, até ter dito tudo.

Quando acabei, Julia ficou um bom tempo em silêncio. Senti o ombro dela contra o meu, e me virei para olhá-la, esperando uma resposta. Sem me olhar de volta, ela tocou a minha mão e falou:

– Pobre Marion.

Pensei na força com que ela me abraçara na praia, e quis que ela o fizesse de novo. Mas ela só repetiu:

– Pobre Marion.

Ela então se sentou, me olhou nos olhos e falou:

– Ele não vai mudar, você sabe disso.

Eu a encarei, boquiaberta.

– Desculpe ter que dizer isso, mas é a maior bondade que posso fazer – insistiu ela, a voz dura e nítida.

Eu me levantei um pouco, me apoiando nos cotovelos, e comecei a protestar, mas Julia me interrompeu:

– Escute, Marion. Sei que ele mentiu para você, e que dói, mas ele não vai mudar.

Eu não podia acreditar que ela estava sendo tão prática. Eu contara coisas que mal ousava admitir para mim mesma, muito menos para outras pessoas, e, em vez de me oferecer conforto, ela parecia ter se voltado contra mim.

– Sei que é difícil. Mas vai ser melhor para vocês dois se você aceitar isso.

Ela olhou para longe, para a escuridão.

– Mas é culpa dele! – falei, prestes a chorar.

Julia riu baixinho.

– Talvez ele não devesse ter se casado com você...

– Não – falei. – É claro que devia. Fico feliz por termos nos casado. Era o que ele queria. O que nós dois queríamos. E ele pode mudar – gaguejei –, não pode? Comigo ao lado dele. Ele pode pedir... Ajuda, não pode? E eu posso ajudar...

Julia se levantou, e notei, pela primeira vez, que as mãos dela tremiam. Em voz bem baixa, ela falou:

– Por favor, não diga isso, Marion. Não é verdade.

Eu me levantei também, para encará-la.

– E do que você sabe?

Ela olhou para o chão. Mas minha raiva surgira, e eu ergui a voz:

– Ele é *meu* marido! Eu sou a esposa dele! Eu sei o que é verdade e o que não é.

– Talvez, mas...

– Essas... Mentiras. Não é certo isso que ele fez. É ele que está errado.

Julia respirou fundo.

– Se for o caso – disse ela –, então eu também estou.

– Você? – perguntei. – Como assim?

Ela não disse nada.

– Julia?

Ela deu um suspiro profundo.

– Meu Deus. Você não sabia?

Não consegui falar. Naquele momento, eu não fazia ideia do que sentia.

– Sério, Marion. Você precisa abrir os olhos. Você é inteligente demais para isso. Que desperdício.

E então ela foi embora, os braços apertados contra o corpo, a cabeça baixa.

Julia. Escrevi muito para ela ao longo dos anos, na esperança de que ela me perdoe. A mantive informada sobre todas as minhas atividades – pelo menos aquelas que eu sabia que ela aprovaria. Ter me tornado diretora na St. Luke's. Começar o grupo da campanha pelo desarmamento na escola. Compartilhei minhas opiniões sobre o movimento das mulheres (nunca fui a um protesto, nem queimei meu sutiã, mas fiz um curso noturno na Universidade de Sussex sobre feminismo e literatura, e achei fascinante). Nunca mencionei, nessas cartas, você, nem Tom. Mas acho que ela sabe o que aconteceu. Acho que ela sabe o que eu fiz. Por que mais as respostas dela seriam tão distantes, até agora? A cada carta, espero por uma revelação pessoal, um vislumbre do humor que eu amava nela. Mas só recebo atualizações sobre as caminhadas dela, as reformas na casa e no jardim, e declarações compreensivas, mas formais, sobre como ela também sente saudade de dar aulas.

Às vezes, acho que, se eu tivesse tido mais coragem, Julia ainda seria uma amiga próxima, e estaria aqui para me ajudar a cuidar melhor de você. Sozinha, acho impossível levantá-lo para colocá-lo na cadeira sanitária, mesmo que você deva pesar menos do que eu, agora. Seus braços estão magros como os de uma menina, suas pernas, só ossos. Por isso, não me arrisco. Todo dia, acordo às cinco e meia para trocar suas calças à prova d'água e a fralda geriátrica, que você usa o tempo todo. A enfermeira Pamela diz que restringiria essas roupas horríveis ao uso noturno, mas ela não sabe que Tom não ajuda em nada, e não tenho intenção de mencionar esse fato, pois sei que ela questionaria a adequação da nossa casa como base para seu cuidado. Apesar de eu não ter forças para erguer você, eu me sinto, Patrick, capaz de outros modos.

Sei que estou apta para essa tarefa. Meu próprio corpo, apesar de talvez estar à beira da decrepitude, funciona bastante bem, considerando que nunca fiz na vida qualquer atividade física de modo intencional. A sala de aula me manteve em certa atividade, suponho. Ultimamente, noto dores e tensões em lugares estranhos: dedos, virilha, tornozelos. Mas é provável que seja por causa do trabalho de cuidar de você. Trocar lençóis todos os dias, virá-lo na cama para lavá-lo, esticar o braço para vestir em você o pijama limpo, ou levar comida à sua boca. Isso tudo cobrou seu preço.

Na mesa perto da janela, na toalha horrível da mãe do Tom, às quatro e meia da manhã de domingo, as gaivotas protestando lá fora, sentindo o cheiro de suor seco e álcool na minha pele, e a garganta seca e dolorida, a casa silenciosa devido à ausência de Tom, com as palavras de Julia na cabeça, escrevi uma carta, coloquei-a em um envelope simples, rabisquei o endereço na frente, colei um selo e, antes de mudar de ideia, andei até a caixa de correio na esquina e a joguei na abertura. A queda foi direta; ouvi a carta encontrar seu lugar em cima das outras com um baque suave. Ao longo dos anos, falei para mim mesma que eu só queria assustar você. Imaginei que você talvez recebesse uma bronca do chefe; fosse proibido de trabalhar com as crianças; perdesse o emprego, no pior dos casos. Mas é claro que eu sabia dos casos sexuais nos jornais. E sabia que a polícia estava fazendo o que podia para restaurar a reputação manchada pelo escândalo de corrupção do começo do ano.

Eu senti muito, muito cansaço, e só consegui pensar no chá quente que beberia ao chegar em casa e na cama macia onde me enroscaria até Tom voltar.

Isso, Patrick, foi o que escrevi:

Sr. Houghton
Curador-chefe de arte ocidental
Museu e Galeria de Arte de Brighton
Rua Church
Brighton

Caro sr. Houghton,
Escrevo para chamar sua atenção a uma questão de relativa urgência. Entendendo que o sr. Patrick Hazlewood, curador de arte ocidental no seu

museu, está organizando visitas para crianças em idade escolar, acredito que é do interesse do senhor saber que o sr. Hazlewood é um invertido sexual, culpado de atos de atentado ao pudor com outros homens.

Tenho certeza de que o senhor demonstrará minha mesma preocupação em relação a tais notícias, e fará o melhor para preservar a segurança das crianças e a reputação do museu.

Atenciosamente,
Um amigo

IV

PENITENCIÁRIA WORMWOOD SCRUBS, FEVEREIRO DE 1959

Dedos tão gelados que só aguento segurar a caneta por alguns segundos por vez. Uma palavra, depois outra, e depois outra, e mais outra. Depois preciso me sentar nas mãos para o sangue voltar a fluir. A tinta em si talvez congele logo. Se congelar, será que a ponta explode? Será que até a caneta será desfigurada por este lugar?

Mas estou pondo palavras na página. Já é alguma coisa. Aqui, talvez seja tudo.

Por onde começar? Com a batida do policial na minha porta à uma da manhã? A noite na cela da delegacia de Brighton? A sra. Marion Burgess no tribunal, me descrevendo como um homem "muito criativo"? A porta da van batida depois de me levarem embora? Todas as portas batidas desde então?

Começo com Bert. Bert, que me deu o presente da escrita.

Tudo o que quiser esconder, diz Bert, eu escondo. Ninguém vai saber.

Como ele sabe o que eu quero? Mas ele sabe. Bert sabe tudo. Aqueles olhos azul-petróleo talvez enxerguem através das paredes. Ele é o prisioneiro mais temido e poderoso na ala D e é, anunciou, meu amigo.

É porque Bert gosta de ouvir um "filho da puta culto" que nem eu falar.

Assim que fui liberado para socializar, Bert se apresentou. Estava pegando os restos deprimentes que chamam de almoço (repolho fervido até ficar transparente, massas de carne irreconhecível) quando alguém na fila sentiu a necessidade de me apressar com as palavras:

– Aperta o passo, boiola.

Não foi o insulto mais original, e eu estava pronto para ficar de cabeça baixa e obedecer. A estratégia me fez aguentar os três meses anteriores sem muito problema. Até que Bert apareceu ao meu lado.

– Escute, filho da puta. Esse homem é meu amigo. E nenhum amigo meu é boiola. Entendeu?

A voz grave. O rosto pálido.

Pela primeira vez, olhei para a frente ao andar para a mesa. Segui Bert, que de certa forma comunicou que era o que ele queria, sem pronunciar uma palavra, nem fazer um gesto. Quando nos sentamos, com nossas bandejas, ele fez um aceno com a cabeça.

– Soube do seu caso – disse ele. – Desvio moral. Armaram pra você, que nem pra mim.

Não o contradisse. Talvez porque eu não desfile por aí usando "pó-de-arroz" (farinha da cozinha) e "esmalte" (tinta roubada da aula de artes), Bert acredite que eu seja normal. Muitas das minorias aqui são muito, muito chamativas. Acho que consideram que pelo menos podem aproveitar o tempo da melhor forma. As capas de lã cinza que recebemos para os meses frios – que ficam presas no pescoço e caem até a cintura – têm efeito bem teatral quando jogadas por cima do ombro no pátio. Então, por que não aproveitá-las? Eu chego a ficar tentado. Só Deus sabe que são o melhor item no vestuário penitenciário. Mas é difícil largar velhos hábitos. Então, Bert, pelo menos, foi enganado. E nenhum dos homens contradiz Bert.

Eu já tinha ouvido falar dele antes de ser apresentado. Ele é o fornecedor dos cigarros. Toda sexta-feira ele recolhe o lucro do tabaco que passou para eles com juros altíssimos. A aparência dele não é marcante. Baixinho, ruivo, barrigudo. Tatuagens nos dois braços, mas diz que foram erros de juventude, dos quais se arrepende.

– Fiz lá em Piccadilly – falou – depois do meu primeiro serviço. Ganhei mil pilas. Achei que era o rei e tal.

Mas Bert é um líder natural. A voz suave e baixa. O rosto de quem vê tudo. A pose, como se tivesse brotado do chão, confiante na existência como uma árvore. E o fato de que ele faz amizade com quem precisa dele, que nem eu, e aproveita bem. Então... Bert aceitou esconder este caderninho. Ele já me disse que é analfabeto. E por que mentiria sobre isso?

Tudo que eu preciso fazer em troca, ele diz, é falar. Que nem um filho da puta culto.

Tenho pensado muito em lâminas. E luvas sem dedo. Esses dois itens ocupam plenamente meus pensamentos.

As luvas porque meus dedos estão rachados e vermelhos por causa do frio extremo. Sonho acordado com o par de luvas que tinha em Oxford. Verde-escuras, lã grossa. Na época, achei que davam às minhas mãos uma aparência de trabalhador. Agora sei o luxo que eram.

E lâminas. As que fornecem aqui são cegas, não dá para me barbear direito. No começo, isso me causou um enorme estresse. A coceira da barba por fazer me era insuportável, e passava o dia coçando a cara, ou querendo coçar. Sonhava com meu próprio barbeador. Não parava de lembrar como era tão simples entrar na Selfridges e comprar barbeador, sem nem pensar duas vezes.

É fácil acabar muito concentrado, notei, em coisas tão pequenas. Em especial quando todos os dias são iguais, exceto por diferenças irrelevantes na comida (sexta-feira é peixe velho empanado, sábado tem um pouco de geleia no pão do lanche) ou na rotina (igreja no domingo, banho na quinta-feira). Pensar em coisas maiores é de enlouquecer. Uma barra de sabonete reconstituído. Um penico limpo. Uma lâmina mais limpa que a de ontem. Essas coisas significam muito. Elas mantêm uma certa sanidade. São no que penso para não pensar em Tom. Porque pensar no meu policial seria o inferno. Faço o que posso para evitar.

Lâminas. Penicos. Geleia. Sabonete.

E para fantasiar: luvas.

Nunca tive tanta ciência das dimensões de um cômodo quanto desta cela. Três metros e meio de comprimento, dois e meio de largura, três de altura. Medi aos passos. Paredes pintadas de tinta creme opaca até a metade, depois caiadas. Chão de madeira raspada. Sem aquecedor. Cama de lona com dois cobertores cinzentos e ásperos. No canto, uma mesinha, onde escrevo. A mesa está coberta de escritos entalhados na coitada da superfície. Muitos são declarações de tempo: "Max. 9 meses. 03/02/48". Alguns são ofensas patéticas aos carcereiros: "Hillsman boqueteiro". O que mais me interessa, no qual passo o dedo por vários minutos, é a palavra "GRAÇA". Provavelmente o nome de uma mulher amada. Mas é uma palavra tão inusitada em uma mesa aqui que às vezes sinto a tentação de lê-la como mensagem de esperança.

Tem uma janela, bem no alto, feita de trinta e dois (eu contei) quadradinhos sujos de vidro. Todas as manhãs, acordo muito antes de as portas serem destrancadas, e encaro os contornos escuros dos quadrados de vidro, tentando me convencer que talvez naquele dia o sol consiga aparecer, desenhando um retângulo de luz no chão da cela. Ainda não aconteceu. Talvez seja melhor assim.

Não tenho como saber exatamente a hora, mas daqui a pouco as luzes se apagam. E começa a gritaria. *Meu Deus. Meu Deus.* Toda noite o homem grita, sem parar. *Meu Deus. Meu Deus. Meu DEUS!* Como se acreditasse que pode de fato invocar Deus neste lugar, desde que grite bem alto. A princípio, esperei que outro prisioneiro gritasse de volta, mandasse ele calar a boca. Foi antes de entender que, quando se apagam as luzes, nenhum prisioneiro pede a outro que negue a dor. Em vez disso, ouvimos em silêncio, ou expressamos nosso próprio sofrimento. É trabalho dos carcereiros bater na porta dele, ameaçar mais confinamento.

A batida à porta. Uma e quinze da manhã. Batidas altas. O tipo que não para até que alguém abra. Que talvez não pare mesmo assim. Batidas vigorosas para os vizinhos todos saberem que alguém veio me ver de madrugada e não vai embora até me pegar.

Toc. Toc. Toc.

Não devo ter ouvido o interfone, porque tinha alguém bem na frente da porta do apartamento. Eu sabia que não era Tom. Ele tinha a chave. Mas não fazia ideia de que seria outro policial.

Ele ainda estava com a mão levantada quando abri. O rosto comicamente pequeno e vermelho sob o capacete. Olhei para além dele, procurando Tom, pensando – em meu estado atordoado de sono – que talvez fosse uma piada. Mais três policiais. Dois de uniforme, que nem o que batia à porta. Um à paisana, mais distante, olhando escada abaixo. Olhei de novo. O rosto de Tom não estava entre eles.

– Patrick Francis Hazlewood?

Assenti.

– Tenho um mandado aqui para sua prisão por suspeita de cometer atos de atentado ao pudor com Laurence Cedric Coleman.

– Quem?

O policial de cara vermelha riu debochado.

– É o que todos dizem.

– Isso é uma piada?

– Dizem isso também.

– Como vocês chegaram aqui?

Ele riu.

– Você tem vizinhos muito prestativos, sr. Hazlewood.

Enquanto ele recitava as declarações de sempre – *tudo que você disser pode ser usado como prova etc. etc.* –, não consegui pensar em nada. Encarei a covinha funda do queixo dele e tentei entender o que estaria acontecendo. De repente, a mão dele foi ao meu ombro, e sentir a luva do policial fez a realidade do que estava acontecendo atingir meu cérebro. A primeira coisa que pensei foi: é sobre o Tom. Sabem de mim e do Tom. Alguma coisa, um código da polícia, os impede de dizer o nome dele, mas eles sabem. Por que mais estariam aqui?

Eles não me algemaram. Segui calmo, acreditando que, se eu fizesse menos escândalo, não seria tão ruim para ele. O homem de rosto vermelho, cujo nome depois soube ser Slater, falou de um mandado de busca; não vi o documento, mas, quando Slater me levou embora, os dois outros homens de uniforme invadiram meu apartamento. Não. Invadir é muito dramático. Eles entraram, sorrindo. Meu diário estava aberto, eu sabia, na mesa do meu quarto. Não levaria muito para eles o encontrarem.

Slater parecia achar a história toda um saco. Atravessando a cidade no camburão, ele começou a papear com o colega à paisana sobre outro caso, quando ele teve que "arregaçar" o suspeito. A vítima tinha chorado, "que nem minha mãe quando contei que virei policial". Eles riram como meninos.

Quando cheguei à sala de interrogatório, ficou claro quem era Laurence Coleman. Uma foto feia do garoto estava exposta na mesa. Será que eu conhecia aquele jovem? Será que eu tinha, como ele declarara, "chamado ele pra atender" na frente dos sanitários da rua Black Lion? Será que eu tinha cometido atos de atentado ao pudor nos sanitários em questão com tal homem?

Quase ri de alívio. Não estavam falando do Tom, só do jovem de cabelo castanho do Argyle.

Não, respondi. Não tinha feito nada daquilo.

Slater sorriu.

– Será melhor para você – disse ele – se falar a verdade e aceitar a culpa.

O que lembro agora é a quantidade de manchas de chá na mesa lascada, e que Slater agarrou a borda da cadeira e se inclinou para a frente.

– Aceitar a culpa costuma poupar muita confusão – falou. – Confusão para você. E para seus *cúmplices*.

O rosto dele não estava mais vermelho, e as covinhas ao lado da boca se destacavam sob a luz forte do teto.

– Família e amigos costumam sair mal dessas histórias – continuou, sacudindo a cabeça. – Mas isso pode ser facilmente evitado. Me partiria o coração.

Uma onda de pânico se espalhou pelo meu peito. Talvez estivesse, sim, falando de Tom, e aquele fosse o jeito de Slater de salvar um amigo e colega. Olhei nos olhos dele.

– Entendo – falei. – E, agora que penso melhor, encontro, sim, esse jovem, comi ele bem ali no banheiro e foi uma delícia.

Um sorrisinho surgiu no rosto de Slater.

– Isso vai facilitar muito o trabalho do júri – falou.

Hoje, às nove da manhã, um carcereiro – Burkitt – chegou à minha cela. Burkitt tem a reputação de ser sádico, mas ainda não vi sinais disso. Ele é um homem magro e alto, com olhos castanhos grandes e barba bem aparada, e seria bonito se não fosse pelo queixo inexistente. Ele não falou nada por alguns momentos. Só ficou parado na minha frente, abrindo devagar uma embalagem de balinha de menta.

– Hazlewood. Anda, se mexe. Visita ao doutor. Doutor? Não entendi se era de fato um médico. A linguagem da prisão às vezes é muito criativa, mesmo que incômoda. Aqui, ser revistado pelos guardas se chama "banho a seco", o que me parece apropriado.

Burkitt pôs a balinha na boca, empurrou meu ombro e não quis me explicar. No caminho, ele ficou bem grudado em mim, falando:

– Vocês, boiolas, têm vida mansa aqui, né. Só na atividade.

A boca dele estava tão próxima do meu ouvido que consegui sentir o hálito doce de menta. Pensei que era daí que vinha a reputação dele: ele sabe que o tabaco da prisão deixa nossa boca com o gosto e a textura da bunda de um cachorro, e nos tortura com o frescor mentolado.

Saímos da ala D, seguimos por um corredor comprido, passamos por várias portas trancadas, saímos no pátio, atravessamos um portão trancado e entramos em um lugar milagroso: a ala hospitalar. Eu tinha ouvido rumores da existência desse prédio limpo e novo, e conheço homens que tentaram de tudo – até queimar os braços com óleo fervendo na cozinha – para ficar aqui por um tempinho.

Assim que entramos entre aquelas paredes brancas, o cheiro de gesso fresco me atingiu. Depois do fedor da prisão, a mistura de repolho fervido e suor velho de centenas de homens apavorados e imundos, o novo cheiro encheu meus olhos de lágrimas. Era quase o cheiro do pão. Pensei, por um instante, qual seria o gosto de uma parede recém-engessada, se eu a lambesse. Tudo era mais iluminado, também. Janelas grandes acompanhavam o corredor, deixando a luz invadir o lugar.

Burkitt cutucou entre minhas omoplatas.

– Sobe.

No alto da escada, estava uma porta com as palavras DR. R. A. RUSSELL em letras modernas e prateadas. Burkitt abriu mais uma balinha, que começou a chupar, sem parar de me olhar. Em seguida, bateu à porta.

– Entre.

A lareira estava acesa. Sob meus pés, carpete novo. Apesar de ser uma monstruosidade fina e sintética – cubos multicoloridos em um fundo azul real –, a sensação sob minhas botas foi uma delícia. De pé ali, de repente me senti flutuando.

Um homem se levantou de trás da mesa.

– Patrick Hazlewood?

– Sim.

– Sou o dr. Russell.

Ele não podia ter mais de vinte e oito anos. Covinhas no rosto redondo. Vestia um terno quadrado, desabotoado. Ao redor da barriga rechonchuda, um cinto bem novo apertava a carne. Ele não parecia nada ameaçador, mas eu ainda não fazia ideia do tipo de tratamento que me esperava.

– Obrigado, Burkitt – agradeceu ele, sorrindo para o carcereiro carrancudo.

– Estou bem aqui fora – disse Burkitt, batendo a porta.

Russell olhou para mim.

– Sente-se.

Foi uma ordem inesperada. Seduzido, suponho, pelo carpete, pela lareira e pelo rosto infantil de Russell, eu quase esperava um pedido com "por favor".

Ele se instalou na poltrona de couro e pegou uma caneta-tinteiro. Apesar do conforto da sala, minha cadeira era de madeira, como de costume. Ele deve ter visto minha decepção, porque falou:

– Estou dando um jeito nisso. É ridículo esperar que alguém fale sem amarras em uma cadeirinha escolar. Ninguém conta segredos para o professor, não é?

Ah, claro, pensei. Ele é o psiquiatra. Relaxei um pouco. Nunca acreditei que pudessem oferecer alguma "cura", mas sempre tive curiosidade sobre como seria uma sessão.

– Então... Comecemos com você me dizendo como está no momento.

Não falei nada. Estava perdido no pôster de *La Danse*, de Matisse, pendurado acima da mesa: a primeira arte que eu via havia três meses. A beleza das cores fortes me pareceu quase obscena.

Russell seguiu meu olhar.

– Lindo, não é? – perguntou.

Levei um minuto para conseguir falar. Ele esperou, virando e virando a caneta. Finalmente, soltei:

– Você pendurou aí para torturar os pacientes até eles confessarem?

Ele limpou uma poeira imaginária do joelho.

– Não estou aqui para confissões. Tem um padre disposto a ouvi-las todo domingo. Você acredita?

– Não, em nenhum Deus que condene tantas pessoas.

– Tantas pessoas... Do seu tipo?

– De todo tipo.

Fez-se silêncio.

– Estou interessado em por que você vê o quadro como tortura.

– Achei que fosse óbvio. – Russell ergueu as sobrancelhas. Esperou. Então eu disse: – É um lembrete da beleza. Do que está além destes muros.

Ele assentiu.

– É verdade. Mas há quem encontre beleza em qualquer lugar.

– Está em falta por aqui.

Outra longa pausa. Ele bateu com a caneta três vezes no caderno e sorriu, muito repentino.

– Você quer ser curado? – perguntou.

Quase ri. Só me controlei ao sentir a intensidade do olhar sério de Russell.

Era uma pergunta fácil. Eu queria passar mais tempo ali, naquela sala iluminada e quente, conversando com Russell perto da lareira? Ou queria ser mandado de volta para a cela?

– Quero – respondi. – É claro que quero.

Vamos nos encontrar uma vez por semana.

Digo que faço de tudo para evitar pensar em Tom, mas, claro, é nele que mais penso. E é um inferno. Até porque, quanto mais penso nele, menos consigo lembrar os motivos para não podermos estar juntos. Quanto mais penso nele, menos lembro as partes erradas, ou difíceis. Só lembro a doçura dele. É o mais difícil de aguentar. Ainda assim, é aonde meus pensamentos me levam. A Veneza. Em especial, ao táxi aquático que pegamos de madrugada, do lago à cidade. Entramos na cabine de madeira brilhante, nos sentamos juntos no fundo do barco, e nosso capitão fechou o ferrolho para nos dar privacidade. Então avançamos correndo pelas ondas, tão rápido que não conseguíamos parar de rir da pura ousadia daquele barquinho na água escura. Zuuuum, seguimos. Zum. Nossas coxas encostadas. Nossos corpos empurrados para trás pela velocidade. O barco desacelerou de repente, e a bela Veneza se desenrolou fora das janelinhas. Tom suspirou, e eu sorri diante do fascínio dele. Mas, para mim, o mais fascinante era sentir a mão dele na minha, naquela cabine que era só nossa até chegarmos ao hotel.

Como a maioria dos que vivem essas coisas, ao longo da detenção, do julgamento e dos primeiros dias aqui, achei mesmo que alguém apareceria para dizer que fora cometido um erro terrível e pedir que eu aceitasse as desculpas de todos os envolvidos. Que todas as portas trancadas se abririam e que eu sairia por elas, para o ar fresco, para longe desta estranha peça de teatro em que se transformara minha vida.

Treze semanas depois, contudo, me acostumei com a rotina, como a maioria dos outros. Eu a cumpro com o mesmo olhar resignado e morto. Seis e meia. Sinal avisa que é hora de se levantar. Sete. Esvaziar os penicos, com o cuidado para carregar os baldes de metal na maior tranquilidade. Pegar água fria, fazer a barba com a lâmina cega fornecida. Agora, desde que fui liberado para socializar, posso fazer as refeições com os outros homens, em vez de comer sozinho na cela. Mas é o mesmo chá de água suja, pão dormido, resto de margarina e pote de mingau, que quase tem algum gosto. Talvez mingau seja tão vil que ninguém possa piorá-lo. Depois, é hora de trabalhar na biblioteca. Meu serviço lá me permitiu acesso a cadernos e canetas, mas, como descrição, a palavra "biblioteca" é quase uma piada: os livros são imundos (em sentido puramente literal) e obsoletos. É impossível para um detento obter qualquer coisa que de fato queira ler, exceto por uns livros de faroeste surrados nos corredores. A biblioteca é suja, mas pelo menos é um pouco mais quente que o restante da penitenciária. Um dos aquecedores funciona. O carcereiro responsável, O'Brien, deve estar perto da aposentadoria, e passa a maior parte do dia sentado no canto, gritando ordens de silêncio e recusando pedidos. Contudo, ele é bastante surdo, então o barulho precisa atingir certo volume antes que ele reclame. Isso possibilita que os homens conversem com bastante liberdade, desde que falem baixo.

Muito do trabalho envolve tratar das novas entregas das bibliotecas públicas. Sempre recebemos os restos mais inúteis. Ontem, por exemplo: um manual de manutenção de motos Norton dos anos 1930, uma história da cidade de Ripe, um livro sobre as moedas do Oriente Médio, outro sobre as vestimentas do povo da Letônia e – o único exemplar vagamente interessante – uma biografia de Guilherme III, escrita em 1905.

Trabalha comigo na biblioteca Davies, um homem grande e silencioso de olhos cinzentos, que aparentemente foi preso por agressão grave à esposa. É impossível imaginar alguém que menos pareça ter cometido tal crime. Contudo, já aprendi a não perguntar muito sobre a condenação dos homens. Também conosco está Mowatt, um jovem loiro e sardento. Ele tem o hábito de lamber os lábios enquanto trabalha. Mowatt era um garoto do reformatório, como tantos outros aqui. Fala muito da próxima "canja de 22 quilates", que agora entendo se referir ao próximo roubo de escala fantástica e inteiramente sem riscos. Ele anda como se os pés fossem grandes demais, os levantando e pisando com tanto cuidado que dá vontade de oferecer o braço para ele se apoiar.

Ontem, Mowatt não falou nada enquanto organizávamos os livros que chegaram. No começo, fiquei aliviado por ser poupado das fantasias habituais sobre como, quando ele for solto, vai "encontrar uma potranca gostosa" que o está esperando e usar o "bagulho" que "mocou para mudar de vida na Espanha". Depois, no entanto, notei que as mãos dele tremiam mais do que de costume ao pegar os livros, e que ele andava como se os pés, além de grandes, fossem incrivelmente pesados. Então, Davies explicou:

– Visita conjugal – sussurrou. – Amanhã. Ele arranjou um pouquinho de brilhantina para o cabelo, mas está obcecado pelo estado das botas. Já avisei. Ele não pode usar as minhas. Ele nunca ia devolver.

Por isso, hoje de manhã, quando estávamos sentados juntos à mesa da biblioteca, tirei minhas botas, que já estavam desamarradas, e as chutei na direção de Mowatt. Nada. Então empurrei um antiquado livro didático de teologia contra ele, cutucando a costela de propósito.

– Ei! – começou ele, chamando a atenção de O'Brien.

Toquei a mão dele, bem de leve, para calá-lo, e o carcereiro velho e surdo escolheu nos ignorar.

Mowatt olhou para meus dedos, sem saber o que dizer por um minuto. Apontei para baixo da mesa, procurando a bota dele com meu pé. Depois de um segundo, ele entendeu o que acontecia. Olhou para mim com tanto carinho que eu quase ri. Quase abri a boca e caí na gargalhada naquela sala fedida e gelada, entre aqueles livros inúteis e esquecidos.

Outra visita ao santuário quente de Russell.

– Por que não começa me contando sobre a sua infância?

– Não sabia que psiquiatras de fato perguntam isso.

– Pode começar por onde quiser.

Meu primeiro instinto foi inventar alguma coisa. *Aos nove anos, fui estuprado violentamente no cavalinho de balanço do meu quarto pelo meu tio russo, e desde então me sinto atraído por outros homens, doutor.* Ou: *minha mãe me arrumava com vestidinhos floridos e passava ruge no meu rosto quando eu tinha cinco anos, e desde então quero atrair um homem forte para a minha cama, doutor.* Em vez disso, contei uma certa verdade: que minha infância foi feliz. Sem irmãos e irmãs para tirar meu lugar. Muitas horas idílicas brincando no jardim (com um boneco marinheiro chamado Hops, mas ainda assim *lá fora*). Meu pai ausente, como tantos pais, mas não especialmente misterioso, nem agressivo, apesar do adultério. Eu e minha mãe sempre nos demos bem. Sempre que eu estava em casa, e não no internato, nós nos divertíamos juntos, íamos ao teatro, a museus e a cafés... Até me deixei levar, contando sobre a vez em que, na Fortnum's, um desconhecido da mesa ao lado tentara comprar uma taça de champanhe para minha mãe. Ela sorrira e recusara com firmeza. Eu sentira tanta decepção. O homem tinha o cabelo loiro em ondas lindas e usava um lenço azul de seda e um anel de safira no indicador. Ele me parecia saber todos os segredos do mundo. Quando fomos embora, minha mãe comentara, irritada, sobre a impertinência dele, mas, naquela tarde, ela se iluminara como eu nunca vira. Ela andara com mais leveza, rira das minhas piadas bobas e comprara um monte de coisas que não estavam na nossa lista: um lenço novo para ela, um caderno encadernado em couro para mim. Ainda penso naquele homem às vezes, lembrando que ele bebera o café e dera de ombros para a rejeição da minha mãe. Eu queria que ele chorasse, ou sentisse raiva, mas ele apenas deixara a xícara de lado, abaixara a cabeça e dissera: "Que pena".

– Nosso tempo quase acabou – disse Russell.

Esperei comentários sobre como eu me projetara na situação da minha mãe, que não era nada saudável, e que era óbvio que eu fora parar na prisão por atentado ao pudor. Não foi o que aconteceu.

– Antes de você ir embora – disse ele –, quero que saiba que pode mudar. Mas a pergunta é: você quer mesmo?

– Já falei, semana passada. Quero me curar.

– Não sei se acredito. – Não falei nada. Ele suspirou e disse: – Olha. Vou ser sincero. A terapia pode ajudar alguns indivíduos a superar certas... Tendências, mas dá muito trabalho, e leva muito tempo.

– Quanto tempo?

– Anos, provavelmente.

– Só tenho mais seis meses aqui.

Ele riu baixinho.

– Pessoalmente – falou, aproximando-se e abaixando a voz –, acho a lei uma besteira. O que dois adultos fazem em particular é problema deles – continuou, me olhando com seriedade, o rosto corado. – O que quero dizer é que, se *você* quiser mudar, a terapia pode ajudar. Mas, se não quiser... – disse, levantando as palmas, e sorrindo. – Não vale o esforço.

Estendi a mão, que ele apertou, e agradeci a honestidade.

– Então acabaram as conversas ao pé da lareira – falei.

– Acabaram.

– Que pena.

Burkitt me levou de volta à cela.

Estou tentando manter a imagem de *La Danse* em pensamento.
Acho que um homem da integridade de Russell não durará muito aqui.

Em Veneza, passávamos as manhãs na cama, almoçávamos por muito tempo no pátio do hotel e caminhávamos pela cidade. A deliciosa liberdade. Ninguém nos olhava, mesmo quando eu pegava o braço de Tom e o guiava por entre as multidões de turistas na ponte Rialto. Certa tarde, escapamos do calor abafado do verão e entramos no doce frescor da igreja de Santa Maria dei Miracoli. O que sempre gostei daquele lugarzinho é a palidez. Com as paredes e o chão de mármore cinza-claro, cor-de-rosa e branco, a Miracoli podia ser feita de açúcar. Nós nos sentamos, juntos, em um dos bancos da frente. Inteiramente sozinhos. E nos beijamos. Ali, na presença dos santos e anjos, nos beijamos. Olhei para o altar, com a imagem da milagrosa Virgem – que dizem ter ressuscitado um homem afogado – e eu falei:
– Deveríamos morar aqui.
Depois de meros dois dias das possibilidades de Veneza, falei:
– Deveríamos morar aqui.
– Deveríamos ir à Lua – foi a resposta de Tom, mas ele estava sorrindo.

A cada duas semanas, posso receber e responder a uma carta. Até agora, a maioria vem da minha mãe. São datilografadas, então sei que ela as ditou para Nina. Não fala nada da saúde, só comenta o clima, os vizinhos e o que Nina fez para o jantar. Mas, hoje de manhã, chegou uma carta da sra. Marion Burgess. Uma carta curta e formal, pedindo permissão para me visitar. A princípio, estava determinado a recusar. Por que eu quereria vê-la, entre todas as pessoas? Mas logo mudei de ideia. A mulher é meu único elo com Tom, cujo silêncio absoluto mal ouso considerar. Não ouvi uma palavra dele desde que fui preso. No começo, quase desejei que ele aparecesse na penitenciária, para cumprir sua pena, só para que eu pudesse vê-lo.
Se ela vier, talvez ele venha também. Ou talvez ela traga algum recado dele.

O tribunal era pequeno e abafado, sem as decorações que eu esperava. Lembrava uma sala de aula, mais do que um espaço da lei. O julgamento começou com o público sendo avisado que conteria materiais de natureza ofensiva às damas, que poderiam preferir ir embora. Todas elas saíram correndo. Só uma demonstrou certa pena. O restante corou até o último fio do cabelo.

Enquanto o advogado da acusação, Jones – olhos de labrador, mas voz de cadelinha de madame –, apresentava o caso contra mim, Coleman tremia no banco da testemunha, sem encontrar meu olhar. De terno azul de flanela, ele parecia mais velho do que quando eu o conhecera. Quando ele foi interrogado, se tornou óbvio – pelo menos para mim – que ele fizera aquela alegação para se livrar de confusão; ele admitiu estar envolvido em uma história de furto. Nem entender isso, contudo, me acordou de meu torpor. Todos no tribunal pareciam seguir o roteiro, a polícia às vezes bocejando, o juiz impassível, e eu fui igual. Fiquei de pé no meu lugar, o tempo todo atento ao policial uniformizado sentado atrás de mim, que roía as unhas, distraído. Acabei ouvindo o som da saliva na boca dele, em vez do julgamento, enquanto ele mordiscava. Não parava de pensar: daqui a pouco receberei a pena. Meu futuro será decidido. Mas não conseguia compreender o que me acontecia.

Até que tudo mudou. Meu advogado, o simpático, mas ineficiente, sr. Thompson, começou a apresentação da defesa. Ele chamou Marion Burgess.

Eu estava preparado para isso. Thompson me perguntou quem eu recomendaria como testemunha de meu caráter. Minha lista não incluía nenhuma mulher casada, como ele logo indicou.

– Você não conhece nenhuma moça bem sem graça? – perguntou ele. – Bibliotecárias? Enfermeiras? Professoras?

Marion foi minha única escolha. Calculei que, mesmo se ela soubesse da verdade sobre meu relacionamento com Tom (ele sempre me garantiu que ela não sabia, apesar de, em minhas estimativas, ela ser inteligente demais para ficar tanto tempo no escuro), não arriscaria me denunciar, porque causaria danos ao marido dela e, por extensão, a ela própria.

Ela usava um vestido verde-claro, muito largo. Ela tinha perdido peso desde que eu a vira pela última vez, acentuando a altura. O cabelo ruivo estava penteado em uma forma imóvel. Ela se manteve muito ereta, agarrada a um par de luvas brancas enquanto falava. Mal escutei sua voz conforme ela declarava as formalidades de sempre: o juramento, o nome, a profissão. Em seguida, perguntaram em que capacidade ela conhecia o réu.

– O sr. Hazlewood teve a bondade de levar meus alunos para uma tarde de visita e atividades no museu – declarou.

A voz de repente não era mais dela. Há muito tempo eu supusera que dar aulas tinha arredondado o sotaque de Brighton dela – que não chega nem perto de ser tão forte quanto o de Tom –, mas naquele banco de testemunhas ela soava como se tivesse frequentado um elegante internato.

Ela confirmou que eu tinha cumprido meu trabalho com perfeição, que ela não hesitaria em organizar outra visita comigo e que eu não era de maneira alguma o tipo de homem que normalmente se encontraria cometendo atos de atentado ao pudor em um sanitário público. Em seguida, o advogado da acusação se levantou e perguntou à sra. Burgess se ela conhecia o réu para além do contexto profissional.

Um lampejo de preocupação tomou seu rosto sardento. Ela não disse nada. Eu desejei que ela me olhasse. Se ela me olhasse, eu teria a oportunidade de encará-la até que ela se calasse.

– Não é verdade – continuou Jones – que o réu é amigo íntimo do seu marido, o cabo Tom Burgess?

Ouvir o nome dele me fez arquejar, mas não desviei o olhar de Marion.

– Sim.

– Fale mais alto, para que o tribunal escute.

– Sim. Ele é.

– Como a senhora descreveria o relacionamento deles?

– Foi como o senhor disse. Eles são amigos íntimos.

– Então a senhora conhece o sr. Hazlewood pessoalmente?

– Sim.

– E ainda diz que ele não é o tipo de homem que cometeria o crime de que foi acusado?

– É claro que não é.

Ela estava olhando para o ombro de Jones ao responder.

– E a senhora confiou nesse homem para cuidar dos seus alunos?

– Completamente.

– Sra. Burgess, eu gostaria de ler um trecho do diário de Patrick Hazlewood. Thompson se opôs, mas o juiz permitiu.

– A escrita é um pouco floreada, aviso. Está datado de outubro de 1957.

Jones passou muito tempo ajeitando os óculos no nariz, pigarreou e começou, agitando uma mão enquanto lia:

– *E de repente: a forma inconfundível daqueles ombros. Meu policial estava ali, de cabeça inclinada, olhando para um Sisley meio medíocre que nos foi emprestado para uma temporada... Magnificamente vivo, respirando, e ali mesmo, no museu. Eu o imaginara tantas vezes nos últimos dias que cocei os olhos, como garotas surpresas fazem nos filmes.*

Uma pausa.

– Sra. Burgess, quem é esse "meu policial"?

Marion se empertigou, levantou o queixo.

– Não faço ideia – respondeu.

Ela soou bem convincente. Mais convincente do que eu seria capaz, naquelas circunstâncias.

– Talvez outro trecho ajude a senhora a lembrar. Desta vez, a data é dezembro de 1957 – declarou o advogado, fazendo mais um teatro de pigarrear e ajeitar os óculos. – *Nós temos nos encontrado às vezes, na hora do almoço, quando ele tem mais tempo. Mas ele não esqueceu a professora. Ontem, pela primeira vez, ele a levou para me ver.... Eles são tão obviamente inadequados como par que sorri ao vê-los.*

Fiz uma careta.

– *Ela é quase da altura dele* – continuou Jones –, *nem tentou disfarçar (estava de salto), e não é nem de perto tão bonita quanto o meu policial. Mas acho que é o que eu pensaria de qualquer modo.* Uma longa pausa.

– Sra. Burgess, quem é "a professora"?

Ela não respondeu. Ainda estava empertigada, olhando para o ombro dele. Rosto vermelho. Piscando muito.

Jones se dirigiu ao júri:

– O diário contém muitos outros detalhes íntimos do relacionamento de Patrick Hazlewood com "seu" policial, um relacionamento que só pode ser descrito como profundamente perverso. Mas pouparei o tribunal de mais essa depravação.

Ele se voltou para Marion e perguntou:

– Sobre quem imagina que o réu esteja escrevendo, sra. Burgess?

– Não sei – disse ela, mordendo o lábio. – Talvez seja uma fantasia dele.

– São muitos detalhes para uma fantasia.

– O sr. Hazlewood é um homem muito criativo.

– Por que, me pergunto, ele imaginaria que o amante é noivo de uma professora?

Sem resposta.

– Sra. Burgess, não desejo constrangê-la, mas devo dizer à senhora que Patrick Hazlewood estava envolvido em um relacionamento indecente com o seu marido.

Ela abaixou o olhar e a voz dela se tornou muito fraca.

– Não – respondeu.

– A senhora nega que o réu é homossexual?

– Eu... Não sei.

Ela ainda estava empertigada, mas vi as luvas tremerem. Pensei em como ela andara pela rua North com Tom no dia em que a conheci. O orgulho e a confiança que emanavam dela a cada passo. Quis devolver aquelas qualidades a ela. O marido, ela nunca teria, e isso me caía bem, mas eu não tinha desejo de vê-la naquela situação.

Jones, a cadelinha de madame, não desistiu.

– Devo repetir a pergunta, sra. Burgess. Patrick Hazlewood é o tipo de homem que cometeria atos de atentado ao pudor?

Silêncio.

– Por favor, responda à pergunta, sra. Burgess – interrompeu o juiz.

Fez-se um longo intervalo antes de ela olhar bem no meu rosto e responder:

– Não.

– Não tenho mais perguntas – disse Jones.

Mas Marion não tinha acabado de falar.

– Ele tratou muito bem as crianças. Foi maravilhoso, na verdade.

Acenei para ela com a cabeça. Ela acenou de volta, discretamente.

Foi um cumprimento ágil, sem sentimentos, e inteiramente civilizado.

Depois disso, só conseguia pensar: o que vai acontecer com Tom? O que farão com ele? E como ele perdoará minha estupidez?

Mas meu policial não foi mencionado mais, mesmo o nome dele estando na ponta da minha língua o julgamento todo, e para sempre desde então.

No nosso último dia em Veneza, fomos à ilhazinha de Torcello para ver os mosaicos. Tom ficou em silêncio no barco, mas imaginei que ele estivesse perdido, como eu, na vista da cidade sumindo atrás de nós. Nunca se sabe, em

Veneza, o que é realidade e o que é reflexo, e, vista de um *vaporetto*, a cidade toda parece uma miragem, flutuando em névoas impossíveis. O silêncio de Torcello foi um choque após o constante clamor de sinos, xícaras de café e guias turísticos de San Marco. Nenhum de nós falou ao entrar na basílica. Será que eu tinha exagerado no aspecto cultural?, me perguntei. Será que Tom preferiria passar a tarde bebendo bellinis no Harry's Bar? Olhamos para os vermelhos e dourados cintilantes do Último Julgamento. Os condenados ao inferno eram empurrados pelo tridente do diabo. Alguns eram consumidos por chamas, outros por feras. Os mais desafortunados faziam o próprio trabalho, comendo as próprias mãos, dedo a dedo.

Tom ficou muito tempo parado ali, olhando para o canto horrível onde os pecadores eram enfiados. Ainda assim, ele não disse uma palavra. Comecei a entrar em pânico ao pensar em voltar para a Inglaterra. Em nos separar. Em compartilhá-lo. Eu me peguei agarrando o braço dele, olhando para o rosto dele, dizendo o nome dele.

– Não podemos voltar – falei.

Ele deu um tapinha na minha mão. Abriu um sorriso tranquilo, divertido.

– Patrick – respondeu. – Você está sendo ridículo.

– Não me obrigue a voltar.

Ele suspirou.

– Precisamos voltar.

– Por quê?

Ele olhou para o teto.

– Você sabe por quê.

– Me diga. Eu acho que esqueci. Outras pessoas fazem isso. Outras pessoas moram na Europa, juntas. Vão embora, têm vidas felizes...

– Você tem um bom emprego na Inglaterra. Eu também. Não falo italiano. Nós dois temos amigos e família... Não podemos morar aqui.

Ele soou tão calmo, tão conclusivo. Meu conforto, até agora, é que ele não a mencionou. Ele não falou: "Porque sou um homem casado".

Carta da minha mãe.

Querido Tricky,

Cheguei a uma decisão. Quando você for solto, quero que venha morar comigo. Vai ser como nos velhos tempos. Mas melhor, porque seu pai não está aqui. Você

pode ter TODA *a liberdade que quiser. Só peço sua companhia nas refeições, e uma bebidinha depois. Quanto à opinião dos vizinhos: que se danem eles.*
Perdão pelas digressões desta velha senhora.
Sempre com muito amor,
Mãe
P.S. Espero que você saiba que eu o visitaria se não fosse pelas ordens do médico. Mas não é NADA *para você se preocupar.*

O mais assustador é que, neste momento, a oferta parece ótima.

Marion veio me visitar hoje.

Eu passei a noite pensando em furar com ela. Deixar ela vir e esperar, as luvas tremendo, o cabelo perfeitamente escovado começando a molhar de suor. Deixá-la esperar com as mulheres maquiadas dos golpistas, os filhos barulhentos dos baderneiros, as mães decepcionadas dos pervertidos sexuais. Deixar ser ela a dar meia-volta e ir embora, a ter a presença rejeitada.

Mas, de manhã, eu soube que não faria nada disso.

Burkitt me levou à sala de visitas às três da tarde. Não fiz esforço algum para melhorar minha aparência. Na verdade, me barbeei especialmente mal de manhã e os cortes e arranhões me agradaram. Acho que foi um desejo patético de chocá-la. Talvez até quisesse que ela sentisse pena.

Assim que a vi – ela estava sozinha, o rosto tenso de medo –, a decepção me inundou. "Cadê ele?", queria gritar. "Por que ele não está aqui, em vez de você? Cadê meu querido?"

– Olá, Patrick – disse ela.

– Marion.

Eu me sentei na cadeira de metal na frente dela. A sala de visitas – pequena, razoavelmente iluminada, mas fria como o restante do lugar – cheirava a desinfetante e leite coalhado. Havia quatro outras visitas acontecendo, Burkitt cuidando de todas. Marion me encarou atenta, sem piscar, e notei que ela estava tentando se concentrar com exclusividade no espetáculo de Patrick Hazlewood, detento, em vez de prestar atenção à cena ao nosso lado, onde marido e mulher agarravam os joelhos uns dos outros, desesperados, sob a mesa. Em uma tentativa estranha de nos dar privacidade, um rádio ligado em um programa besta de perguntas e respostas tocava a meio volume. "Dedos na sineta, por favor... Eis a primeira pergunta..."

Marion tirou as luvas e as deixou na mesa. As unhas dela estavam pintadas de um laranja fortíssimo, o que me surpreendeu. Ao olhar para ela com mais atenção, notei que ela usava muito mais maquiagem do que de costume. As pálpebras estavam cobertas de substância cintilante. A boca pintada em um tom de rosa de aparência plástica. Diferentemente de mim, era óbvio que ela se esforçara, mas o efeito geral não era muito melhor do que o das bichas daqui. E elas só têm farinha e tinta guache.

Ela arregaçou as mangas do casaquinho amarelo-mostarda e abaixou a gola. O rosto dela estava pálido e calmo, mas manchas vermelhas eram visíveis em seu pescoço.

– É bom ver você – declarou ela.

Só pelo arranjo da expressão dela – um olhar de compaixão distante e respeitosa –, soube que ela não tinha recado de Tom. Ela não tinha nada para mim. Na verdade, notei, era de mim que ela queria algo.

– Não sei como começar – falou.

Não ajudei.

– Não sei nem dizer quanto me sinto horrível pelo que aconteceu – continuou ela, engolindo em seco. – Foi um erro judiciário absurdo. Coleman deveria estar aqui, e não você.

Assenti.

– É um escândalo, Patrick.

– Eu sei – soltei. – Já recebi uma carta do museu, com a minha demissão. E outra do proprietário do meu apartamento, me avisando que o lugar foi alugado a uma ótima família de Shoreham. Só minha mãe jura não ter vergonha de mim. Não é engraçado?

– Não era isso... Quis dizer que é um escândalo você ter que estar aqui.

– Mas eu sou homossexual, Marion.

Ela encarou a mesa.

– E eu queria transar com Coleman. Ele estava meio patético no tribunal, mas posso garantir que, na noite em que o conheci, não era o caso. Mesmo que eu não tenha conseguido praticar o ato em si, a intenção estava presente. Isso basta, aos olhos da lei, para condenar um homem. Eu estava *assediando* – continuei, entrando no embalo, apesar de ela ainda olhar para a mesa. – É horrível e é injusto, mas é a verdade. Acredito que há comitês, petições, lobistas e afins que tentam mudar a lei. Mas, na cabeça dos britânicos, a intimidade entre dois homens dá na mesma que agressão, roubo à mão armada e fraude grave.

Marion ajeitou as luvas. Olhou ao redor da sala.

– Estão tratando você bem? – perguntou, por fim.

– Parece um pouco com a escola. E muito com o exército. Por que você veio?

Ela pareceu surpresa.

– Eu... Não sei.

Um longo intervalo. Enfim, ela tentou:

– Como é a comida?

– Marion. Pelo amor de Deus, me fale do Tom. Como ele está?

– Ele... Está bem.

Esperei. Imaginei agarrar os ombros dela e sacudi-la até saber a verdade.

– Ele saiu da polícia.

– Por quê?

Ela me olhou como se eu devesse saber da resposta sem que ela tivesse que me explicar.

– Espero que não tenha sido muita confusão – murmurei.

– Ele se recusou a discutir. Só disse que saiu antes que o tirassem.

Assenti.

– O que ele fará agora?

– Segurança particular. Na Allan West. Não é muito dinheiro, mas *eu* ainda tenho emprego... – Ela hesitou. Olhou para as unhas laranjas e então disse: – Ele não sabe que estou aqui.

– Ah, é?

Ela soltou uma gargalhada seca, erguendo o queixo, a sombra metálica cintilando.

– Já era hora de eu ter meus segredos, não acha? – perguntou.

Não falei nada.

Ela sacudiu uma mão no ar, como se para apagar o que dissera. Desculpou-se.

– Não vim aqui para... Discutir o que se passou.

– Passou?

– Entre você e Tom.

– Um minuto – ladrou Burkitt.

Marion pegou as luvas e começou a remexer a bolsa, murmurando que voltaria no mês que vem.

– Não – falei, segurando o punho dela. – Peça a Tom que venha no seu lugar.

Ela olhou para os meus dedos na pele dela.

– Você está me machucando.

Burkitt avançou.

– Sem contato físico, Hazlewood.

Soltei a mão e ela se levantou, espanando a saia.

– Eu preciso ver ele, Marion – falei. – Por favor, peça.

Ela olhou para mim, e me surpreendi ao notar que ela estava contendo lágrimas.

– Vou pedir. Mas ele não virá – disse ela. – Você deve saber que ele não pode. Desculpe.

Bert diz: então, fale.

Estamos na sala de recreação depois do jantar. Alguns homens conseguem jogar uma partida capenga de pingue-pongue, apesar do frio congelante. Outros, como Bert e eu, estão encostados na parede mais distante do banheiro fedido, conversando. A maioria está encolhida de frio, agarrando as capas ou soprando futilmente os dedos gélidos. Davies me falou um dia desses que o melhor jeito de lidar com as queimaduras do frio é enrolar a pele em um pano encharcado em mijo. Ainda não tentei. O rádio grita do canto. Normalmente, essas sessões em que entretenho Bert com minha astúcia, minha erudição e meu conhecimento são a melhor parte do meu dia. Mas hoje não tenho vontade de falar do enredo de *Otelo*, da batalha de Hastings (sobre a qual sei muito pouco, mas consegui, anteriormente, quase encenar para Bert, de tamanho entusiasmo), das obras de Rembrandt ou até de culinária italiana (Bert ama ouvir histórias das minhas viagens a Florença, e quase babou quando descrevi os prazeres de *tagliatelle* com lebre). Não quero falar de nada. Porque só consigo pensar em Tom. Tom, que não virá me visitar.

– Então, fale – diz Bert. – O que está esperando?

A voz dele está tensa. É para lembrar quem ele é: o fornecedor de cigarros. O líder não oficial da ala D. Esse homem sempre consegue o que quer. Ele não conhece mais nada.

– Já ouviu falar de Thomas Burgess? – pergunto. – O policial de Brighton?

– Não. Por que ouviria?

– Ele tem uma história muito interessante.

– Já sei muito da polícia. Que tal mais um pouco de Shakespeare? As tragédias. Amo as tragédias.

– Ah, isso é uma tragédia. Uma das melhores.

Ele parece duvidar, mas diz:

– Vai nessa, então. Me surpreenda.

Respiro fundo.

– Thomas, Tom, para os íntimos, era um policial com um problema.

– Não me diga.

– Ele não era mau policial. Chegava na hora, fazia o melhor que podia no trabalho, tentava ser justo.

– Não conheço nenhum policial assim.

– É porque ele não era como os outros policiais. Ele tinha interesse em arte, literatura e música. Não era um intelectual, porque a educação que tivera não permitia, mas era inteligente.

– Que nem eu.

Ignoro.

– E ele era muito bonito. Parecia uma das estátuas gregas do British Museum. Amava nadar no mar. O corpo dele era forte e esguio. O cabelo, dourado e cacheado.

– Parece um boiola do caralho.

Outros homens se juntaram para ouvir.

– É isso mesmo – digo, mantendo a voz calma. – Era esse o problema de Tom.

Bert sacode a cabeça.

– Polícia de merda. Acho que não quero continuar ouvindo isso, Hazlewood.

– Era o problema dele, mas também seu prazer – continuo. – Porque ele conheceu um homem, um homem mais velho, de quem ele gostava muito. O homem mais velho levava Tom ao teatro, a galerias de arte e à opera, e abriu um mundo novo para ele.

Os músculos do rosto de Bert pararam de se mexer. Ele me olha de relance.

– Tom gostava de ouvir esse homem falar, que nem você gosta de me ouvir. Ele se casou, mas não significava nada. Ele continuou a ver o homem mais velho sempre que podia. Porque Tom e esse homem se amavam muito.

Bert se aproxima.

– Vamos mudar esse assunto aí, hein, parceiro.

Mas não paro de falar. Não consigo parar.

– Eles se amavam. Mas o homem foi mandado para a prisão em uma acusação falsa porque foi descuidado. O orgulho e o medo de Tom o impediram de ver o homem de novo. Apesar disso, o homem continuou a amá-lo. Ele sempre o amará.

Enquanto falo, mais homens se aproximam, atraídos pela raiva silenciosa de Bert. Sei que eles garantiram que o carcereiro vai fazer vista grossa enquanto Bert me soca na boca do estômago até eu cair ao chão. Falo o tempo todo, mesmo enquanto ele me soca, me deixando sem ar. Ele sempre o amará, repito, de novo e de novo. Bert chuta meu peito e outro homem me chuta nas costas e protejo o rosto com as mãos, mas não adianta, porque os chutes continuam. E ainda assim eu falo. Ele sempre o amará. Lembro a vez que Tom foi ao meu apartamento, furioso porque eu mentira sobre o retrato, e imagino que é ele me chutando, de novo e de novo e de novo, e sussurro o nome dele até não sentir mais nada.

V

PEACEHAVEN, DEZEMBRO DE 1999

Dr. Wells, nosso médico, veio hoje. Ele é um homem mais jovem – não passa dos quarenta anos – e tem uma daquelas barbichas engraçadas que só cobrem o queixo. Os modos dele são ágeis, mas cuidadosos, e ele circula pelo cômodo em silêncio, o que me deixa um pouco angustiada. Tenho certeza de que o silêncio dele também o incomoda. Quando ele o examina, não grita daquele jeito intenso, como a maioria dos médicos faz ("E COMO ESTAMOS HOJE?", como se a doença imediatamente o deixasse surdo), o que é certo alívio, mas essa quietude é quase pior.

– Precisamos ter uma conversa rápida, Marion – disse ele, depois que o deixamos para dormir.

Nunca sugeri que ele me chamasse pelo primeiro nome, mas deixei para lá. Nós nos sentamos em pontas opostas do sofá e ele recusou minha oferta de chá, nitidamente querendo ir direto ao ponto.

Ele começou o discurso de imediato:

– Temo que a saúde de Patrick esteja se deteriorando. Não há melhora significativa na coordenação muscular, na fala, nem no apetite há algumas semanas, pelo que vejo. E ele hoje parece bastante pior. Acho que talvez tenha sofrido um terceiro derrame, na verdade.

Sabendo exatamente para onde se dirigia essa "conversa rápida", logo tratei de defender você:

– Ele falou, sim. Falou o nome do meu marido. Claramente.

– Você já disse. Mas faz algum tempo, não é?

– Algumas semanas...
– Aconteceu de novo?
Não pude mentir, Patrick, mesmo que quisesse.
– Não.
– Entendo. Mais alguma coisa?
Tentei com afinco pensar em outros sinais da melhora que eu sei que virá. Mas nós dois sabemos que, até agora, você não mostrou muita indicação de melhorar. Então minha única resposta foi o silêncio.
O dr. Wells levou a mão à barba.
– Como você e seu marido estão lidando com a situação? Sei que o papel de cuidador é um desafio.
Já notou que, agora, tudo é um "desafio"? O que aconteceu com "difícil", ou simplesmente "uma merda"?
– Estamos bem – falei, antes que ele começasse a falar de assistentes sociais e redes de apoio. – Muito bem, na verdade.
– Tom não está em casa?
– Eu pedi a ele que fosse ao mercado – disse, apesar de a verdade ser que ele saíra de casa cedo com o cachorro e eu não fazia ideia de onde ele estava. – Para comprar leite.
– Eu gostaria de conversar com ele na próxima visita.
– Claro, doutor.
– Que bom – disse ele, e fez uma pausa. – Se não houver melhora nos próximos dias, eu acho mesmo que devemos considerar a internação em um asilo.
Eu sabia que ele chegaria a isso, e tinha a resposta pronta. Assenti, com seriedade, e declarei, em voz firme, mas amigável:
– Doutor Wells, Tom e eu queremos cuidar dele aqui. Patrick está muito confortável, mesmo que não esteja fazendo o progresso que o senhor e nós todos esperamos. E o senhor mesmo disse que ele tem mais chances de se recuperar entre amigos.
O médico tamborilou os dedos no joelho da calça de veludo cotelê.
– Sim. É verdade. Mas não sei por quanto tempo ainda poderemos considerar a recuperação de modo significativo.
– O senhor quer dizer que ele definitivamente não se recuperará?
Eu sabia que ele não me daria uma resposta direta.
– Ninguém pode dizer isso. Mas, se ele não melhorar, as coisas podem se tornar... Impossíveis muito em breve – disse ele, acelerando. – Por exemplo,

e se Patrick não conseguir mais comer a comida liquidificada? Ele pode precisar ser alimentado por sonda. Não recomendo que cuidadores façam isso em casa. É complicado e pode ser muito estressante.

– Todos os dias são complicados e estressantes, doutor.

Ele sorriu por um segundo.

– A deterioração em pacientes de derrame pode ser muito repentina, e queremos estar preparados. É só isso.

– Vamos dar conta. Não quero ele entre desconhecidos.

– Você pode passar o dia no asilo, se quiser. Seria muito mais tranquilo para você. E para o seu marido.

Ah, pensei. É isso. Ele sente pena do marido excluído. Ele acha que cuido de você em detrimento de Tom. Ele está com medo de eu arriscar a estabilidade do meu casamento por uma paixonite por você. Quase caí na gargalhada.

– Converse com Tom sobre o assunto – disse ele, levantando-se do sofá e pegando a pasta. – Voltarei semana que vem.

Ontem à noite, acabamos *Anna Karênina*. Tenho ficado acordada até tarde para ler, mesmo que você costume dormir antes de eu parar. Tenho certeza de que você dormiu durante os últimos capítulos e, para ser sincera, eu mesma os li meio correndo. Depois que ela se joga na frente do trem, eu perco o interesse. Além disso, estava concentrada no que ler em seguida. Porque o que o dr. Wells disse me confirmou que é hora de você ouvir o que eu escrevi. Só para o caso de tirarem você de mim. E me ocorreu uma ideia: talvez minha história o estimule a responder. Talvez leve ao movimento ou ao gesto que o dr. Wells tanto quer ver.

Depois de mandar minha carta ao sr. Houghton, dormi de modo muito profundo, por muitas horas. Quando acordei, ali estava Tom, o nariz um pouco queimado, uma expressão confusa ao me analisar.

– Que festa de boas-vindas – disse ele. – O que aconteceu?

Pisquei, sem saber se estava acordada.

– Não ganho nem um chá ao voltar de viagem? – perguntou, por fim.

Não, não era um sonho: era mesmo meu marido, em carne e osso. Levei um momento para juntar a energia para falar.

– Há... Há quanto tempo estou dormindo?
– E eu lá sei? Desde que eu fui embora, ao que parece.
– Que horas são?
– Duas e pouco. Por que você está na cama?

Eu me levantei correndo, a cabeça agitada com os eventos dos últimos dias. Olhei para meu corpo e vi que estava vestida, até com os sapatos, ainda sujos do parque. Cobri a boca, me sentindo enjoada de repente.

Tom se sentou na beira da cama.

– Tudo bem? – perguntou.

Ele estava usando uma camisa branca, o botão de cima aberto. O colarinho era branquíssimo e engomado, e as mangas tinham ainda as marcas da dobra. Ele me viu reparar nisso e sorriu.

– Serviço da lavanderia do hotel – explicou. – É fantástico.

Assenti, não disse nada. Eu sabia que a camisa era novinha, presente seu.

– Então. O que aconteceu? – perguntou ele.

Sacudi a cabeça.

– Nada. Não acredito que dormi tanto. Saí para beber com Sylvie ontem e voltamos tarde, então eu só me larguei na cama...

Ele já tinha perdido o interesse. Com um tapinha na minha mão, falou:

– Vou fazer um chá, está bem?

Nunca perguntei nada sobre a viagem de vocês a Veneza. E ele nunca me contou nada também. Já imaginei várias vezes, claro, mas tudo que eu sei de fato sobre aquele fim de semana é que Tom sentiu o luxo de uma camisa italiana feita à mão.

Poucos dias depois, foi meu imenso prazer lavar e passar aquela camisa do meu jeito descuidado de costume, sem engomar o colarinho, e posicionando de propósito as mangas de modo a deixar as dobras tortas.

A princípio, esperei a tempestade irromper sobre minha cabeça. Todo dia, imaginava que Tom viria para casa e me diria que você tinha perdido o emprego. Imaginava minha resposta chocada, perguntando o porquê, sem receber explicação válida. Depois imaginava que sentia raiva de Tom pela falta de explicação, e o imaginava enfim cedendo e me pedindo desculpas, talvez até confessando um pouco da fraqueza enquanto eu me mostrava uma esposa forte e piedosa. "Vamos passar por isso juntos, querido", eu diria, o abraçando. "Vou ajudar você a superar esses desejos anormais." Eu gostava daquela fantasia.

Contudo, nada aconteceu por semanas, e comecei a relaxar, achando que o sr. Houghton escolhera ignorar minha mensagem, ou talvez nem a tivesse recebido, devido a algum erro postal. Você continuou a nos visitar toda quinta-feira, sempre animado, divertido e insuportável. Tom continuou a se agarrar a cada palavra sua. E eu continuei a observar vocês dois, às vezes me perguntando quando minha carta teria o efeito desejado, e às vezes me arrependendo de ter tocado o papel com a caneta.

Com Tom trabalhando sem parar, Julia e eu nos evitando e Sylvie ocupada com a bebê, o restante de agosto foi, lembro, demorado e entediante. Eu queria voltar à minha sala e rever os alunos, agora que me sentia mais confortável dando aula. Acima de tudo, porém, eu queria rever Julia. Apesar de ter medo de quebrar o gelo, sentia saudade das nossas conversas, e sentia saudade dela. Eu disse a mim mesma que poderíamos retomar nossa amizade. Ela estava com raiva, e eu estava triste, mas poderíamos superar. Quanto ao que ela indicara sobre a vida pessoal... Bom, acho que eu esperava que ela deixasse aquilo para lá e que poderíamos seguir como antes.

Eu sei, Patrick. Eu sei como fui estúpida.

Choveu com força no primeiro dia de aula. O vento costumeiro de Brighton não deu as caras, mas meu guarda-chuva ainda assim não serviu para me proteger: quando cheguei ao portão da escola, meus sapatos estavam encharcados e uma mancha molhada se espalhara pela frente da minha camisa.

Andei pelo corredor pisando no molhado e abri a porta da sala de aula. Julia estava sentada na minha mesa, as pernas cruzadas. Não me surpreendi: era a cara dela ir direto ao ponto, e eu tinha até certa esperança de ter que vê-la daquele jeito. Parei à porta, água pingando da ponta do guarda-chuva fechado.

– Feche a porta – disse ela, se levantando.

Fiz o que ela mandou, aproveitando o tempo para recuperar o fôlego. Ainda de frente para a porta, tirei o casaco e apoiei o guarda-chuva na parede.

– Marion.

Ela estava bem atrás de mim. Engoli em seco e me virei para ela.

– Julia.

Ela sorriu.

– Eu mesma.

Diferentemente de mim, Julia estava toda seca. A voz dela era séria, mas o rosto mostrava um sorriso amigável.

– É bom ver você... – comecei.

– Arranjei um novo emprego – disse ela, rápido. – Em uma escola em Norwood. Quero ficar mais perto de Londres. Vou me mudar para lá, na verdade – continuou, e respirou fundo. – Eu queria que você fosse a primeira a saber. Já faz tempo que estou planejando isso.

Olhei para meus sapatos encharcados. Meus pés estavam começando a ficar dormentes.

– Eu preciso me desculpar – falei – pelo que eu disse...

– Sim.

– Perdão.

Ela assentiu.

– Não falemos mais disso – declarou.

Fez-se um longo intervalo, em que nos olhamos. O rosto de Julia estava pálido, a boca reta em uma linha determinada. Fui a primeira a desviar o olhar. Por um momento horrível, achei que fosse chorar.

Julia suspirou.

– Olhe só para você. Está encharcada. Tem alguma coisa para vestir?

Falei que não. Ela estalou a língua e pegou meu braço.

– Vem comigo.

Havia duas saias de tweed e dois casaquinhos pendurados atrás da porta do armário no canto da sala de Julia.

– Eu deixo aqui para emergências – explicou. – Aqui – disse, pegando a saia maior e a empurrando contra meu peito. – Esta daqui deve caber. É meio feia, mas de cavalo dado não se olha os dentes. Pode pegar.

Não era nada feia. O tecido era primoroso, de um tom roxo vivo. Ficava meio esquisita com a minha blusa florida, mas coube perfeitamente, tocando minhas coxas e se abrindo bem no joelho. Passei o dia com aquela saia, mesmo depois que a minha secou. Voltei para casa com ela e a pendurei no armário, ao lado do terno de Tom. Julia nunca pediu que eu a devolvesse, e eu ainda a tenho, dobrada cuidadosamente, na minha última gaveta.

Cheguei tarde em casa na noite seguinte, depois de algumas horas de preparação para a aula do outro dia. Deixei minha cesta no canto da cozinha, amarrei o avental e fui imediatamente descascar batatas e empanar filés de bacalhau para o jantar de Tom. Quando as batatas estavam cortadas e de molho, olhei para o relógio. Sete e meia. Ele chegaria às oito, então eu tinha meia hora para me arrumar, pentear o cabelo e me sentar com um livro.

Logo, contudo, me peguei só fingindo ler, porque não parava de olhar para o relógio sobre a lareira. Oito e quinze. Oito e meia. Vinte para as nove. Deixei o livro de lado e fui até a janela, que abri para olhar de um lado para o outro da rua. Quando não vi sinal de Tom, disse a mim mesma que não deveria ser boba. Policiais não tinham horários regulares. Ele me dizia isso com frequência. Certa vez, ele chegou mais de seis horas depois do previsto. Com um hematoma no rosto e um corte acima do olho.

– Briga no Bucket of Blood – anunciou, com certo orgulho. – Tivemos que invadir o lugar e a barra pesou.

Devo admitir que gostei de limpar as feridas dele, pegar um pote de água morna, acrescentar uma gota de solução desinfetante, embeber o algodão de líquido e pressionar de leve na pele dele, como uma boa enfermeira. Tom ficou parado, bem feliz, e me deixou cuidar dele. Quando eu beijei o machucado e disse para ele não se meter numa situação daquelas de novo, ele riu e falou que aquilo era o de menos.

Aquela noite deveria ser parecida, pensei. Nada de que ele não desse conta, nada com que me preocupar. Talvez eu até pudesse cuidar dele de novo quando chegasse. Então guardei o peixe na geladeira, fritei um pouco de batata, comi sozinha e subi para me deitar.

Eu devia estar muito cansada, porque, quando acordei, já estava amanhecendo e Tom não estava ao meu lado. Levantei de um pulo e desci correndo, chamando-o. Ele devia ter chegado tarde e pegado no sono na poltrona. Já tinha acontecido antes, pensei. Mas não só Tom não estava na sala, como não tinha sapatos perto da porta, casaco no cabideiro. Subi correndo de novo e enfiei o vestido que tinha largado no chão na noite anterior. Quando saí de casa, meu plano era ir à delegacia. Contudo, descendo a rua Southover e percebendo que deveria ter vestido um casaco – não eram nem seis horas e ainda fazia frio –, mudei de ideia. Consegui ouvir a voz de Tom – "Por que você fez isso? Quer que me chamem de pau mandado?" – e decidi ir atrás da mãe dele. No entanto, eu saíra só com as chaves, sem dinheiro para o ônibus.

Levaria pelo menos meia hora a pé até a casa dela. Comecei a correr e, quando cheguei ao fim da rua, me peguei virando para o outro lado, para a orla. Apesar de a minha cabeça estar lenta, meu corpo parecia saber o que fazer. Sabe, eu sabia onde ele estava. Eu sempre soubera. Ele tinha passado a noite – a noite toda – com você. Nem tinha se dado ao trabalho de pensar em uma desculpa. Tom estava no seu apartamento.

Desci a Marine Parade, às vezes correndo, às vezes desacelerando ao ficar sem ar. Minha raiva estava completa. Se Tom estivesse à minha frente naquele instante, eu certamente teria batido nele e o xingado de todos os palavrões que sabia. Ao correr, me imaginei fazendo isso. Quase me alegrou. Mal podia esperar para encontrar vocês e soltar minha fúria. Não era só raiva de você e de Tom. Eu também perdera Julia. Ela me contara o segredo e não podia confiar em mim, e estava certa. Tinha fracassado como amiga, entendi. E como esposa. Não podia fazer meu marido me desejar do modo certo.

No meio do caminho, me ocorreu que eu podia dizer que deixaria Tom. Afinal, eu tinha emprego. Podia me mudar para um apartamento sozinha. Não tínhamos filhos e, como as coisas iam, nunca teríamos. Eu me recusaria a viver uma vida infeliz. Eu simplesmente iria embora. Assim, ele aprenderia a lição. Não teria ninguém para fazer a faxina e cozinhar. Ninguém para passar aquelas malditas camisas. Pensar na camisa que você comprou para ele quase me fez correr mais rápido. Na pressa, esbarrei em um senhor com tanta força que quase o derrubei. Ele gritou de dor, mas nem parei para olhar para trás. Eu precisava chegar ao seu apartamento, encontrar vocês juntos e fazer minha declaração. Basta!

Toquei sua campainha, encostando a testa na porta e tentando recuperar o fôlego. Nada. Toquei de novo, deixando tocar por mais tempo. Nada ainda. Claro. Vocês ainda estariam na cama. Provavelmente saberiam que era eu. Estariam se escondendo. Escondidos e gargalhando. Apertei a campainha por pelo menos um minuto e bati com a aldrava pesada de bronze com a outra mão. Nada. Comecei a tocar a campainha sem parar, em um ritmo impaciente. TRIM. TRIM. TRIM. TRI-TRI-TRIM. TRI-TRI-TRIIIIIM.

Nada.

Eu estava prestes a começar a gritar.

Até que a porta foi aberta. Um homem de meia-idade vestindo um robe amarelo estampado estava à minha frente. Ele usava óculos de armação dourada e parecia muito cansado.

– Pelo amor de Deus – falou –, você vai acordar o prédio todo. Ele não está, minha cara. Por favor, pare de tocar essa campainha infernal.

Ele fez sinal de fechar a porta, mas eu a segurei com o pé.

– Quem é você? – perguntei.

Ele me olhou de cima a baixo. Eu devia, notei de repente, estar com uma aparência horrível: pálida e suada, despenteada e amarrotada.

– Graham Vaughan. Último andar. Bem acordado. E bastante incomodado.

– Tem certeza de que ele não está?

Ele cruzou os braços e falou, de modo bem calmo:

– É claro que tenho, minha cara. A polícia o levou ontem à noite – explicou, abaixando a voz. – Todos sabíamos que ele era viado, são muitos por aqui, mas chega a dar pena. Às vezes, este país é muito brutal.

❧☙

Você e eu somos muito parecidos, não acha? Eu soube disso na ilha de Wight, quando você desafiou as opiniões de Tom sobre a criação de filhos. Eu soube disso por esses anos todos, mas nunca senti com tanta clareza quanto agora, ao escrever isto e notar que nenhum de nós conseguiu o que queria. Que coisa boba, não é? Afinal, quem consegue? Ainda assim, nosso desejo ridículo, ofuscante, ingênuo, corajoso e romântico talvez seja o que nos une, pois acredito que nenhum de nós tenha de fato aceitado a derrota. O que vivem dizendo na televisão, esses dias? "Você precisa superar." Bom. Nenhum de nós dois superou.

Todo dia procuro um sinal e me decepciono. O médico está certo: você piorou. Eu suspeitei de outro derrame muito antes de ele falar. Seus dedos, capazes de segurar uma colher poucas semanas atrás, agora derrubam tudo. Levo um copo de massa liquidificada à sua boca e a maior parte se derrama em baba pastosa. Comprei alguns babadores adultos e o uso tem dado certo, mas tenho pensado na sonda que o dr. Wells mencionou. Parece uma espécie de tortura vitoriana para mulheres perdidas. Não posso deixar que isso aconteça com você, Patrick.

Você dorme a tarde toda, e de manhã arrumo seu corpo na poltrona, com almofadas dos dois lados para o impedir de escorregar, e vemos televisão juntos. A maioria dos programas é sobre comprar e vender coisas: casas, antiguidades, comida, roupas, viagens. Eu posso ligar o rádio, que você prefere, mas acho que a televisão pelo menos traz alguma vida à sala. Às vezes, espero que sua exasperação o leve a falar e se mexer. Talvez amanhã você levante as mãos e me mande DESLIGAR ESSA BABOSEIRA.

Tomara.

Sei que você me ouve, contudo. Porque quando falo a palavra "Tom", seus olhos se acendem, até hoje.

Depois do seu apartamento, fui atrás de Sylvie.

– O que aconteceu com você? – perguntou ela, me deixando entrar.

Eu ainda estava de vestido amarrotado, o cabelo despenteado. Um cheiro forte de fraldas sujas subiu ao meu nariz.

– Cadê a bebê?

– Dormindo. Finalmente. Acorda às quatro, dorme às sete. Que loucura, não é?

Sylvie se espreguiçou e bocejou. Por fim, olhou para o meu rosto e falou:

– Nossa. Você precisa de um chá.

A oferta de chá e a cara de preocupação de Sylvie eram tão maravilhosas que precisei cobrir a boca com a mão para não chorar. Sylvie me abraçou.

– Venha – falou –, vamos nos sentar, está bem? Não preciso ouvir mais choro hoje.

Ela trouxe duas xícaras e nos sentamos no sofá de plástico.

– Meu Deus, esse negócio é horrível – resmungou. – Parece até um banco de parque. – Ela tomou dois goles ruidosos de chá e comentou: – Bebo chá o dia todo agora. Que nem minha mãe, acredita?

Ela parecia estar tagarelando para me dar tempo de me recompor, mas não consegui esperar. Precisava desabafar.

– Lembra do Patrick, amigo...

– É claro que lembro.

– Ele foi preso.

Sylvie arqueou as sobrancelhas.

– O quê?

– Ele foi preso. Por... Indecência.

Fez-se um breve silêncio antes de Sylvie perguntar, cochichando:

– Com *homens*?

Assenti.

– O filho da... Quando?

– Ontem à noite.

– Meu Jesus amado – disse ela, abaixando a xícara. – Puta que pariu.

Ela sorriu, e cobriu a boca com a mão.

– Desculpe – falou.

– A questão – falei, ignorando-a –, a questão é que eu acho que é por minha causa. Acho que é minha culpa.

Eu estava ofegante, sem conseguir falar direito.

Sylvie me encarou.

– Do que você está falando, Marion?

– Eu escrevi uma carta anônima. Para o chefe dele. Falando que o Patrick era... Sabe.

Fez-se uma pausa, antes de Sylvie dizer:

– *Ah.*

Cobri o rosto com as mãos e solucei. Sylvie me abraçou e deu um beijo na minha cabeça. Senti o hálito de chá dela.

– Acalme-se – falou. – Vai ficar tudo bem. Pode ter sido por outro motivo. Não prendem ninguém só por causa de uma carta, não é?

– É?

– Boba. É claro que não. Precisam pegar ele *fazendo* alguma coisa. No ato, sabe – explicou, me dando um tapinha no joelho. – Eu teria feito o mesmo, na sua situação.

Olhei para ela.

– Como assim?

– Ah, Marion. Tom é meu irmão. Eu sempre soube. É claro que achei que ele tivesse mudado. Não sei por que você... Bom... Não falemos disso agora. Beba seu chá – disse ela. – Antes que esfrie.

Fiz o que ela mandou. O gosto era pesado e amargo.

– O Tom sabe? – perguntou ela. – Da carta?

– É claro que não.

Sylvie assentiu.

– Não inventa de contar para ele. Não vai ajudar em nada.

– Mas...

– Marion. É o que eu disse. Ninguém é preso por uma carta. Sei que você é professora e tal, mas não tem tanto poder, não é? – disse ela, com um cutucão e um sorriso. – É melhor assim, não é? Você e Tom podem começar de novo, sem ele no meio.

Foi então que Kathleen soltou um berro repentino de incômodo que nos fez pular. Sylvie fez uma careta.

– Que mocinha mimada. Não sei a quem ela puxou – resmungou, e apertou meu ombro. – Não se preocupe. Você guardou meu segredinho. Eu vou guardar o seu.

Deixei Sylvie cuidar da filha e fui à escola. Não me importei com o vestido amarrotado e o cabelo bagunçado. Teria que ser assim mesmo. Ainda estava cedo, então me sentei à mesa, encarando a reprodução de *A anunciação*, a Maria desavisada pendurada acima da porta. Eu nunca fui religiosa, mas, naquele momento, quis poder rezar, ou até fingir rezar, por perdão. Mas não consegui. Tudo o que consegui fazer foi chorar. No silêncio daquela sala de aula, às oito da manhã, deitei a cabeça na mesa, dei um soco no armário e deixei as lágrimas saírem.

Quando consegui parar de chorar, comecei a me arrumar. Ajeitei o cabelo como pude, e vesti o casaquinho que deixava na cadeira por cima do vestido. As crianças logo chegariam, e eu poderia agir como a sra. Burgess por elas, pelo menos. Elas me fariam perguntas, e eu saberia a maioria das respostas. Elas se sentiriam gratas pelas recompensas e com medo pelas broncas. Elas, em sua maioria, reagiriam de formas previsíveis, e eu poderia ajudá-las com coisas pequenas que, talvez um dia, fizessem grande diferença na vida delas. Aquilo era de certo conforto, e foi ao que me agarrei por muitos e muitos anos.

À noite, Tom estava me esperando à mesa, perto da janela. Vislumbrei o rosto triste dele através do vidro e quase segui andando, ignorando nossa porta e indo até o fim da rua. Mas eu sabia que ele me vira, então não tive escolha: precisei entrar em casa e encará-lo.

Quando cheguei à porta, ele se levantou, quase derrubando a cadeira. A camisa estava amarrotada e as mãos tremiam quando ele tentou ajeitar o cabelo.

– Patrick foi preso – soltou, antes de eu dar dois passos.

Assenti rápido e fui à cozinha lavar as mãos.

Tom me seguiu.

– Não ouviu? Patrick foi...

– Eu sei – falei, sacudindo os dedos molhados. – Como você não voltou para casa ontem, fui procurar você no apartamento dele. O vizinho do Patrick teve certo prazer em me informar da situação.

Tom piscou.

– O que ele disse?

– Que a polícia apareceu ontem de madrugada e o levou.

Passei por Tom e peguei um pano de prato para secar as mãos.

– E que todo mundo no prédio sabia que ele era... Invertido – continuei. Não olhei para Tom ao falar. Eu me concentrei em secar os dedos, um a um, com cuidado. O pano de prato que peguei era fino e esgarçado, com uma imagem desbotada do pavilhão de Brighton. Lembro-me de ter pensado que deveria trocá-lo logo; até pensei que não me surpreendia Tom não ser o marido que eu esperava, já que era essa a dona de casa que eu me tornara. O tipo que usa panos de prato puídos e manchados.

Enquanto eu estava parada na cozinha, pensando nisso, Tom fora à sala e começara a destruir os móveis. Andei até a porta e o vi jogar a cadeira de madeira várias vezes no chão, até quebrar o espaldar e destroçar as pernas. Depois, ele pegou outra e fez a mesma coisa. Torci para ele passar para a mesa, talvez rasgar aquela toalha horrenda, mas, quando as duas cadeiras estavam destruídas, ele se largou em uma terceira e apoiou a cabeça nas mãos. Eu fiquei parada à porta, observando meu marido. Os ombros dele se sacudiam e ele soltou uma série de grunhidos estranhos e animalescos. Quando enfim ergueu o rosto, vi a mesma expressão que ele mostrara no tobogã depois do casamento. Ele estava lívido, a boca em um desenho estranho e indefinido. Ele estava totalmente apavorado.

– Eu estava na delegacia quando ele chegou – falou, me encarando, os olhos arregalados. – Eu o vi, Marion. Slater o puxava pelo punho. Eu vi e saí de lá o mais rápido que pude. Ele não podia me ver.

De repente, me dei conta: na tentativa de destruir você, Patrick, eu correra o risco de destruir Tom. Ao escrever a carta para o sr. Houghton, não tinha pensado nem do modo mais vago possível nas consequências para meu marido. Mas, naquele momento, eu não tinha escolha além de enfrentá-las. Eu tinha traído você, mas também traído ele. Eu fizera aquilo com ele.

Tom voltou a cobrir o rosto com as mãos.

– O que vou fazer?

Que resposta eu podia dar, Patrick? O que podia dizer? Naquele momento, tomei uma decisão. Eu seria a mulher que achei que era no alto do tobogã. A que conhecia as fraquezas de Tom e podia salvá-lo.

Eu me ajoelhei ao lado do meu marido.

– Escute, Tom – falei. – Vai ficar tudo bem. Podemos deixar isso tudo para trás. Podemos recomeçar nosso casamento.

– Jesus! – gritou ele. – Não estou falando do *nosso casamento*! Patrick vai ser preso, e eu estou destruído! Vão descobrir... Tudo... E vai ser o fim.

Respirei fundo.

– Não – falei, surpresa pela calma e autoridade em minha voz. – Ninguém sabe. Você pode pedir demissão. Trabalhar em outro lugar. Eu vou nos sustentar pelo tempo que for preciso...

– Do que você está falando? – perguntou Tom, me olhando, inteiramente perdido.

– Vai ficar tudo bem. Vai ser um novo começo – falei, levando as mãos ao rosto dele. – Patrick nunca vai contar para eles sobre você. E eu nunca vou deixar você.

Ele começou a chorar, as lágrimas molhando meus dedos.

Ele chorou muito nas semanas seguintes. Íamos dormir e eu acordava de madrugada com o som dos soluços engasgados. Ele choramingava, também, adormecido, e às vezes eu não sabia se ele estava chorando acordado, ou sonhando. Eu o abraçava e ele sempre aceitava o abraço, apoiando a cabeça no meu peito enquanto eu o embalava até ele se acalmar.

– Shhh – cochichava. – Shhh.

De manhã, seguiríamos a vida como de costume, sem mencionar o choro, o que fora dito no dia em que ele destruíra as cadeiras, ou seu nome.

Antes do seu julgamento, Tom fez o que sugeri. Ele pediu demissão. Durante o seu julgamento, para meu horror absoluto, trechos do seu diário, detalhando seu relacionamento com Tom, a quem você se referia como "meu policial", foram lidos em voz alta. Aqueles trechos me acompanham desde então, como um zumbido baixo, mas constante, em meus ouvidos. Nunca fui capaz de me livrar das suas palavras. *Eles são tão obviamente inadequados como par que sorri ao vê-los.* Dessa frase específica, sempre me lembro. Seu tom casual é o que mais dói, além do fato de que você estava certo.

Contudo, quando chegou seu julgamento, Tom já estava quase no fim do aviso prévio e, apesar da incriminação no diário, escapou de ser investigado. Ele me contou muito pouco, mas suspeito que a polícia tenha optado por deixá-lo ir sem alarde. As autoridades decerto queriam evitar escândalos, depois daquelas histórias nos jornais sobre corrupção nos escalões mais altos. Outro policial em julgamento seria um desastre.

Um mês depois, mais ou menos, ele arranjou outro emprego, como segurança de fábrica. Ele pegou turnos noturnos, o que nos servia bem. A gente mal era capaz de se olhar, e eu não conseguia pensar em nada para dizer. Uma vez, visitei você na prisão, sobretudo por causa do remorso pelo que eu fizera, mas minto se disser que não havia parte de mim que queria testemunhar a dor que você vivia. Não contei para Tom sobre a visita, nem sugeri que ele o visitasse. Eu sabia que mencionar seu nome bastaria para que ele saísse pela porta e não voltasse nunca. Era como se tudo só pudesse continuar na condição do silêncio absoluto. Se eu tocasse a ferida, testasse os limites, ela nunca seria curada. Então continuei... Indo trabalhar, cozinhando, dormindo na beira da cama, longe do corpo de Tom. De certa forma, foi igual a como era antes de nos casarmos. Meu acesso a ele era tão restrito que comecei a me agarrar aos sinais da presença dele. Quando lavava as camisas, as pressionava contra o rosto só para sentir o cheiro da pele dele. Passava horas arrumando os sapatos dele com cuidado debaixo da cama, organizando as gravatas no armário, encontrando os pares de meias na gaveta. Ele se fora da casa, e só restavam aqueles rastros.

⁕⁕⁕

Hoje à noite, eu menti. Era tarde e Tom estava na cozinha, preparando alguma coisa para jantar. Ele tinha passado o dia fora, como de costume. Parei à porta, vendo-o cortar queijo e tomate e montar um sanduíche. Ali, me lembrei de que, às vezes, assim que nos casamos, ele me surpreendia e fazia almoço nos fins de semana. Lembrei-me de um tenro omelete com queijo derretido e, uma vez, torradas com bacon e xarope de bordo. Eu nunca tinha provado xarope de bordo, e ele me contou, com orgulho, que você tinha dado uma garrafa para ele de presente.

Ele olhou para a grelha, vendo o queijo borbulhar no calor.

– O dr. Wells veio hoje – anunciei, sentando-me à mesa.

Ele não respondeu, mas eu estava determinada. Então esperei. Não queria mentir para as costas do meu marido. Queria mentir na cara dele.

Quando ele serviu o sanduíche em um prato e pegou os talheres, pedi a ele que se sentasse comigo. Ele comeu a maior parte da refeição antes de limpar a boca e me olhar.

– Ele disse que Patrick não tem muito tempo de vida – falei, mantendo a voz firme.

Tom continuou a comer até limpar o prato. Em seguida, recostou-se na cadeira e disse:

– Bom... A gente sabe disso desde o começo, não é? É hora de interná-lo em um asilo, afinal.

– É tarde para isso. Ele só tem uma semana. – Tom encontrou meu olhar, e então acrescentei: – No máximo.

Sustentei o olhar dele.

– Uma semana?

– Talvez menos.

Depois de dar tempo para essa informação ser digerida, acrescentei:

– O dr. Wells diz que é fundamental que continuemos a falar com ele. É tudo que podemos fazer. Mas não consigo fazer isso sozinha. Então acho que talvez você possa ajudar.

– Como?

– Falando com ele.

Fez-se silêncio. Tom afastou o prato, cruzou os braços e disse, baixinho:

– Eu não saberia o que dizer.

Minha resposta estava pronta:

– Leia, então. Você pode ler para ele. Ele não vai responder, mas ele escuta.

Tom me observou, atento.

– Eu escrevi uma coisa – falei, o mais casualmente possível. – Que você pode ler para ele.

Ele quase sorriu de surpresa.

– Você *escreveu* uma coisa?

– Isso. Uma coisa que quero que vocês ouçam.

– Do que você está falando, Marion?

Respirei fundo.

– É sobre você. E mim. E Patrick.

Tom soltou um gemido.

– Eu escrevi sobre... O que aconteceu. E quero que vocês ouçam.

– Meu Deus – disse ele, enquanto sacudia a cabeça. – Por quê? – perguntou, me encarando como se eu tivesse enlouquecido completamente. – Por que isso, Marion?

Não consegui responder.

Ele se levantou e se virou.

– Vou me deitar. Está tarde.

Pulei da cadeira, segurei o braço dele e o fiz se virar de volta.

– Eu digo o porquê. Porque quero que alguma coisa seja dita. Porque não consigo mais viver com esse silêncio.

Fez-se uma pausa. Tom olhou para minha mão no braço dele.

– Me solta.

Eu soltei.

Em seguida, ele me encarou.

– Você não consegue viver com o silêncio. Entendi. *Você* não consegue viver com o silêncio.

– Não. Não consigo, não mais.

– Você não consegue viver com o silêncio, então *me* faz quebrá-lo. Quer sujeitar a mim e àquele homem velho e doente aos seus devaneios, é isso?

– Devaneios?

– Já entendi. Entendi por que você trouxe o pobre coitado para cá, para começo de conversa. Para dar uma bronquinha, que nem na escola. Você escreveu tudo, então? Um catálogo de erros. Um boletim com nota zero. É isso, Marion?

– Não é isso...

– É sua vingança, não é? É isso – disse ele, segurando meus ombros e me sacudindo com força. – Você não acha que ele já foi castigado o bastante? Não acha que nós dois fomos castigados?

– Não é...

– E o *meu* silêncio, Marion? Já pensou nisso? Você nem faz ideia... – A voz dele falhou. Ele me soltou, desviou o rosto e disse: – Pelo amor de Deus. Eu já perdi ele uma vez.

Ficamos os dois parados, ofegantes. Depois de um momento, consegui dizer:

– Não é vingança. É uma confissão.

Tom levantou uma mão, como se dissesse: *para, por favor*. Mas eu precisava ir até o fim.

– É a minha confissão. Não fala dos erros de ninguém, só dos meus. – Ele me olhou e eu disse: – Você falou que ele precisava de você anos atrás, e é verdade. Mas ele também precisa de você agora. Por favor. Leia para ele, Tom.

Ele fechou os olhos.

– Vou pensar – falou.

Suspirei.

– Obrigada.

Depois da chuva pesada, hoje a manhã foi ensolarada, apesar de fria. Acordei me sentindo estranhamente renovada; tinha ido dormir tarde, mas descansara de maneira profunda, exausta pelos acontecimentos do dia. Senti a costumeira dor na lombar, mas fiz minhas tarefas matinais com o que você chamaria de "entusiasmo considerável", o cumprimentando alegre, trocando suas roupas, dando banho em você e o alimentando com cereais liquidificados por meio de um canudinho. Passei o tempo todo falando que daqui a pouco Tom viria se sentar com você, e seus olhos me observaram com uma luz esperançosa.

Quando saí do seu quarto, ouvi a chaleira ferver. Achei engraçado. Tom tinha saído para nadar às seis, como de costume, e eu normalmente só o via de novo à noite. No entanto, quando entrei na cozinha, lá estava ele, me oferecendo uma xícara de chá. Em silêncio, nos sentamos para tomar café, com Walter aos nossos pés. Tom leu o jornal e eu olhei pela janela, vendo a chuva da noite passada pingar das coníferas. Era a primeira vez que tomávamos café juntos desde o dia em que você derrubou o cereal.

Quando acabamos de comer, peguei meu – do que chamar? – manuscrito. Eu o tinha deixado guardado na gaveta da cozinha, com certa esperança de que Tom o encontrasse por acaso. Deixei as páginas na mesa e saí.

Desde então, estou no quarto, arrumando uma mala. Escolhi só itens essenciais: camisola, muda de roupas, nécessaire, livro. Tom não deve se importar de mandar o restante depois. Passei a maior parte do tempo sentada em meu edredom simples da IKEA, ouvindo o murmúrio grave da voz de Tom, lendo minhas palavras para você. É um som estranho, assustador e maravilhoso, esse ritmo dos meus pensamentos na língua de Tom. Talvez seja isso o que eu sempre quisesse. Talvez isso baste.

Às quatro da tarde, entreabri sua porta e olhei para vocês. Tom estava sentado bem perto da sua cama. A essa hora, você costuma dormir, mas hoje, apesar de o seu corpo não estar muito confortável nas almofadas que Tom arrumou – estava caindo meio de lado –, você estava de olhos abertos, concentrados em Tom. A cabeça dele (ainda linda!) estava abaixada sobre as páginas e ele tropeçou de leve em uma frase, mas continuou a ler. O dia tinha escurecido, e entrei rápido no quarto para acender uma luminária, para que vocês se enxergassem melhor. Nenhum de vocês me olhou, e eu deixei os dois sozinhos, fechando a porta devagar ao sair.

Você nunca gostou daqui, nem eu. Não me entristeço de me despedir de Peacehaven e do bangalô. Não sei bem para onde ir, mas Norwood parece um bom começo. Julia ainda mora lá, e quero contar essa história para ela também. E depois quero ouvir o que ela tem a dizer, porque cansei das minhas palavras. O que mais quero agora é ouvir outra história.

Não vou ver você de novo. Deixarei esta página na mesa da cozinha, na esperança de que Tom a leia para você. Espero que ele segure sua mão ao fazê-lo. Não posso pedir seu perdão, Patrick, mas espero poder pedir sua atenção, e sei que você será um bom ouvinte.

AGRADECIMENTOS

Muitas fontes me ajudaram na escrita deste romance, mas tenho dívida especial para com *Daring Hearts: Lesbian and Gay Lives in 50s and 60s Brighton* [*Corações ousados: lésbicas e gays vivendo nos anos 1950 e 1960 em Brighton*] (Brighton Ourstory Project); as memórias estarrecedoras de Peter Wildeblood, *Against the Law* [*Contra a lei*]; e – não no mesmo nível de genialidade, mas ainda informativo – *The Verdict of You All* [*O veredito de vocês*], de Rupert Croft-Cooke. Obrigada, também, a Debbie Hickmott, do Screen Archive South East, e a meus pais e a Ruth Carter por compartilharem as memórias da época comigo. Também sou grata a Hugh Dunkerley, Naomi Foyle, Kai Merriott, Lorna Thorpe e David Swann pelos comentários sobre as primeiras versões deste romance, a David Riding, pela dedicação ao livro, e a Poppy Hampson, pela excelência editorial. E obrigada, Hugh, por todo o resto.

Vimto é uma marca registrada de Nichols PLC / Attar of Roses e Coty são marcas registradas da Coty Inc. / Shalimar, Guerlain e Givenchy são marcas registradas da LVMH / BBC e BBC2 são marcas registradas da BBC / The Old Ship Hotel é uma marca registrada de The Old Ship / Ford é uma marca registrada da Ford Motor Company / Sainsbury's é uma marca registrada de J Sainsbury PLC / Times (The Times) é uma marca registrada de Times Newspapers Limited / Heal's é uma marca registrada da Heal's / Argus (The Argus) é uma marca registrada do Newsquest Media Group Ltd. / Woodbine é uma marca registrada da Imperial Brands PLC / Fiat é uma marca registrada da FCA Italy S.p.A / Radio Times é uma marca registrada da Immediate Media Company Ltd. / The History Channel é uma marca registrada de A&E Television Networks, LLC. / National Geographic é uma marca registrada de National Geographic Partners, LLC. / IKEA é uma marca registrada de Inter IKEA Systems B.V / Selfridges é uma marca registrada de Selfridges & Co. / Fortnum's (Fortnum & Mason) é uma marca registrada da Fortnum & Mason

Esta obra foi composta em PSFournier Std e impressa em
papel Pólen Natural 70 g/m² pela Gráfica Santa Marta